Ferdinand Löwe

Ehstnische Märchen

Zweite Hälfte

Ferdinand Löwe

Ehstnische Märchen
Zweite Hälfte

ISBN/EAN: 9783337352561

Hergestellt in Europa, USA, Kanada, Australien, Japan

Cover: Foto ©Andreas Hilbeck / pixelio.de

Weitere Bücher finden Sie auf **www.hansebooks.com**

Estnische Märchen.

Aufgezeichnet von

Friedrich Kreutzwald.

Aus dem Estnischen übersetzt

von

F. Löwe,

ehem. Bibliothekar a. d. Petersb. Akademie der Wissenschaften, corresp. Mitglied der gelehrten estnischen Gesellschaft zu Dorpat.

Zweite Hälfte.

Dorpat.

Verlag von C. Mattiesen.

1881.

Von der Censur gestattet. — Dorpat, den 12. März 1881

Druck von C. Mattiesen in Dorpat 1881.

Vorwort.

Dr. Friedrich Kreutzwald, der hochverdiente Kenner und
Erforscher der estnischen Sprache, erhielt von der
finnischen Literaturgesellschaft in Helsingfors den
ehrenvollen Auftrag, eine Sammlung von estnischen
Märchen herauszugeben. Die Sammlung (Eesti rahwa
ennemuistesed juttud) erschien im Jahre 1866 in Helsingfors
im Verlage der Literaturgesellschaft; sie umfaßt auf 368
Seiten 43 größere und 18 kleinere Stücke. Mit Bewilligung
der finnischen Gesellschaft und des Herrn Dr. Kreutzwald
hat Herr F. Löwe die Märchen übersetzt. Die erste Hälfte
wurde schon im Jahre 1869 veröffentlicht (Halle. Verlag der
Buchhandlung des Waisenhauses 1869, 366 S. 8°); die zweite
Hälfte wird erst jetzt den Kennern und Liebhabern der
Volkspoesie dargebracht; es hat lange Zeit gewährt, ehe die
mancherlei Schwierigkeiten, welche dem Erscheinen der
Märchen-Uebersetzung sich entgegenstellten, überwunden
werden konnten.

Die Leser werden in den vorliegenden estnischen Märchen
mancherlei Bekanntes finden; Reminiscenzen an die
Kinderjahre und an die Grimm'schen Märchen werden bei
Manchem auftauchen. Unzweifelhaft sind viele der
estnischen Märchen entlehnt. An solchen Entlehnungen
sind die Esten nicht ärmer als andere Völker, und es gewährt
ein eigenthümliches Interesse, mehr oder minder anderswo
bekannte Stoffe in ihrer estnischen Einkleidung zu
betrachten. Allein nicht blos die Freude an der poetischen
Behandlung der einzelnen Märchen ist es, was uns
auffordert, denselben unsere Aufmerksamkeit zuzuwenden.
Es knüpft sich eine ganze Anzahl rein ethnographischer
und historischer Fragen an die Betrachtung ihres Inhalts. —

— Sicher ist es, daß, wenn wir die estnischen Märchen betrachten, wir es mit den Einflüssen der verschiedensten Zeiten und Völker zu thun haben. — Manche Züge weisen unverkennbar auf litauische Berührungen hin, andere zahlreichere und wohl auch jüngere auf russische Elemente. Da die Küstenstriche Estlands und namentlich die zunächst liegenden Inseln schwedische Bevölkerung gehabt und zum Theil auch noch gegenwärtig haben, ist der letzteren nebst manchem Märchen auch mancher aus der ältesten Zeit stammende Mythus entnommen. Aber auch die neueste Zeit hat aus der Kinderstube der deutschen Familie sowohl in der Stadt als auf dem Lande so manche Märchen in die Bauerhütte verpflanzt. Nicht minder haben die aus dem Kriegsdienst heimkehrenden Esten so manche Erzählung, die sie früher im schwedischen und später im russischen Heere vernommen hatten, den hörlustigen Leuten in der Heimath zugetragen (Vergl. A. Schiefner im Vorwort zu der ersten Hälfte der Uebersetzung der estnischen Märchen).

Inhalt.

1. Baumling und Borkling.

Einem geizigen Wirthe machte es unaufhörlich Aerger und Kummer, daß Knechte und Mägde nicht bei ihm aushielten. Obwohl er nicht mehr Arbeit von ihnen verlangte als andere Wirthe, so fand doch der Unterschied statt, daß er seinen Dienstleuten nicht soviel zu essen gab, daß sie satt werden konnten. Hatte einer das Hundeleben ein viertel oder halbes Jahr ertragen, so zwang ihn Hunger, wieder davon zu laufen; und als es endlich in der Runde umher bekannt geworden war, warum das Gesinde nicht blieb, da wurde es dem knauserigen Wirthe ganz unmöglich, noch Bedienung zu bekommen. Weit in Allentacken[1] lebte ein berühmter Weiser, zu dem eilte der Wirth sich Raths zu erholen, brachte ihm einen Sack voll Geld und andere Geschenke und fragte bei ihm an: ob es nicht möglich sei, Knecht und Magd zu finden, die sich mit weniger Nahrung begnügten und den Wirth nicht kapp und kahl fräßen. Der Weise erwiderte: »Möglich ist das Ding wohl, allein es geht über meine Kraft, da mußt du zum alten[2] Wirthe gehen, der dir allein helfen kann.« Darauf gab er weitere Anleitung, wie der Mann an drei Donnerstagen Abends, kurz vor Mitternacht, einen schwarzen Hasen im Sacke, auf den Kreuzweg gehen und dort pfeifen müsse, damit der alte Wirth komme. »Versuche dann selbst, wie ihr Handels eins werdet,« sagte der Weise, »ich kann hier nicht weiter helfen. Aber laß dich nicht betrügen.« Als der Mann fragte, wo er einen schwarzen Hasen her kriegen solle, hieß ihn der Weise eine schwarze Katze mitnehmen.

Als nun der nächste Donnerstag gekommen war, steckte der Wirth die Katze in den Sack und ging auf den Kreuzweg, obwohl ihm etwas bänglich zu Muthe war. Er pfiff und wartete, aber es kam Niemand. Endlich pfiff er noch einmal und dachte dabei: wenn er jetzt nicht kommt, so habe ich den Weg umsonst gemacht. Da erhob sich in der Luft ein Geräusch, als ob ein Blasebalg in der Schmiede getreten würde, dann sah er eine dunkle Masse oben in der Luft schweben und eine Stimme fragte: »Was willst du, Brüderchen?« — »Ich habe einen schwarzen Hasen zu verkaufen,« erwiderte der Mann. »Komm nächsten Donnerstag, ich habe heute keine Zeit, mit dir einen Handel zu machen,« sagte die Stimme und damit entschwand auch die dunkle Masse den Blicken des hinaufschauenden. Der Mann war wohl etwas verdrießlich, daß er den Weg umsonst gemacht hatte, allein was half's, Höheren gegenüber muss ein geringer Mann immer geduldig sein. Den zweiten Donnerstag ging die Sache etwas besser von Statten. Gleich auf sein erstes Pfeifen erschien ein altes Männchen mit einem Schultersack und fragte: »Was willst du, Brüderchen?« Der Mann antwortete wieder: »Ich habe einen schwarzen Hasen zu verkaufen.« »Was kostet er?« fragte der fremde Alte. Der Mann erwiderte: »Ich verlange für den Hasen weiter nichts als einen Knecht und eine Magd, die mir dienen, aber mich nicht kapp und kahl fressen.« »Auf wie viele Jahre willst du den Vertrag abschließen?« fragte der alte Wirth. »Meinethalben auf die Zeit meines Lebens,« gab der Bauer zur Antwort. Aber der Fremde bedeutete ihn, daß dies durchaus nicht angehe und daß sie keinen andern Vertrag miteinander abschließen könnten als auf sieben oder zweimal sieben Jahre. »So komme nächsten Donnerstag, und bringe deinen schwarzen Hasen mit, ich werde dir dann einen Knecht und eine Magd bringen, denen du weder Speise noch Trank zu geben brauchst, nur mußt du sie bei der Hitze des Nachts zum Weichen in's Wasser legen, sonst welken sie und sind nicht mehr im Stande zu arbeiten.«

Der Mann war am Abend des dritten Donnerstags wieder am Kreuzwege und pfiff, worauf der alte Wirth sogleich erschien, aber allein, weder ein Knecht noch eine Magd waren mitgekommen. »Du mußt mir von deinem Ringfinger drei Tropfen Blut[3] zur Festmachung des Vertrages geben, damit du nicht zurücktreten kannst,« sagte der Fremde. Der Mann fragte, wo denn der Knecht und die Magd wären. »Im Sacke« erwiderte der alte Wirth. Da nun der Schultersack nur klein war, fürchtete der Bauer einen Betrug. Der Fremde, welcher dessen Gedanken zu errathen schien, sagte: »Ich betrüge dich nicht!« Dann ergriff er den Sack und warf einen Quast von der Größe einer Hedekunkel heraus, indem er sagte: »Hier ist dein Knecht!« Ein langer breitschult'riger Mann stand sofort neben dem alten Papa. Ein zweiter Quast flog aus dem Sacke und es war ein Mädchen daraus geworden. »Deine Diener sind hier, sie werden nicht zu essen verlangen, sagte der Fremde. »Jetzt gieb mir die Blutstropfen zur Besiegelung und den schwarzen Hasen, dann kannst du nach Hause gehen.« Der Mann that wie verlangt und fragte zuletzt, wie denn die neuen Diener wohl hießen. »Des Knechtes Name ist Baumling und der Magd Name ist Borkling,« sagte der alte Wirth, steckte den vermeintlichen Hasen in den Sack und ging seiner Wege! Der Bauer aber ging mit seinem Gesinde heim.

Der Knecht und die Magd thaten Tag für Tag vom Morgen bis zum Abend ihre Arbeit, ohne jemals Nahrung zu fordern, was den Wirth sehr erfreute, und wenn sie manchmal an einem heißen Sommertage zu welken schienen, so wurden sie zur Nacht eingeweicht und waren am andern Morgen so frisch und stark wie zuvor. Der geizige Wirth scharrte nun jedes Jahr immer mehr Geld zusammen, weil er seinem Gesinde weder Brot zu geben noch Lohn zu zahlen brauchte. So waren endlich zwei mal sieben Jahre beinah vorüber gegangen, nur noch einige

Wochen fehlten. Dem Wirthe kam die Sorge, daß er die Diener verlieren könnte, darum dachte er hin und her, wie es wohl möglich wäre die Frist zu verlängern.

Eines Morgens war er aufgestanden und sah, daß Knecht und Magd noch nicht bei der Arbeit waren. Er meinte, sie schliefen noch auf dem Boden und kletterte auf der Leiter hinauf. Aber da war Niemand zu finden. Auf der Stelle, wo sie geschlafen hatten, fand er einen verfaulten Baumstumpf und ein Häuflein Birkenrinde. Da wurde es ihm plötzlich klar, was die Namen des Knechts und der Magd bedeutet hatten; ohne Zweifel waren die Beiden durch Zauber aus Holz und Bork gemacht. Eben wollte er die Treppe wieder hinunter steigen, als eine Hand ihn an der Gurgel packte und ihn auf dem Flecke erwürgte. Die Frau fand später auf dem Rande des Bodens nichts weiter als drei Blutstropfen. Als sie in die Klete (Vorrathskammer) ging, nahm sie wahr, daß die Kornkasten leer waren und die Geldkiste nur mit welken Birkenblättern angefüllt. So war mit einem Male alle Habe dahin und die verwittwete Frau starb vor Kummer ebenfalls; doch erfuhr sie nichts davon, daß der alte Bursche den Wirth, der ihm aus Geiz seine Seele verkauft, erdrosselt hatte. Diesen Lohn hatte nun der geizige Mann davon, daß er seinen Reichthum frevelnder Weise zusammengescharrt hatte.

———————————————————

2. Des Nebelberges König.

Es waren einmal Dorfkinder auf Nachthütung im Walde, die Nacht war kalt und neblicht, so daß auch am Feuer die erstarrte Hand nicht mehr warm werden wollte. Da sagte eins der Mädchen, das einen aufgeweckten Geist hatte: ich will lieber ein Stück Weges laufen, das wird mir mehr Wärme geben als das Sitzen am Feuer. Mit diesen Worten sprang es auf und lief davon. Die andern lachten hinter ihr her und sagten: sie wird wohl bald zurück kommen! Aber der kleine Flüchtling kam nicht zurück. Als die Morgenröthe schon am Himmel stand, fingen sie an das verschwundene Mädchen zu rufen, erhielten aber von keiner Seite her eine Antwort. Die Kinder meinten nun, sie müsse wohl in's Dorf gegangen sein. Als man aber heim kam, war die Vermißte nirgends zu finden. Die Aeltern gingen in den Wald, ihre Tochter zu suchen; umsonst aber strichen sie über einen halben Tag lang von einem Flecke zum andern, sie fanden keine Spur von ihr. Da dachten sie mit Schrecken daran, daß wilde Thiere das Mädchen getödtet haben könnten. Sorgenvoll und betrübt gingen sie gegen Abend wieder nach Hause.

Das verloren gegangene Kind war schon eine Strecke weit von den übrigen abgekommen, als es an eine Bergspitze gelangte, auf der ein kleines Feuer brannte, weiter konnte es durch den dichten Nebel nichts sehen. Das Kind dachte, seine Gefährten seien da am Feuer, kletterte den Berg hinan und sah, daß ein graubärtiger einäugiger Mann ausgestreckt am Feuer lag und es mit einem Eisenstecken schürte. Das Kind erschrack und wollte zurück, aber der Alte hatte es schon bemerkt und rief in strengem Tone: »Bleibe stehen, oder ich werfe den Eisenstecken nach dir!

Zwar habe ich nur ein einziges Auge, aber das ist eben so sicher wie die Hand, so daß ich niemals mein Ziel verfehle!« — Das Kind blieb zitternd stehen. Der Alte hieß es näher kommen, und als das Mädchen furchtsam zögerte, stand er auf, nahm es bei der Hand und sagte: »Komm und wärme dich!« Das Mädchen mußte nun wohl, wenn auch zitternd und bebend, mitgehen. Der Alte nahm Weißbrot aus seinem Schultersack und gab es dem Kinde zu essen. Dann klopfte er mit dem Eisenstecken auf den Rasen und alsbald standen zwei hübsche Mädchen am Feuer, als wären sie aus der Erde hervorgewachsen. Es dauerte nicht lange, so hatten sich die Kinder miteinander befreundet, spielten und trieben Kurzweil am Feuer, der Alte aber hatte das Auge geschlossen, als schliefe er.

Als die Morgenröthe heraufstieg, trat ein altes Mütterchen heran und sprach zum Dorfkinde: Heute mußt du bei unseren Kindern zu Gast bleiben und auch die nächste Nacht hier schlafen, dann schicke ich dich wieder nach Hause. — Obwohl sich nun das Dorfkind anfangs geängstigt hatte, so war es dort bald mit den andern Kindern so bekannt geworden, daß es weder Furcht noch Heimweh mehr empfand. Der Tag verging ihnen spielend, und Abends wurden die Kinder miteinander zur Ruhe gelegt. Den andern Morgen aber kam ein junges Frauenzimmer und sprach zum Dorfkinde: »Du mußt heute nach Hause gehen, denn deine Eltern haben deinetwegen großen Kummer, sie glauben du seist gestorben.« Mit diesen Worten führte sie das Kind an der Hand, bis sie aus dem Walde heraus kamen. Dann sagte die Führerin: Von dem, was du gestern und vorige Nacht gehört und gesehen hast, darfst du kein Wörtchen zu Hause reden, sage nur, du habest dich im Walde verirrt. Darauf gab sie dem Kinde eine kleine silberne Spange und sagte: Wenn dich die Lust anwandeln sollte, wieder einmal zu uns zu Gast zu kommen, so hauche nur auf diese Spange, so findest du schon den Weg zu uns!« Das Kind steckte die Spange in die Tasche und dachte auf dem Wege zum Dorfe daran, was wohl die Eltern von der Sache halten würden, da sie ihnen die Wahrheit nicht gestehen dürfe. In der Dorfgasse gingen zwei Männer an ihr vorüber, welche sie nicht kannte. Als sie in des Vaters Hofthor trat, schien ihr der Ort gänzlich fremd; wo vorher nichts gestanden hatte, da wuchsen jetzt Aepfelbäume, an denen schöne Früchte hingen. Auch das Haus erschien ihr fremd. Da trat ein fremder Mann aus der Thür, schüttelte wie verwundert den Kopf und sagte, so daß das Mädchen auf dem Hofe es hörte: »Ein fremdes Dorfmädchen ist auf unserem Hofe.« Das Mädchen erschien die Sache wie ein Traum, doch trat sie einige Schritte näher, bis sie an die Thürschwelle kam. Als sie in's Zimmer hineinsah, erblickte sie den Vater, der auf der Ofenbank saß; eine fremde Frau und ein junger Mann saßen neben ihm, aber dem Vater waren Bart und Haupthaar ganz grau geworden. »Guten Morgen, Vater!« sagte die Tochter, »wo ist die Mutter?« — »Die Mutter, die Mutter?« rief die fremde Frau zusammenfahrend. »Hilf Gott! bist du der verlorenen Tiu Geist, oder bist du ein lebendiges Geschöpf wie wir? Ist es denn möglich, daß unser liebes Kind, das uns vor sieben Jahren verstarb, zum zweiten Male in's Leben zurück kommt?« Tiu konnte aus dieser Rede nicht klug werden. Da erhob sich die fremde Frau von der Bank, streifte Tiu's Hemdärmel auf, fand auf der Handwurzel eine kleine Brandnarbe und rief dann aus, das Mädchen umhalsend: »Unsere Tiu, unser für todt beweintes Kind, das vor sieben Jahren im Walde verloren ging.« »Das kann ja nicht sein,« erwiderte Tiu, »ich bin nur eine Nacht und einen Tag von euch weg gewesen, oder zwei Nächte und einen Tag«[4].

Jetzt gab es beiderseits genug sich zu wundern; Tiu sah nun deutlich, daß sie länger weg gewesen war als sie selbst

16

glaubte, denn sie war jetzt schon etwas größer als ihre Mutter, und Vater und Mutter waren gealtert. Gern hätte sie den Eltern erzählt, was ihr begegnet war, allein sie durfte ja nicht. Endlich sagte sie, ich hatte mich verirrt und war unter fremde Leute gerathen. Der Eltern Freude über ihr wiedergefundenes Kind war so groß, daß sie nicht weiter nachforschten, wo es denn gewesen sei.

Den andern Abend aber, als Vater und Mutter schlafen gegangen waren, ließ es der Tiu keine Ruhe mehr, sie zog die Spange aus der Tasche und hauchte darauf, um Auskunft darüber zu erlangen, was für ein wundersames Ereigniß sich mit ihr zugetragen. Alsbald fand sie sich wieder am Feuer auf dem Berge, und auch der einäugige Alte war wieder da. — »Lieber alter Papa!« bat Tiu, »gieb mir Auskunft darüber, was mit mir vorgegangen ist.« Der Alte erwiderte lachend: »Plappern ist Weibersache!« klopfte mit seinem Stecken auf den Rasen, und das junge Frauenzimmer, welches Tiu nach Hause geleitet und ihr die Spange geschenkt hatte, stand vor ihr. Sie nahm Tiu bei der Hand und führte sie einige Schritte vom Feuer weg; dort sagte sie: Da du dir zu Hause nichts hast merken lassen, will ich dir mehr verrathen. Der alte Papa am Feuer ist des Nebelberges König, die alte Mutter, welche du die erste Nacht gesehen hast, ist die Rasenmutter[5], und wir sind ihre Töchter. Ich will dir jetzt eine noch schönere bunte Spange geben, sage zu Hause, du habest sie gefunden. Willst du uns sehen, so hauche nur wieder auf die Spange. Heute darf ich dir nichts weiter sagen, aber sei verschwiegen, so wirst du künftig mehr von uns zu hören bekommen. Jetzt geh' nach Hause, ehe die Eltern aus dem Schlafe erwachen.

Als sie am Morgen erwachte, hielt sie das in der Nacht Geschehene für einen Traum, aber die schöne Spange auf ihrer Brust bewies ihr, daß sie nicht geträumt hatte. Indeß war ihr das Leben im Dorfe so fremd geworden, daß sie häufig Abends, wenn die Eltern schlafen gegangen waren, auf ihre Spange hauchte und sich dadurch, wie sie wünschte, auf den Nebelberg versetzte. Am Tage war sie meist verdrießlich, weil sie sich nach ihrem nächtlichen Glücke sehnte und somit wenig Ruhe hatte. Als der Herbst kam, fanden sich viele Freier ein; aber sie wies sie ab, endlich vor Weihnacht wurde mit dem jungen Manne, welchen sie bei ihrer Rückkehr auf des Vaters Hofe gesehen hatte, Branntwein[6] getrunken.

Der Bräutigam blieb als Schwiegersohn im Hause, denn die Eltern waren beide schon betagt.

Im nächsten Jahre brachte Tiu ein Töchterchen zur Welt, es war ein sehr schönes Kind, konnte aber doch der Mutter Herz nicht ausfüllen. Sie sehnte sich stets nach dem Nebelberge zurück und wäre gern hingezogen, wenn sie das Kind hätte allein lassen können. Als aber die Tochter sieben Jahr alt geworden war, kam eine Nacht, wo die Mutter ihr Verlangen nicht mehr zurückdrängen konnte, sie hauchte auf die Spange und sah sich auf den Nebelberg versetzt. Der Rasenmutter Töchter kamen ihr mit Freudengeschrei entgegen. »Warum bist du so lange weg geblieben?« fragten sie. Tiu sagte mit thränenden Augen, daß es ihr nicht möglich gewesen sei zu kommen, wiewohl ihr das Herz großes Verlangen danach getragen habe. Des Nebelberges König muß uns helfen, sagten darauf die Mädchen und baten Tiu, nach zwei Wochen wieder zu kommen und ihr Töchterchen mitzubringen. Tiu versprach es zu thun, wenn es möglich wäre.

Als aber die Zeit herangekommen war, schlief das Kind so ruhig an des Vaters Seite, daß die Frau nicht das Herz hatte, es mit sich zu nehmen, sie ging deßhalb, indem sie sich der Spange bediente, allein. Der alte König des Nebelberges lag beim Scheine des Feuers am Boden, und sagte als er Tiu erblickte: »Du bist heute zur unglücklichen Stunde ohne dein Kind hergekommen, und es wird dir große Qual daraus erwachsen. Doch kannst du zu guter Letzt noch eine vergnügte Nacht feiern, ehe deine Leidenstage beginnen.« Bei diesen Worten klopfte er mit dem Eisenstecken auf den Rasen, und sofort erschienen der Rasenmutter Töchter, nahmen Tiu mit sich und feierten ein schönes Fest miteinander.

Inzwischen war daheim der Mann erwacht und als er die Frau nicht im Bette fand, stand er auf und suchte sie auf dem Hofe. Auch hier fand er keine Spur der Verschwundenen. Da entbrannte im Manne der Zorn, denn er glaubte die Frau sei irgendwo auf bösen Wegen, darum legte er sich nicht wieder hin, sondern ging sofort zu einem Weisen des Dorfes, ihm den Fall zu erzählen, und ihn um Rath fragen. Als der Weise sich aus einem Weinglase Aufschluß verschafft hatte, sagte er: »Mit deinem Weibe steht es nicht wie es sein soll, sie geht des Nachts als Wärwolf[7] um, und hat das gewiß schon lange getrieben, nur daß du es bis heute nicht bemerkt hast. Wenn sie nach Hause kommt, mußt du sie sogleich vor Gericht stellen.«

Der Mann fand, als er nach Hause kam, die Frau an der Seite des Kindes ruhig im Bette schlafen, er weckte sie indeß nicht, um sie über ihren nächtlichen Gang auszufragen, sondern ging vor Gericht, wie der Weise gewollt hatte. Die Frau wurde vorgefordert. Sie weigerte sich Auskunft darüber zu geben, wo sie vergangene Nacht gewesen sei, wollte auch nicht gestehen, wo sie früher als Kind sieben Jahre lang sich verborgen gehalten, und sagte nur: Meine Seele ist schuldlos, mehr kann ich nicht sagen. Auch später wollte sie ihr Geheimniß nicht verrathen, so daß endlich der Spruch gefällt wurde: das Weib ist eine Hexe, ein Wärwolf und sonstige Uebelthäterin, deßhalb muß sie den Feuertod sterben. Es wurde dann ein großer Scheiterhaufen errichtet, an welchen man das arme Weib festband, worauf er angezündet wurde. Als aber die Flamme eben aufloderte, fiel so dichter Nebel, daß man die Hand vor Augen nicht sehen konnte[8]. Als später die Sonnenstrahlen den Nebel aufsogen, fand man den Scheiterhaufen noch unversehrt, das Weib aber war nirgends zu finden, es war als ob sie im Nebel zerflossen wäre. — Des Nebelberges König hatte sie gerettet.

Wiewohl nun Tiu jetzt auf dem Nebelberge gute Tage hatte, so fand ihr Herz doch keinen Frieden, sondern sehnte sich nach dem zurückgebliebenen Kinde. Hätte ich mein Töchterlein hier — so seufzte sie oft — dann könnte ich glücklich leben, so aber ist das halbe Herz immer bei dem Kinde im Dorfe, und die andere Hälfte lebt in Trauer. Des Nebelberges König errieth ihre geheimen Gedanken und ließ einst bei Nacht das Töchterlein aus dem Dorfe zur Mutter bringen. Da waren beide, Mutter und Tochter, vollkommen glücklich und sehnten sich nach nichts mehr. Die Dorfleute und der Mann glaubten, daß die, in einen Wärwolf verwandelte Frau das Kind bei Nacht fortgenommen habe. Der Mann freite eine andere Frau, aber weder seine eigene Wirthschaft noch die der anderen Höfe nahmen so guten Fortgang wie sonst; allsommerlich litten sie Schaden durch Dürre, das Getreide und Gras verdarben, weil der erfrischende Nachtthau nicht auf den Strich fiel, den die Leute bewohnten. Des Nebelberges König war zornig darüber, daß sie sein Pflegekind hatten umbringen wollen.

3. Die schnellfüßige Königstochter.

Es war einmal eine sehr schöne und schmucke Königstochter, die aller Orten berühmt war, denn es kamen gar viele Freier zu ihr, von Morgen und Abend, von Mittag und Mitternacht her, so daß oftmals die ganze Woche durch der Hof von den Pferden der Bewerber nicht leer wurde. Aber das Freien ward den Männern nicht so leicht wie unseren Zeitgenossen, die, wenn sie auch manchmal an einem Morgen vor sieben Thüren anklopfen müssen[9], doch dabei den Hals nicht verlieren. Mit der schmucken Königstochter war das aber anders und es durfte keinen Freier, der seine Bewerbung anbringen wollte, an gehörigem Muthe fehlen. Die königliche Maid hatte nämlich sehr schnelle Füße, und darum ihrem Vater fest versichert, sie werde nicht eher heirathen, als bis sie einen Freier fände, der eben so schnellfüßig sei, so daß er mit ihr nicht nur um die Wette, sondern ihr auch noch ein Stück vorbeilaufen könne. Nun, das hätte weiter nichts geschadet, wenn mit dem Wettlauf nicht noch eine andere Bedingung verbunden gewesen wäre, nämlich, daß jeder Freier, dessen Schritte die der Jungfrau nicht überholen könnten, sofort sein Leben verlieren sollte. Wohl muß man sich wundern, daß trotzdem immer noch junge Männer von vornehmer Geburt sich fanden, welche das gefährliche Wagestück unternahmen, obgleich noch keiner einen besseren Lohn erhalten hatte als den, daß sein erstarrter Körper um einen Kopf kürzer gemacht wurde. Die abgehauenen Köpfe wurden dann jedesmal, gleichsam ihnen selbst zum Spott und andern zum Schrecken, auf lange Stangen vor des Königs Behausung aufgespießt. Mancher kluge Mann mochte nun wohl meinen, daß in den auf ihren Stangen steckenden Köpfen doch nicht viel Hirn und Witz gewesen sein könne, da sie thöricht genug gewesen, ihre Haut so billig zu Markte zu tragen. Aber dergleichen kluge Leute vergessen, daß manchem jungen Manne das feurige Blut die ruhige Besinnung aufzehrt. Man erlebte nun freilich, daß die zur Abschreckung aufgesteckten Köpfe die gute Wirkung hatten, das unaufhörliche Zuströmen von Freiern zu verringern, daß sie auch manchen Ankömmling vor der Pforte noch zur Umkehr bewogen, ehe er das Glücksspiel versuchte. Gleichwohl stellte sich immer noch von Zeit zu ein und der andere Thor ein, der nicht wieder nach Hause kam, sondern seinen Kopf den Raben zum Futter ließ.

Jetzt hatten schon so lange keine Hufe von Freier tragenden Rossen den Weg zum Königssitze gestampft, daß die Leute schon anfingen zu hoffen, diese unsinnigen Fahrten würden gar nicht mehr vorkommen, als mit einem Male ein von Sehnsucht getriebener Königssohn aus weiter Ferne her sich abermals auf den Weg machte. Dieser Freier war aber ein gar schlauer Mann und hatte deshalb schon daheim ein paar Jahre oder noch länger seine Beine täglich im Laufen geübt. Jetzt verstand er seine Sache aus dem Grunde, denn in dem ganzen Königreiche, welches sein Vater beherrschte, war unter Männern und Weibern Niemand, den der Königssohn nicht im Lauf überholt hätte. Wenn er trotzdem mit Kutsche und Pferden auf die Freite fuhr, so wollte er einmal dadurch den Leuten seinen Reichthum zeigen, und dann auch seinen Beinen Ruhe gönnen, damit sie nicht noch vor dem Wettlauf ermüdeten. Einen halben Scheffel Gold nahm der Jüngling für die Wegekost mit; dasselbe wurde, als wäre es ein Hafersack, hinten auf der Kutsche festgebunden. Der Königssohn war auf seiner Freierfahrt noch nicht weit gekommen, da sieht er von weitem ein Menschenbild im Fluge herankommen, wie von Vogelfittigen getragen und nach wenig Augenblicken saust auch der Schnellfuß wie der Wind an der Kutsche vorbei.

»Halt still, halt still!« schreit der Königssohn aus Leibeskräften, damit das Ohr des Windfüßigen es vernehme. Alsbald hält der Mann seinen Lauf an und bleibt stehen, um zu hören, weshalb er gerufen wird. Da erst wird der Königssohn gewahr, daß dem Läufer an beiden Füßen ein Mühlstein hängt. Dieser seltsame Umstand läßt die Laufkraft des Mannes in des Königssohn Augen noch gewaltiger erscheinen, darum fragt er: »Weshalb hast du die Mühlsteine an den Füßen?« »Meine Füße würden sonst im schnellen Laufe nicht am Boden haften«, erwidert der Mann — »und ich könnte unversehens wer weiß wohin gerathen, wenn die Füße keine schwerere Last zu tragen hätten als bloß den Körper.«

Der Königssohn denkt alsbald, einen solchen Mann könnte ich in Dienst nehmen, wer weiß wie die Sache geht, vielleicht kann ich einen Stellvertreter zum Wettlauf stellen, falls ich selber nicht gewiß wäre durchzukommen. »Hast du nicht Lust in meinen Dienst zu treten?« fragte er den Mann. »Warum nicht, wenn wir Handels einig werden. Was versprecht ihr mir denn für Lohn?« Der Königssohn erwidert: »Alle Tage frisches Essen und Trinken, soviel dein Herz begehrt, schöne vollständige Sommer- und Winterkleidung und einen Stof[10] Gold als Jahreslohn.«

Der Mann war damit zufrieden und der Königssohn hieß ihn sich hinter der Kutsche auf den Goldsack zu setzen. »Wozu?« fragte der Mann. »Glaubt ihr, daß eure Pferde schnellere und stärkere Beine haben als ich? Seid unbesorgt, ich werde ihnen immer voraus sein.« So zogen sie denn weiter.

Nach einer Weile sieht der Königssohn einen Mann am Wege sitzen, der eine Flinte an die Wange gelegt hatte, als ob er auf irgend einen Vogel ziele. Aber wie scharf auch der Königssohn und seine Diener nach allen Seiten hin spähten, sahen sie doch weder auf der Erde noch in der Luft irgend etwas, worauf der Schütze hätte zielen können. »Was thust du da,« fragte der Königssohn. Der Schütze wies mit der Hand, als wollte er zu verstehen geben, sprecht kein Wort, ihr verscheucht mir den Vogel. »Was machst du da?« fragt der Königssohn zum zweiten, und als keine Antwort erfolgte zum dritten Male. »Seid still«, sagte der Schütze mit leiser Stimme, »bis ich euch Antwort gebe, ich muß erst den Vogel herunterschießen.« Nach einem Weilchen ließ sich ein Paff hören, worauf der Schütze sogleich aufstand und also sprach: »Ich habe den Vogel, jetzt kann ich euch Antwort geben. Schon eine Weile kreiste eine Mücke um den Thurm der Stadt Babylon und wollte sich auf den Thurmknopf niederlassen; ich konnte das aber nicht dulden, denn die Mücke ist zehn Liespfund schwer, sie hätte die feine Knopfspitze beschädigen können, deshalb schoß ich den Feind nieder.« Der Königssohn fragt verwundert: »Wie kannst du denn so weit sehen?« — »Was für eine winzige Weite ist das«, lacht der Mann, »mein Auge reicht viel weiter.« »Wartet ein wenig,« ruft der schnellfüßige Läufer dazwischen, »ich will hin und sehen, ob der Mann aufgeschnitten, oder die Wahrheit gesagt hat.« Mit diesen Worten war er auf und davon wie der Wind, und nach einigen Augenblicken hatte ihn der Königssohn aus dem Gesicht verloren.

Einen solchen Schützen könnte ich wohl auch einmal irgendwo brauchen, denkt der Königssohn und geht sogleich daran, den Vertrag abzuschließen. »Willst du zu mir als Diener kommen?« fragt er den scharfsichtigen Schützen. »Warum nicht«, erwidert der Mann, »wenn wir Handels einig werden können. Was versprecht ihr mir als Löhnung?« Der Königssohn sagt: »Täglich frisches Essen und Trinken, soviel das Herz begehrt, vollständige schöne Kleidung für Sommer- und Winterbedarf, und einen Stof

Gold als Jahreslohn.« Der Schütze war damit einverstanden, und eben langte auch der Schnellfuß wieder von Babylon an, auf dem Rücken die heruntergeschossene große Mücke, die ihm gar nicht lästig war. Der scharfsichtige Schütze setzte sich hinter der Kutsche auf den Goldsack und man fuhr wieder weiter.

Sie waren noch nicht viel weiter gefahren, da sah der Königssohn, der, wie kluge Leute pflegen, Augen und Ohren überall hatte, am Wege einen Mann, der auf der Erde lag und das Ohr an den Boden hielt, als wollte er erlauschen; des Mannes Ohr war röhrenförmig gestaltet und drei Klaftern lang. »Was machst du da?« fragte der Königssohn. Der Horchende erwiderte: »In der Stadt Rom sind gerade jetzt fünf Könige versammelt, die heimlich über einen Krieg rathschlagen; ich wollte nun eben hören, ob der Krieg auch uns berühren wird.« Der Königssohn fragte verwundert: »Wie kannst du in so weiter Ferne hören?« Der Mann erwiderte: »Das ist nun gerade nicht weit, mein Ohr reicht noch weiter, es kann wohl kaum irgendwo auf der Welt etwas gesprochen werden, was nicht an mein Ohr dringen würde, wenn ich anders Lust hätte, von allem leeren Weibergeschwätz Kenntniß zu nehmen.« Der Königssohn dachte gleich bei sich, wer weiß ob eines solchen Mannes Beistand nicht manchmal nöthig werden kann, und fragte den Ohrenmann: »Hättest du nicht Lust in meinen Dienst zu treten?« »Warum nicht — erwiderte der Ohrenmann — wenn wir Handels einig werden. Was versprecht ihr mir denn zum Jahreslohn?« Der Königssohn gab zur Antwort: »Täglich frisches Essen und Trinken, soviel dein Herz begehrt, vollständige schöne Kleidung und einen Stof Gold jährlichen Lohn.« Der Ohrenmann war damit sehr zufrieden, worauf der Handel geschlossen wurde. Der Mann drehte seine lange Ohrröhre zusammen, damit sie den Boden nicht berührte, setzte sich neben dem

Scharfsichtigen auf den Goldsack hinter der Kutsche und so fuhren sie weiter.

Sie waren wieder eine Strecke Wegs gefahren, als sie auf einen großen Wald stießen. Schon eine Weile vorher, ehe der Wald sich vor ihnen aufthat, hatte der Königssohn bemerkt, wie seltsam einzelne Wipfel von Zeit zu Zeit klafterhoch über die andern Bäume des Waldes sich empor hoben und dann plötzlich wieder ganz verschwanden. Er fragte seine Diener, was die Sache zu bedeuten habe, aber keiner konnte ihm darüber Aufschluß geben. Stand Jemand am Baume und hieb ihn mit der Axt um, so konnte der Baum wohl, sobald er zu Boden fiel, dem Gesichte entschwinden, aber wie ein Baum erst den Wipfel ein Paar Klafter hoch gen Himmel streckt, bevor er niederfällt, das konnte menschlicher Verstand nicht erklären. Allgemach betraten nun unsere Wanderer den Wald und hier sollten sie denn glücklicher Weise durch eigene Anschauung erfahren, wie es mit dem wunderbaren Emporsteigen der Bäume zuging. Sie waren noch gar nicht lange im Waldesdickicht gefahren, als sie den Baumlupfer gerade bei der Arbeit erblickten. Ein Mann nämlich wählte sich einen passenden Baum aus, trat dann darauf zu, packte mit beiden Fäusten den Stamm und zog ihn sammt den Wurzeln aus dem Boden, als wäre es ein Kohlkopf oder eine Steckrübe gewesen. Als er sah, daß die Kutsche hielt, unterbrach er die Arbeit und trat einige Schritte näher, weil er meinte, der in der prächtigen Kutsche fahrende Herr könnte wohl des Waldes Eigenthümer sein, der ihm zu wehren komme. Deswegen sagte er demüthig: »Geehrter Herr! nehmt es nicht für ungut, wenn ich ohne Erlaubniß etwas mageres Kleinholz aus eurem Walde genommen habe, das größere habe ich nicht angerührt; die Mutter wollte Brei kochen und schickte mich deshalb in den Wald, daß ich eine Tracht Holz nach Hause brächte, um Feuer unter den Grapen zu machen. Ich wollte eben noch einige Stücke zulegen, und mich dann auf den Weg machen, als ihr herbeikamt.« Der Königssohn wunderte sich sehr über des Mannes Stärke, doch dachte er, ich will mich Spaßes halber als den Herrn des Waldes geberden, bis ich seine Kraft noch besser erprobe, deshalb sagte er zum Baumlupfer: »Ich wehre dir nicht, nimm meinetwegen noch einen viel stämmigeren Baum dazu.« Mit vergnügtem Gesicht schritt der Mann zurück, packte sofort einen Baum den er mit den Händen nicht umspannen konnte und riß ihn krach! aus dem Boden heraus. »Hast du nicht Lust in meinen Dienst zu treten?« fragte der Königssohn. »Warum nicht, wenn wir Handels einig werden«, erwiderte der Mann. »Was für einen Jahreslohn versprecht ihr mir denn?« Der Königssohn erwiderte: »Jeden Tag frisches Essen und Trinken, soviel das Herz begehrt, vollständige Kleidung und jährlich einen Stof Gold.« Der Mann kratzte sich hinter den Ohren, als wäre er in Betreff des Lohnes noch unentschlossen, sagte dann aber: »Gönnet mir nur erst noch soviel Zeit, daß ich die Tracht Holz der Mutter bringe und ihr zugleich sage, wohin ich gehe, sie könnte sonst bis zum Sterben warten, dann eile ich sogleich zurück.« Nachdem er die Erlaubniß erhalten, nahm er das ausgerissene Holz auf, ging raschen Schrittes von dannen und kam auch ohne viel Zeitverlust zurück. Der Königssohn war vergnügt, daß er wieder einen Knecht gewonnen hatte, dessen Hülfe ihm in unerwarteter Gefahr zu Statten kommen konnte.

Man hatte den Wald schon längst im Rücken und war ein gutes Stück im offenen Felde weiter gefahren; in weiter Ferne erblickte man eine Stadt und eine Strecke diesseits der Stadt sieben Windmühlen, welche sämmtlich auf einer Seite des Weges in einer Reihe neben einander standen. Der Königssohn, welcher scharf auf Alles achtete was vorging, bemerkte sogleich, daß die Flügel sämmtlicher Windmühlen sich drehten, obwohl die Luft ringsum so ruhig war, daß kein Blättchen und Federchen sich rührte. Weiter fahrend spürte er dann plötzlich einen heftigen Wind, wie aus einer Röhre oder wie er aus einem Mauerloch zuweilen in's Gemach dringt, nachdem er sich aber einige Schritte von der Stelle entfernt hatte, hörte der Wind eben so plötzlich wieder auf. Der Königssohn ließ die Blicke überall umher schweifen, gewahrte aber lange nichts Absonderliches, woraus er auf den Winderzeuger hätte schließen können. Als sie nur noch einige Feld Weges vom Stadtthor entfernt waren, sieht der Königssohn plötzlich einen Mann von mittlerem Wuchse, der, die Füße gegen einen großen Stein gestemmt und den Leib etwas rückwärts gebogen, eine ganz eigenthümliche Arbeit zu verrichten schien. Der Königssohn ließ halten und fragte den fremden Mann: »Was machst du da, Brüderchen?« Der Mann erwiderte: »Was soll ich armer Schlucker machen? Da ich nirgends einen besseren Dienst fand, der mich hätte ernähren können, mußte ich nothgedrungen das Amt übernehmen, bei stillem Wetter, wenn kein Wind geht, die Stadtmühlen durch Blasen in Gang zu bringen. Aber kann ich mir mit diesem dummen Geschäft wohl Geld verdienen? Kaum so viel, daß ich nicht Hungers sterbe.« »Ist es dir denn ein so leichtes Geschäft, die Mühlen durch Blasen in Gang zu bringen?« fragte der Königssohn. »Nun«, erwiderte der Mann, »das könnt ihr mit eigenen Augen sehen. Mein Mund bleibt immer geschlossen und mit den Fingern drücke ich ein Nasenloch zu, damit nicht zuviel Wind entsteht, weil sonst die Windmühlenflügel sammt der Mühle in die Luft fliegen würden.« »Hast du nicht Lust in meinen Dienst zu treten?« fragte der Königssohn. »Warum nicht«, erwiderte der Mühlenbläser, »wenn wir Handels einig werden und ihr mir soviel gebt, daß ich nicht länger Hunger zu leiden brauche. Was für einen Lohn versprecht ihr mir, wenn ich zu euch in Dienst treten soll?« Der Königssohn erwiderte: »Was ich den andern Knechten gebe, das sollst du auch bekommen. Alle Tage frisches Essen und Trinken, soviel dein Herz begehrt, schöne vollständige Kleidung und obendrein noch einen ganzen Stof Gold als Jahreslohn.« Der Windbläser sagte mit fröhlicher Miene: »Damit kann sich ein Mann schon begnügen, bis er einmal zufällig etwas Besseres findet. Es sei so, schlagen wir ein! Den Mann am Wort, den Stier am Horn, sagt ein alter Spruch.« Der Königssohn nahm den neuen Knecht mit und zog dann mit seinen vier Dienern der Königsstadt zu, um Glück oder Unglück zu erproben: mochte er nun des schönen Mädchens Gemahl werden, oder seinen Kopf auf die Stange liefern.

Als er in die Königsstadt kam, ließ er für sich und seine Diener in dem besten Gasthof Wohnung nehmen und befahl dem Wirthe noch ausdrücklich, den Dienern reichliches Essen und Trinken zu geben, jeglichem was er selber wünsche. Eine Hand voll Gold auf den Tisch werfend, sagte der Königssohn: »Nimm das Wenige als Handgeld, wenn wir wieder scheiden, so werde ich schon noch zulegen, was fehlt.« Dann befahl er, Schneider und Schuster aus der ganzen Stadt zusammenzurufen, die seinen Dienern stattliche Gewänder fertigen sollten, denn obwohl jeglicher in dem was seines Amtes war vortrefflich Bescheid wußte, so war doch keinem deshalb ein besseres Gefieder gewachsen, so daß man an ihnen recht bestätigt finden konnte, was ein altes Wort sagt: »Neun Gewerbe, das zehnte Hunger«, oder: »Einem schönen Singvogel ist nicht immer ein hübscher Rock gewachsen!«

Der schnellfüßigen Jungfrau Vater, der alte König, hatte indeß schon durch's Gerücht von der Pracht und dem Reichthum des neuen Freiers gehört, noch ehe der Jüngling selbst vor ihm erschien, was erst am dritten Tage geschah. Die schönen Kleider und Schuhe für die Diener waren nicht früher fertig geworden. Als der alte König den stattlichen, blühenden Jüngling erblickt hatte, sagte er mit väterlicher Huld: »Lasset, werther Freund, diesen Wettlauf lieber unversucht; wären eure Füße auch noch so geschwind, so könntet ihr doch nichts gegen meine Tochter ausrichten, da sie Füße hat wie Flügel. Mich dauert euer junges Leben, das ihr unnütz hingeben wollt.« Der Freier erwidert: »Geehrter König! ich höre von den Leuten, daß, wenn Jemand nicht selbst mit eurer Tochter um die Wette laufen wolle, es ihm gestattet sei, seinen Diener oder Lohnknecht zu schicken.« — »Das ist allerdings wahr«, erwiderte der König, aber aus solch' einem Gehülfen erwächst auch nicht der geringste Nutzen. Bleibt der Gehülfe zurück, so wird nicht sein Kopf genommen, sondern der eurige muss dafür haften und wird vom Rumpfe getrennt und auf die Stange gesteckt werden.« Der Königssohn sann eine Weile nach und sagte dann mit Entschlossenheit: »Sei es denn so. Einer meiner Diener soll das Glück versuchen und mein Haupt soll, wenn er Unglück hat, büßen. Ich bin einmal in dieser Angelegenheit von Hause gekommen, und ehe ich, ohne die Sache verrichtet zu haben, zurückgehe und mich zum Gespött der Leute mache, verliere ich lieber meinen Kopf. Besser daß die Leute den todten Kopf auf der Stange als den lebenden Mann verspotten.« Wiewohl der alte König noch gar viel redete und den Freier mit aller Macht von seinem Vorhaben abzubringen suchte, so half es doch nichts, sondern er mußte endlich nachgeben. Der Wettlauf sollte am nächsten Tage vor sich gehen. Als der Königssohn fortgegangen war, sprach der Vater zu seiner Tochter Worte, die der langohrige Mann im Gasthof erhorchte und dem Königssohne wiedersagte: »Liebes Kind, du hast bis zum heutigen Tage viel junge Männer in's Verderben gestürzt, was mir schon oftmals das Herz betrübte. Aber keiner von den hingeopferten Freiern war so sehr nach meinem Sinne, wie der junge Königssohn, der morgen die Kraft seiner Beine im Wettlaufe mit dir erproben will, er ist ein blühender Mann und von kluger Rede. Aus Liebe zu mir hemme morgen die Schnelligkeit deiner Füße, damit der Freier oder sein Diener dich besiege und ich endlich einen Schwiegersohn bekomme, der nach meinem Tode das Reich erbe, da ich keinen Sohn habe.« — »Was?« erwiderte die Königstochter, während ihr Antlitz vor Stolz und Zorn sich röthete, »soll ich um eines Burschen willen die Stärke meiner Füße verleugnen, um dadurch unter die Haube zu kommen? Nein durchaus nicht, lieber bleibe ich zeitlebens eine alte Jungfer. Wer hat ihn hergetrieben? Ich habe ihn nicht gerufen, so wenig als Diejenigen, welche vor ihm hierher gekommen sind. In unserem Walde wächst noch Holz genug, um seinen thörichten Kopf und alle, die von seines Gleichen, zu tragen, wenn man sie an die Luft stellt, damit sie ihre tolle Hitze abkühlen. Gefällt euch der Freier, so schickt ihn lieber wieder heim, ehe er den Lauf versucht, aber von mir hoffet auf keine Barmherzigkeit für ihn. Wer nicht hören will, muß fühlen.« Der König sah, daß seine Tochter in diesem Stücke unerschütterlich sei und gab allen weiteren Widerspruch auf.

Darnach, als der Ohrenmann dem Königssohne dies Gespräch erzählt hatte, trat der schnellfüßige Diener in's Zimmer und sagte: »Ich schäme mich, so vor den Leuten mit meinen Mühlsteinen herumzulaufen, kaufet lieber sechs Ochsenfelle, lasset daraus einen Ranzen machen, dann kaufet noch zur Beschwerung für den Ranzen so viel Eisen als meine Fußsteine wiegen, so ist Alles in Ordnung; die Leute werden mich für einen reisenden Handwerksburschen halten.« Der Königssohn erfüllte ohne Widerrede des Mannes Verlangen, ließ Felle und Eisen kaufen, soviel für nöthig erachtet wurde, und den andern Morgen war der Ranzen bei Zeiten fertig. Der Mann nahm den Ranzen auf den Rücken und setzte sich in Gang, obwohl die ungewohnte Last auf dem Rücken den Füßen anfangs etwas fremd vorkam; sie wollten sich an diese weiter abliegende Fessel nicht recht kehren, bis sie sich allmählich auch dieser Hemmung fügen lernten.

Auf dem für den Wettlauf bestimmten Platze hatte sich eine unzählige Menge Volks versammelt; die Einen lachten über den Ranzenmann, die Andern sagten: »Ein Vernünftiger ist darauf bedacht, wenn er laufen will, die überflüssigen Kleider abzulegen, diesem Manne aber ist es nicht eingefallen auch nur den Ranzen von sich zu thun.« Der Ohrenmann meldete diese Reden sofort dem Königssohne; aber der Läufer achtete ihrer nicht. Zur Rennbahn war eine Gasse von der Länge einer Meile abgesteckt und zu beiden Seiten mit Bäumen bepflanzt, die den Laufenden Schutz gegen die brennende Sonnenhitze gaben. Am Ende der Gasse sprudelte eine kleine Quelle ihr Wasser aus dem Boden hervor. Es war festgesetzt, daß die Wettlaufenden mit einer leeren Flasche an die Quelle laufen und dort die Flasche mit Wasser füllen sollten, und wer dann beim Zurücklaufen, sei es um einen oder zwei Schritte, vor dem Andern wieder eintreffe, der solle der Sieger sein. Als nun die Königstochter und des Freiers schnellfüßiger Diener auf das gegebene Zeichen gleichzeitig ausliefen, dauerte es nicht gar lange, so war der Ranzenmann wie der Wind an der Jungfrau vorüber, lief zur Quelle, füllte die Flasche und trat den Rücklauf an. Auf dem halben Wege kam ihm die Königstochter, die noch erst zur Quelle lief, entgegen. »Halt ein wenig an, Brüderchen!« bat die Königstochter, »ich habe mir den Fuß etwas verstaucht. Gieb mir aus deiner Flasche ein paar Tropfen Wasser auf den Fuß und verschnaufe, dann gehen wir wieder vorwärts.« »Meinethalben«, sagte der Mann, »ich habe ja keine Eile; ich bleibe, wenn ihr wollt, hier sitzen, bis ihr von der Quelle zurückkommt, dann laufen wir mit einander weiter.« Als er aber niedersaß um auszuruhen, und keinen Betrug fürchtete, hielt ihm die

Königstochter, als ob sie ihm schmeicheln wollte, ein Schlafkraut unter die Nase, so daß er sofort in Schlaf fiel. Dann nahm ihm die Jungfrau die gefüllte Flasche aus der Hand und trat hinkend den Rücklauf an. Der Augenmann sah den Vorfall, nahm seine Flinte und schoß von einem Baume einen Zweig so geschickt herunter, daß derselbe dem Schnellfuß auf die Nase fiel und ihn aus dem Schlafe weckte. Zu seinem Schrecken findet der Mann eine leere Flasche und sieht, daß die Maid schon eine Strecke auf dem Rückwege voraus ist. Jetzt strengte er seine Füße an, daß Fersen Funken sprühten, flog zum zweiten Male zur Quelle, füllte die Flasche und sauste dann wie der Wind zurück. Richtig überholte er die Königstochter schon, als immer noch eine gute Wegstrecke bis zum Ziel übrig war und langte einige Augenblicke vor ihr an. So war der Sieg dem Freier geblieben, der diesmal seinen Kopf nicht auf die Stange verkauft hatte; die Königstochter aber ging in zornigem Muthe nach Hause, denn solch' einen Possen hatte sie noch in ihrem Leben nicht erfahren, daß irgend ein menschliches Wesen raschere Füße gehabt hätte als sie selber. Der Königssohn begab sich mit seinen Dienern in den Gasthof, ließ ein prächtiges Mahl anrichten und machte dem Läufer ein reiches Geschenk, desgleichen auch dem Schützen, der den Läufer zu rechter Zeit aufgeweckt hatte. Gleichwohl vermochte der Lärm des Gelages nicht das Gehör des Ohrenmannes zu verwirren, daß er nicht vernommen hätte, was derweil im Königshause zwischen Vater und Tochter gesprochen wurde. »Jetzt, liebes Kind!« sagte der König, »mußt du dich vermählen, da hilft nichts mehr, deiner Füße Schnelligkeit ist durch einen Schnelleren überwunden. Ich bin darüber ganz froh, denn erstens werden nun keine Männer mehr ankommen und zweitens erhalte ich einen Schwiegersohn, der in allen Stücken nach meinem Sinne ist.« Der König wollte noch weiter sprechen, aber da lösten sich plötzlich der Tochter Zungenbänder, welche der Zorn bis dahin gefesselt hatte und nun stürzte aus dem schönen Munde die Rede wie der Wasserfall auf's Mühlrad, so daß der König nicht im Stande war noch etwas weiter vorzubringen. Da Niemand vermöchte, diese Rede Wort für Wort wiederzugeben, so will ich nur in Kürze den Kern derselben mittheilen. Die Tochter betheuerte mit den eindringlichsten Worten, wenn der Vater sie mit Gewalt verheirathen wolle, so würde sie wohl vorher ihr Leben lassen können, aber die Frau des Mannes zu werden, der durch seinen Diener zufällig über sie gesiegt habe, dazu solle keine Macht der Erde sie zwingen. Als endlich das Zünglein der Tochter schon müde wurde und der König wieder ein und das andere Wort dazwischen werfen konnte, versuchte er es bald mit Drohungen, bald mit Schmeichelworten, aber Alles vergebens. »Meinethalben,« rief die Tochter aus, »mögt ihr ihm das halbe Königreich als Abfindung anbieten, aber zur Frau wird er mich nicht bekommen so lange Leben in mir ist.« Der Königssohn wurde sehr verdrießlich, als der Ohrenmann diese Reden gemeldet hatte. Aber der Baumlupfer sagte: »Betrübt euch darüber doch nicht, Mädchen giebt es auf der Welt mehr als so eine Königstochter meint, und auch noch schönere und feinere als sie ist. Verlanget aus des Königs Schatzkammer so viel Gold, wie ein Mann in einem Sacke auf seinem Rücken fortbringen kann, als Abfindungspreis, und lasset die Tochter in Ruhe, bis sie mit all' ihrer Habe verschimmelt, so daß Niemand mehr kommt sie anzusehen, geschweige denn zu freien.« Der Rath war nach des Königssohnes Geschmack, deshalb sagte er am andern Morgen, als er aus des alten Königs Munde vernommen, was ihm der Ohrenmann schon gestern berichtet hatte: »So mag es denn meinetwegen mit der Freite sein Bewenden haben. Ich will mich mit euch vertragen, wenn ihr mir aus eurer Schatzkammer soviel Gold und Goldeswerth zum Ersatz für meine weite Reise versprecht, als ein Mann in einem Sacke auf dem Rücken forttragen kann.« Der König versprach das ohne Weigern, und war noch froh, daß er so wohlfeilen Kaufes davon kam, denn hätte der Jüngling das halbe Königreich zur Abfindung gefordert, er hätte es hingeben müssen, so aber kam er mit einem Sack voll Gold los. Der König dachte in seinem Sinn: ich hielt den jungen Mann für gescheidter als er ist, aber er kennt das Gewicht des Goldes nicht, von dem doch der allerstärkste Mann nicht viel tragen kann. So trennten sich die Männer, beide mit dem abgeschlossenen Handel sehr zufrieden.

Im Gasthofe sagte der Baumlupfer zum Königssohne: »Jetzt schicket Diener in die Stadt und lasset sämmtliches Segeltuch, das in den Buden zu finden ist, aufkaufen, dann bringet fünfzig Schneidergesellen zusammen und lasset aus dem Segeltuch einen sechsdoppelten Sack nähen, so lang und breit als der Stoff reichen will. Mit diesem Sacke will ich aus der Schatzkammer das Lösegeld holen, das euch zum Ersatz für die Jungfrau dienen soll.« Der Königssohn that also und versprach den Bockreitern reichen Lohn, wenn sie die Nacht durch den Sack bis zum Morgen fertig nähen würden. Wenn nun, wie man sagt, schon der Meisterin Bratenschüssel auf dem Ofenherd[11] die Nadel des Schneiders beflügelt, so kann man leicht denken, um wie viel mehr der vom Königssohne verheißene Lohn dies that. Die Schneider stichelten die ganze Nacht am Segeltuch und jeder war nur darauf bedacht, seine Augen vor dem Nebenmann zu hüten, damit ihm dessen Nadel in ihrem Schwung nicht in's Auge fahre. Etwas vor Mittmorgen (9 Uhr) hatten die Männer den Sack fertig und fast alle Nähte waren doppelt genäht. Die Schneider erhielten den Arbeitslohn und noch so viel Trinkgeld obendrein, daß sie dafür, obwohl die Arbeit nur eine Nacht gedauert hatte, drei Tage lang in der Herberge Gelage halten konnten. Der Baumlupfer nahm dann seinen Sack auf den Rücken und ging damit nach des Königs Schatzkammer zum Schatzmeister, um die Füllung des leeren Sackes zu verlangen. Als der Schatzmeister den grundlos tiefen Sack erblickte, sagte er spottend: »Du hast wohl den rechten Weg verfehlt, Brüderchen, du wolltest sicher in irgend eine Kaffscheune, für das Geld hätte es eines solchen Sackes wahrhaftig nicht bedurft.« Der Sackmann erwiderte: »Nun, der Sack wird über den frei bleibenden Rand nicht trauern [12], auch kann ich nicht mehr hinein thun, als ich im Stande bin fortzutragen.« So mit einander sprechend, waren sie bis zur Schatzkammer gekommen. Als die Thüren aufgeschlossen waren und die Goldtonnen alle zum Vorschein kamen, sagte der Schatzmeister: »Was meinst du, getrauest du dir wohl daraus den Sack zu füllen und dann vom Platze zu bringen?« Der Sackmann erwiderte: »Du wirst ja sehen; wer kann eine Sache als sicher rühmen, ehe er sie versucht hat? Mein Herr hatte, als er herkam, die feste Hoffnung, mit einer jungen Frau zurückzufahren, bekommt aber nun keinen besseren Lohn als ein Säckchen voll Geld. Nun, Geld ist oft besser als ein böses Weib.« Der Schatzmeister sagte höhnisch: »Schade, daß du keine Schaufel mitgebracht hast, das würde die Arbeit abkürzen, denn mit der Hand den Sack zu füllen ist doch langweilig, zumal wenn der Sack so groß ist.« Der Baumlupfer entgegnete: »Mein seliger Vater sagte oftmals scherzweise: Wenn ein Mann weder Kanne noch Schöpfkelle hat, so muß er entweder aus dem Rande des Kübels oder aus dem Spundloch abschlürfen.« Mit diesen Worten hob er die erste Goldtonne auf wie ein Körbchen voll Daunen, bat, die Oeffnung des Sackes auseinander zu halten und schüttete dann das Geld hinein, daß es klirrte. Jetzt wurde dem Schatzmeister schon bange, als es aber der zweiten und dritten Tonne nicht besser erging, da wurde das Männlein bleich wie eine getünchte Wand. Nach einer Weile waren alle Goldtonnen geleert, der Sack war aber noch nicht einmal zur Hälfte voll. Der Träger fragte: »Hat euer König denn keinen größeren Schatz?« »Gold in Barren findet sich noch hinten in Kasten, es ist aber eben noch nicht geprägt.« »Nun her damit!« sagte der Baumlupfer und leerte die Kasten ebenso rein aus wie vorher die Tonnen. Als dann alle Ecken und Winkel leer waren, nahm er den Sack auf den Rücken und schritt zurück nach dem Gasthofe.

Das Zuschließen machte dem Schatzmeister diesmal keine Sorge, darum lief er, wie von einer Bremse gestochen, dem Könige das Unglück zu melden. Der alte König erschrak nicht minder, als er den Vorfall hörte, ließ die Tochter holen und rief: »Sieh nun, was für ein Unglück deine halsstarrige Widersetzlichkeit angerichtet hat. Aller Geldvorrath ist dahin, der Freier hat mich kapp und kahl gemacht wie eine Kirchenmaus. Was für ein König bin ich jetzt? Ein Herrscher ohne Geld hat weder Hand noch Fuß, seinen Feinden die Spitze zu bieten. Wenn die Soldaten hören, dass ich nichts mehr habe, um ihnen ihre Löhnung zu zahlen, so laufen sie auseinander.« Da sagte die Tochter: »So kann die Sache nicht bleiben; wir müssen mit List oder Gewalt ihnen den Schatz wieder zu entreißen suchen.« Aber noch ehe sie Zeit hatten, irgend eine List zu versuchen, kam schon Botschaft, daß der Königssohn die Stadt verlassen habe. »Jetzt müssen wir Gewalt brauchen«, sagte die Tochter. »Lasset augenblicklich das ganze Heer zusammenrufen und dem spitzbübischen Freier nachjagen, der ja doch mit seiner schweren Last nicht schnell vorwärts kommen kann.« Der Befehl wurde sofort vollzogen. Am andern Tage war das Heer beisammen; man brach auf, dem das Geld fortführenden Manne nachzusetzen, voran die Reiterei, darauf das Fußvolk und zuletzt der König mit seiner Tochter in einer Kutsche. Ein Drittel des Goldes aus dem Schatze, der dem feindlichen Freier wieder abgenommen werden sollte, wurde den Kriegsleuten zum Geschenke versprochen, damit sie desto hitziger verfolgen möchten.

Der Königssohn war mit seinem Schatze schon eine gute Strecke vorwärts gekommen, denn der sechsfache Geldsack hemmte des Trägers Schritte nirgends; auf jede andere Weise freilich wäre es schlechterdings unmöglich gewesen, die schwere Last fortzubringen. Zugvieh hätte man wohl für gutes Geld soviel kaufen können, als die Schwere der Last erforderte, aber woher ein Fuhrwerk nehmen, das unter dem Gewichte nicht gebrochen wäre? Der Schatzträger war eben über einen hohen Berg gekommen und hatte sich am Fuße desselben unter einem Busche niedergelassen, um auszuruhen, als der Mann mit den langen Ohren ihnen Alles erzählte, was hinter ihnen in der Königsstadt angezettelt und vorgenommen wurde. Der Augenmann hatte vom Kamm des Berges aus das nachsetzende Heer deutlich erblickt — darum schlug dem Königsohne das Herz doch etwas bänglich. Aber der Windbläser sagte: »wir müssen uns etwas weiter vom Berge entfernen, damit, wenn die Truppen herankommen, der Windstoß meines Mundes sie um so sicherer treffen kann.« So gingen die Männer weiter, bis sie einen passenden Ort gefunden hatten. Als nun der Augenmann meldete, daß die voranziehende Reiterschar den Kamm des Berges schon erreicht hätte, begann der Windmann zu blasen. Und hast du nicht gesehen! als hätte ein Wirbelwind leichten Staub und Schutt vom Berge in die Höhe gefegt, so flogen Mann und Roß bis in die Wolken und fielen dann nieder, so daß kein Glied bei dem andern blieb. Ganz eben so flog dann auch das Fußvolk in die Luft, so daß zuletzt nichts weiter übrig blieb, als die Kutsche, in welcher der alte König mit seiner schnellfüßigen Tochter saß. »Soll ich sie auch aufffliegen lassen?« fragte der Windmann. Aber der Königssohn verbot es ihm, indem er sagte: »Versuchen wir es noch einmal in Güte.« Darauf fuhr er in seiner Kutsche auf den Berg zurück, dem Könige entgegen, grüßte höflich und sagte: »Jetzt seid ihr auf einmal zum armen Manne geworden, ihr habt weder Schatz noch Heer, was für ein König könnt ihr da sein? Versprecht mir eure Tochter zur Frau, so hat alle Trübsal ein Ende.« Weder der alte König noch die halsstarrige, schnellfüßige Tochter konnten sich jetzt länger widersetzen, sondern gaben ihre Zustimmung. Darauf sagte der Königssohn zu seinem Schwiegervater: »Seid ohne Sorge, den Schatz lasse ich sofort zurücktragen, und unter einer weisen Regierung wird die Bevölkerung rasch zunehmen, so daß die Plätze derer, welche heute in die Luft flogen, wieder aufgefüllt werden. Bis dahin aber, daß die Jugend heranwächst, werden meine starken Diener das Reich beschützen, von denen der eine mit seinem Auge die kleinste Mücke in der Wolke gewahr wird, der andere mit seinem Ohr das Niesen einer Maus hundert Klafter tief in der Erde hört, der dritte mit seiner Stärke alles Gold und Silber einer Schatzkammer auf dem Rücken davonträgt und der vierte mit seinem Munde jedes Heer in die Luft blasen kann.«

Man zog dann in die Königsstadt zurück, wo ein prachtvolles Hochzeitsfest begangen wurde, das vier Wochen dauerte; der Schwiegersohn aber blieb im Hause des alten Königs und wurde nach dessen Tode Beherrscher des Reichs.

4. Loppi und Lappi.

Es lebte einmal ein armer Käthner mit seiner Frau in einer einsamen Hütte abseits vom Dorfe. Der Mann hieß Loppi und das Weib Lappi. Es schien als wären die Beiden zum Unglück geboren, denn es wollte ihnen gar nichts gelingen. Gott hatte ihnen in den früheren Jahren ihrer Ehe auch Kinder geschenkt, es war aber keines derselben leben geblieben, das den Eltern eine Stütze im Alter hätte sein können. Wie zwei dürre Baumstümpfe saßen Mann und Frau alle Abend auf der Ofenbank, und da lief ihnen oft ohne Grund die Galle über und es gab Zank. Wie bekannt, sucht der Mensch im Verdruß meist die eigene Schuld auf den Nächsten zu wälzen und oft auch da, wo menschliche Bosheit nicht im Spiele war, dennoch andern Menschen die Ursache des Unglücks aufzubürden. So konnte man nicht selten den Loppi im Aerger sagen hören: »Hätte ich nur das Glück gehabt, eine bessere Frau zu bekommen, was hätte mir da gefehlt, ich könnte heute ein reicher Mann sein.« Aber Lappi hatte eine beflügeltere Zunge, die gegen ein Wort des Mannes gleich Dutzende bereit hatte. Wenn also der Mann Worte wie die angeführten wieder vorbringen wollte, so kam er nicht weit über den Anfang hinaus, vielmehr belferte Lappi flugs dagegen: »Da seh' Einer den Lumpenkerl! Wenn ich in meiner kindsmäßigen Einfalt keinen besseren Mann zu wählen wußte, so ist das freilich zum Theil meine Schuld, aber ich glaube auch sicherlich, daß nur Hexenkünste im Stande waren mich zu bethören, und der Teufel mag wissen, was du mir heimlich in's Essen oder Trinken gethan hast, bis mein Sinn sich dir zuwandte. An Freiern hat es mir nicht gefehlt, und wärest du abgerissener Gesell mir nicht zum Unglück in den Wurf gekommen, so könnte ich heute als Dame am gedeckten

Tische sitzen. Um dich nichtsnutzigen Menschen muß ich jetzt Hunger und Kummer leiden, bis der Tod mich erlöst. Daß alle unsere Kinder gestorben sind, daran bist du auch schuld, da du weder für Weib noch für Kind zu sorgen wußtest« — und so floß der einmal losgelassene Redestrom noch lange weiter und hörte oft nicht eher auf, als bis der Mann ihr mit der Faust das Maul stopfte.

So saß eines Abends das Ehepaar der Hütte wieder zankend auf der Ofenbank, als eine stattliche Frau in Kleidern von deutschem Schnitt eintrat und durch ihr Erscheinen des Weibes Zungenwerk plötzlich zum Stehen und des Mannes gehobenen Arm zum Sinken brachte. Nachdem sie freundlich gegrüßt, sagte die Fremde: »Ihr seid arme Schlucker und habt bis heute viel Noth zu leiden gehabt; aber nach dreien Tagen wird alle Noth mit einem Male aufhören; darum haltet Frieden im Hause und saget selber, was für ein Loos ihr euch als das beste wünschen wollt. Ich bin nicht, was ich euch scheine, ein menschliches, sondern ein höheres Wesen, das die Wünsche der Menschen vermöge göttlicher Kraft in Erfüllung gehen lassen kann. Drei Tage habt ihr Zeit zu überlegen und drei Wünsche dürft ihr aussprechen, hinsichtlich der Lage oder der guten Gabe, die ihr begehrt. Dann sprechet eure Wünsche nur aus, sie werden sich in demselben Augenblicke durch geheime Kraft verwirklichen. Aber seid gescheidt, daß ihr euch nicht etwa unnütze Dinge herbeiwünschet.« Nach diesen Worten grüßte die stattliche Frau abermals und war wie der Blitz zur Thür hinaus. Loppi und Lappi, welche ihren Zank vergessen hatten, starrten jetzt sprachlos auf die Thür, zu der die Wundererscheinung hereingekommen und durch die sie wieder verschwunden war; endlich sagte der Mann: »Legen wir uns zur Ruhe; wir haben drei Tage Zeit zu überlegen, und wollen sie weislich anwenden, damit wir uns das allerbeste Glücksloos wünschen mögen.« Allein obgleich ihnen drei Tage Bedenkzeit vergönnt waren, so verbrachten sie doch schon über die Hälfte derselben Nacht unter der Last der Gedanken und überlegten, welcher Wunsch wohl der allerbeste wäre. O, was für ein köstlicher Friede jetzt drei Tage ununterbrochen in der Hütte wohnte! Loppi und Lappi waren andere Menschen geworden, sprachen freundlich mit einander und suchten einander an den Augen abzusehen, was Jegliches verlangte. Den größten Theil des Tages saßen Beide stumm im Winkel und überlegten, was sie wünschen sollten. Am dritten Tage, nach Tisch, ging Loppi in's Dorf, wo den Morgen ein Schwein geschlachtet war und der Wurstkessel gerade auf dem Feuer stehen mußte. Er nahm von Hause den Butternapf sammt Deckel und wollte des Nachbars Frau um etwas Wurstwasser bitten, Abends seinen Kohl darin zu kochen. Loppi dachte, wenn der Magen mit guter Speise gefüllt ist, so kommen dem Menschen gleich bessere Gedanken. Als er wieder heim kam, stellte er den Kohl auf's Feuer, damit die Speise zu rechter Zeit auf den Tisch käme.

Als nun die Abendstunde und mit ihr die Zeit herangekommen war, die Wünsche kund zu thun, dampfte die Schüssel mit Kohlsuppe auf dem Tische und Mann und Frau setzten sich zum Essen — zugleich sollten sie nun auch ihre Wünsche sich vollziehen lassen. Sie hatten schon manchen Löffel von dem schmackhaften Süppchen hinuntergebracht, da sagte Lappi vergnügt: »Gott sei gedankt für das schöne Süppchen, davon kann der Mensch schon satt werden; aber noch viel besser würde die Suppe schmecken, wenn nur auch eine Wurst dabei wäre!« — Bums! fiel von der Zimmerdecke eine große Wurst mitten auf den Tisch. Mann und Frau waren ein Weilchen über das Geschenk so erschreckt, daß es ihnen nicht einfiel sich der Wurst sofort zu bemächtigen. Loppi merkte, daß mit der Wurst der erste Wunsch in Erfüllung gegangen war, und das brachte ihn so auf, daß er mit vollem Munde rief: »Daß dich der Böse hole und dir die Wurst an die Nase setze! wenn —« Aber das arme Männlein konnte vor Schrecken nicht weiter sprechen, denn die Wurst hing der Lappi schon an der Nase; und zwar nicht mehr als wirkliche Wurst, sondern als ein mit der Nase aus einer und derselben Wurzel hervorgewachsenes Stück Fleisch. Was jetzt thun? Zwei Wünsche waren schon verpufft und der zweite hatte obendrein die Nase der Frau so verunstaltet, daß sie sich nicht getrauen konnte, den Leuten unter die Augen zu treten. Immerhin blieb noch ein Wunsch und der war noch nicht ausgesprochen: mit diesem konnten sie kluger Weise Alles zum Guten wenden. Aber die arme Lappi hatte in diesem Augenblicke keinen sehnlicheren Wunsch als den, daß ihre Nase von der langen Wurst befreit würde, darum sprach sie diesen Wunsch aus und die Wurst war verschwunden. Jetzt war es mit den drei Wünschen vorbei und Loppi und Lappi mußten wieder wie früher armselig in ihrer Hütte leben. Wohl warteten sie eine Zeit lang darauf, daß die schöne Frau wiederkomme, allein die theure Fremde erschien nicht mehr. Wer ein unerwartetes Glück nicht gleich beim Schopf oder Zipfel[13] zu fassen und festzuhalten weiß, der hat es verscherzt.

5. Die Pathe der Grottennymphen.

Einmal war ein junges Weib in den Wald gegangen, um Beeren zu pflücken. Ihr Körbchen war gerade voll und sie wollte eben wieder nach Hause gehen, als ihr plötzlich unter den Bäumen eine Gestalt in die Augen fiel, die von Ferne einem Menschen ähnelte. Als das Weib näher ging, fand es ein junges Frauenzimmer mit bleichem Antlitz, Mund und Wangen blutig, ohnmächtig unter einem Busche liegend. Unsere junge Frau eilte zur nahen Quelle, schüttete die gepflückten Beeren in die Schürze und füllte das Körbchen mit kaltem Wasser, womit sie Augen und Schläfen der Jungfrau wusch, bis diese aus ihrer Ohnmacht erwachte, die Augen weit öffnete und befremdet um sich blickte. Als sie ein fremdes Weib an ihrer Seite fand, erschrak sie anfangs, aber bald vergingen Schrecken und Furcht; sie faßte das junge Weib freundlich bei der Hand, dankte und sagte: »Deine Güte hat heute mein Leben aus großer Gefahr gerettet! Wer weiß, was aus mir geworden wäre, wenn du dich nicht meiner erbarmt hättest: Der schlimmste Feind unseres Geschlechts, der alte Waldesvater[14], begegnete mir heute zufällig und schlug mich halb todt, sodaß ich bewußtlos hinsank. Ohne deine Hülfe wäre ich wohl hier am Platze geblieben! Heute kann ich dir keine größere Belohnung geben als den Ring, den ich dir hier an den Finger stecke. Siehe, jetzt sind wir bis an unser Lebensende eng mit einander verbunden[15]! Wenn du das, was du jetzt unter dem Herzen trägst, einst zur Welt bringst, dann mußt du mich zu Gevatter bitten und mich sammt meinen beiden jüngeren Schwestern aufnehmen, wenn wir selbdritt zur Taufe kommen. Halte reinen Mund und laß gegen Niemand ein Wörtchen von dem heutigen Vorfalle verlauten: sollte man dich über den Ring befragen, so sage, du habest ihn im

Walde gefunden.« Mit diesen Worten hatte sie den goldenen Ring von ihrem Finger gezogen und an den Finger des jungen Weibes gesteckt. Dieses bot ihr jetzt Erdbeeren aus der Schürze, die Jungfrau nahm das freundlich an und verzehrte über die Hälfte. »Du hast mich heute aus der Ohnmacht erweckt, mir Hunger und Durst gestillt — diese Wohltaten will ich dereinst an deiner Tochter vergelten, wenn sie in meine Jahre kommt und heirathet.« Unter fernerem freundlichen Gespräch waren sie aus dem Walde in's Freie gekommen, wo die dann Jungfrau Abschied nahm und sich wieder in den Wald zurückwandte. Die Frau wollte erst noch Beeren pflücken, um ihr Körbchen wieder voll zu machen, aber der Tag neigte sich schon, und als sie die übrig gebliebenen Beeren aus der Schürze in den Korb schüttete, wurde derselbe gehäuft voll. Das schien ihr wunderbar, hatte sie doch mit eigenen Augen gesehen, daß die Jungfrau über die Hälfte der Beeren verzehrt hatte. Aber ihr Erstaunen sollte noch wachsen, als sie nach Hause kam. Als sie nämlich die Beeren aus dem Korbe in die Schüssel schüttete, fand sie die untere Hälfte mit Silbergeld angefüllt. Was hatte das zu bedeuten? Da die Jungfrau ihr verboten hatte, von dem, was im Walde mit dem Ringe geschehen war, zu sprechen, so meinte die Frau auch die Sache mit dem Gelde geheim halten zu müssen. Sie legte also das Geld auf den Boden ihrer Truhe zwischen zusammengerollte Leinwandpacken, um daran in bösen Tagen einen Nothpfennig zu haben.

Ein halbes Jahr nach der beschriebenen Beerenlese war sie in die Wochen gekommen und hatte ein Töchterlein zur Welt gebracht. Als der Tag des Tauffestes herankam, machte es der Mutter schwere Sorge, daß sie der fremden Jungfrau Wohnort nicht erfragt hatte. Sie wußte nun nicht, wohin die Botschaft senden. Der Taufgäste Schlitten hielten vor der Thür, mit den Fiemerstangen zur Pforte gekehrt — man wollte eben in die Kirche fahren. Die Mutter schaute mit thränenden Augen auf des Kindes Trägerin, bedauernd, daß die fremde Jungfrau nicht eingeladen war. Da hört sie vom Hofe her Glockengeklingel, und siehe! ein hübscher deutscher Schlitten mit zwei Pferden fährt zur Pforte herein; drei in Pelze gehüllte Frauenzimmer sitzen im Schlitten. »Ihr seid schon auf dem Wege zur Kirche«, — ruft eine der Jungfrauen aus dem Schlitten heraus — »verliert keine Zeit. Unser Kutscher wendet und dann fahren wir mit einander zur Kirche; wir können die Mutter des Täuflings begrüßen, wenn wir zurückkommen.« — Obwohl nun die Wöchnerin drinnen diese Worte nicht hörte, so dachte sie doch gleich, daß die drei Fremden im deutschen Schlitten Niemand anders sein könnten als die schon früher angemeldeten Gevatterinnen, denen aber keine weitere Einladung geworden war. Das Herz, am Morgen noch so kummervoll, wollte ihr jetzt vor Freude springen! Doch that es ihr leid, daß die lieben Gäste trockenen Mundes vom Taufhause zur Kirche gefahren waren und sie konnte die Rückfahrt kaum abwarten, um ihnen den geziemenden Imbiß vorzusetzen. Zum Glück ahnte ihre Seele nichts von dem Streite, den indessen in der Kirche die Gevatterinnen wegen des dem Kinde beizulegenden Namens hatten. Als der Prediger fragte, was dem Kinde für ein Name beigelegt werden solle, antwortete eine der fremden Jungfrauen: »Masikas« (Erdbeere)! — »Wie sagtet ihr?« — fragte der Prediger — »Marie oder Martha oder Margret?« — »Masikas« war abermals die Antwort. Der Vater des Kindes und die Gevattern sahen sich einander verwundert an und Niemand wußte, was er von der Sache halten sollte. Der Geistliche aber sagte streng: »Ich bitte, macht hier keine Späße, saget ernsthaft, was für einen Namen das Kind bekommt, oder ich taufe es mit einem Christennamen, ohne euch weiter zu befragen.« Jetzt wurden auch der Jungfrau Wangen roth vor Zorn und sie erwiderte mit gehörigem Nachdruck:

»Gott hat die Menschen, die Thiere und die Pflanzen auf die Erde gesetzt, aber keinem Geschöpfe hat er Namen gegeben, sondern das haben die Menschen gethan. Wer darf mir verwehren, dem Kinde einen Taufnamen beilegen zu lassen nach meinem Gefallen?« — »Glaubt ihr mir mit Gewalt beizukommen?« fragte der Prediger nicht minder erzürnt. »Wenn ihr mich so leicht zu beherrschen vermeint, so will ich euch erstens in's Gedächtniß zurückrufen, wer ich bin, und zweitens auch fragen, wer ihr seid, und ob ich euch überhaupt ordnungsmäßig als Pathe des Kindes annehmen darf?« — Ohne ein Wort zu sagen, zog die stolze Jungfrau ein Blatt Papier aus dem Busen und gab es dem Prediger zu lesen. Dieser wurde, als er es las, bleich wie der Tod und stammelte mit erschreckter Stimme: »Verzeiht, verzeiht, geehrte hochgeborene —« allein die Jungfrau hob drohend den Finger und sagte: »Still, still! taufet das Kindlein, wir haben weiter nichts zu reden!« — Der Geistliche taufte das Kind und gab ihm den Namen Masikas, doch zitterten dem Manne die Hände, während er die heilige Handlung vollzog. Die stolze Jungfrau hatte das Kind über die Taufe gehalten und dann dem Geistlichen eine Goldmünze und dem Küster einen silbernen Rubel eingehändigt, was die anderen Gevattern deutlich gesehen hatten. Alsdann fuhr man zum Taufhause zurück. Unterwegs berechneten die Bauerfrauen, wie groß wohl das Pathengeschenk für Mutter und Kind ausfallen möge, da schon so reichliche Taufgebühren bezahlt worden waren.

Im Festhause angekommen, ging die stolze Jungfrau sofort die Taufmutter zu begrüßen, fiel ihr um den Hals, streichelte ihre Wangen und sagte, mit dem Finger auf die anderen Jungfrauen deutend: »Meine jüngeren Schwestern, die ich zur Taufe mitzubringen versprochen hatte. Wir geloben dir alle drei, für dein Töchterlein zu sorgen, falls Gott dich aus dieser Welt abrufen sollte, ehe noch das Kind herangewachsen ist.« Sodann händigte jede der Jungfrauen der Mutter des Kindes ein goldenes Schächtelchen ein mit den Worten: »In diesem Schächtelchen sind die Pathengeschenke für's Töchterchen, zeige sie Niemandem, du selbst kannst sie schon besehen, aber verliere die kostbaren Dinge nicht.« Wohl bat man jetzt die vornehmen Jungfrauen, sie möchten sich zu Tisch setzen, um sich zu stärken, aber sie wollten weder essen noch trinken, sondern verließen nach herzlichem Abschiede von der Mutter das Fest und fuhren in ihrem prächtigen Schlitten davon.

Die Gäste brannten vor Begier zu erfahren, wer die stolzen Jungfrauen gewesen, und was wohl in den goldenen Schächtelchen enthalten wäre. Dieses Verlangen konnte ihnen freilich Niemand befriedigen. Selbst der Vater des Kindes wurde unruhig, als er nach dem Aufbruch der Taufgäste von seiner Frau keine nähere Auskunft erhielt. Er wollte nicht glauben, was ihm seine Frau der Wahrheit gemäß versicherte, nämlich daß ihr die wunderbaren Fremden eben so unbekannt seien wie allen Uebrigen. Einige Tage später ging er heimlich an die Truhe, um die Goldschächtelchen zu besehen, damit er erführe, was für ein kostbarer Schatz in der goldenen Hülle stecke. Er fand nichts weiter als drei kleine Steinchen[16] in jeder Schachtel. Obgleich er über diesen Fund einigermaßen verwundert war, sprach er doch gegen Niemand davon.

Die kleine Masikas war sieben Jahre alt geworden, als ihre Mutter plötzlich schwer erkrankte, so daß man schon nach einigen Tagen keine Hoffnung mehr haben konnte. Die Kranke sehnte sich, vor ihrem Tode noch das heilige Abendmahl zu nehmen, und so wurde der Geistliche herbeschieden. Diesem erzählte sie, was ihr vor der Geburt ihrer Tochter im Walde mit der fremden Jungfrau begegnet war. Der Geistliche tröstete sie: »Darüber sei ruhig! aus diesem Zusammentreffen kann deiner Seele kein Schaden erwachsen, und auch deiner Tochter wegen kannst du ruhig sterben, die Gevatterinnen werden für die Erziehung derselben schon Sorge tragen.« Nachdem sie Gottes Gnadenmahl, Brot und Wein, genossen hatte, segnete sie ihr Töchterlein, nahm Abschied und entschlief. Am Tage nach der Begräbnißfeier kam die vornehme Gevatterin und wollte ihre Pathe als Pflegling mit sich nehmen; aber der Wittwer mochte sich von der Tochter nicht trennen und bat, sie ihm zur Freude und zum Troste noch zu lassen. Auf sein Bitten wurde ihm das Kind gelassen, aber die Jungfrau sagte: »Eine von uns Schwestern wird jeden Tag kommen, nach der kleinen Masikas zu sehen.« So geschah es auch wirklich; täglich kam eine Jungfrau, um das mutterlose Kind zu sehen, und brachte ihm schöne Kleider, süße Kuchen und vielerlei hübsche Spielsachen.

Nach einem Jahre beschloß der Wittwer eine andere Frau zu nehmen. Drei Tage vor der Hochzeit kam die älteste der Jungfrauen und sagte: »Masikas darf nicht länger bei dir bleiben, ich will sie heute mit mir nehmen. Du bekommst wohl eine zweite Frau und kannst mit der Zeit wieder Vater werden, aber Masikas findet keine zweite Mutter wieder. Alles was wir bis jetzt der Pathe geschenkt haben, bleibe dir und deiner jungen Frau, nur die drei goldenen Schachteln, welche wir am Tauffeste dem Kinde schenkten, muß ich mitnehmen.« Der Mann sträubte sich zwar nach Kräften dagegen, allein es half ihm nichts. Weinend bat die kleine Masikas: »Ich will zur Taufmutter gehen!« und der Vater mußte endlich nachgeben. Er ging der geheimnißvollen Jungfrau eine Strecke weit nach, um zu sehen, wo denn ihre Behausung liege, die ja doch nicht sehr entfernt sein konnte, da täglich eine der Jungfrauen gekommen war, nach dem Kinde zu sehen. Die vornehme Jungfrau schritt, das Kind an der Hand, auf jenen Wald zu, in welchen die verstorbene Mutter als junge Frau gegangen war um Beeren zu

51

pflücken, und wo sie das erste Mal mit der Jungfrau zusammengetroffen war. Als die Jungfrau nun mit dem Kind an einen großen Felsblock gelangt war, der am Saume des Waldes frei dalag, entschwand sie plötzlich den Blicken des nachsehenden Mannes, als wäre sie unter die Erde gesunken. Zwar eilte der Mann an den Ort, ging viele Male um den Stein herum, suchte nach Fußstapfen und stampfte von Zeit zu Zeit mit der Ferse gegen den Boden, ob er nicht eine glückliche Stelle finde; aber alle Mühe war vergeblich, weder das Kind noch die Taufmutter bekam er zu sehen. In Gesellschaft seiner jungen Frau vergaß er dann allmählich das Töchterlein seiner verstorbenen Frau.

Wir müssen jetzt von dem Lebenslaufe der kleinen Masikas erzählen. Unweit des bezeichneten Felsblockes lag drei Spannen tief unter dem Rasen eine Fliese, eine Klafter breit und anderthalb Klafter lang, die sich beim richtigen Drauftreten wie eine Kellerluke aufthat, den Ankömmling hereinließ und dann augenblicklich wieder zufiel. Das geschah mit so wunderbarer Geschwindigkeit, daß, wer von weitem zusah, nicht daraus klug ward, sondern meinte, daß der noch eben sichtbare Mensch plötzlich entweder unter den Boden gesunken oder unsichtbar in die Luft gefahren sei. Bestärkt wurde man in dieser Meinung noch dadurch, daß nirgends ein Streifen oder sonst eine Spur auf dem Rasen zurückblieb, vielmehr war die Rasendecke wie aus einem Stücke gegossen. Unter der Fliesendecke befand sich eine breite, aus edlem Gestein gehauene Treppe, welche weiter in die Tiefe führte. Die Stufen hinabsteigend, gelangte die kleine Masikas mit ihrer Taufmutter auf einen schönen Hof, in welchem ein aus Glas aufgeführtes Gebäude stand; das war die Wohnung der Jungfrauen, man nannte sie den Sitz der Grottennymphen[17]. Hier befanden sich viele dienende Frauenzimmer, welche allerlei feine weibliche Handarbeit fertigten. Auch die kleine Masikas wurde in solchen Handarbeiten unterrichtet, wiewohl sie sonst nicht wie eine Dienerin gehalten, sondern wie ein verwöhntes deutsches Kind, dem es an nichts fehlt, aufgezogen wurde. Ihre Taufmütter sorgten für sie und liebten sie mit mütterlicher Zärtlichkeit. So erreichte sie das Alter von sechzehn Jahren und war nun zu einer schönen Jungfrau aufgeblüht.

Da sagte eines Tages die älteste Taufmutter zu ihr: »Meine liebe Masikas! Die Zeit ist da, wo wir uns trennen müssen. Hoffen wir aber von der Güte unseres Gottes, daß die Trennung nicht lange dauern werde. Wenn alles glücklich abläuft, so kommen wir wieder zusammen und dann kann uns nichts mehr trennen, als der Tod. Zwei treue Diener und deine drei goldenen Schächtelchen mußt du mitnehmen; in den Schächtelchen findest du alle Bedürfnisse, deren du auf der langen Reise nicht entrathen kannst.« Nachdem sie dem Mädchen noch mancherlei Unterweisung in Betreff der Reise ertheilt, eröffnete sie ihr zuletzt, daß sie nach drei Tagen aufbrechen müsse. Wohl empfand Masikas großes Herzeleid, aber nicht geringer war die Betrübniß der Taufmütter, als die Stunde des Scheidens kam. Sie wollten in Thränen zerfließen, als sie ihre Pathe umarmten und ihr Kuß auf Kuß gaben. Endlich wurden die beiden Diener gerufen, bejahrte Männer, welche Masikas vorher nie gesehen hatte, und es wurde ihnen bedeutet, daß sie das Mädchen auf der Reise zu beschützen hätten. So machte man sich denn auf den Weg; Masikas trug das kleine Körbchen, in welchem sich die goldenen Schächtelchen befanden.

Sie waren eine Weile im Walde vorwärts gegangen und des Mädchens Abschiedsthränen waren trocken geworden, da sagte der eine ihrer Begleiter: »Wir können nun doch den langen Weg nicht zu Fuße zurücklegen.« Masikas fragte: »wo sollen wir denn Pferde hernehmen?« Der Mann erwiderte: »Pferde und sonstige Reisebedürfnisse stecken in eurem Korbe in den goldenen Schächtelchen.« Masikas sah ihn zweifelhaft an, als wollte sie den Sinn dieser Spottrede herausbringen. Aber der Mann sagte ganz ernsthaft: »Nehmt ein Steinchen aus dem Schächtelchen, so werden wir alsbald Wagen und Pferde haben.« Obgleich das Mädchen keinen Glauben daran hatte, that sie doch nach des Mannes Geheiß, nahm eins der Steinchen, wie es ihr gerade in die Finger kam und übergab es dem Manne. Dieser blies drei Mal darauf und sagte: »Kutsche mit vier Pferden vorgefahren!« Augenblicklich stand die Kutsche mit den Pferden da. Masikas ward als Herrschaft in die Kutsche gesetzt, der eine Mann setzte sich als Kutscher auf den Bock, der andere als Lakai hinten auf, und dann ging die Reise rasch vorwärts. Die Sonne stand schon hoch im Mittag, als der Kutscher fragte, ob sie nicht Appetit verspüre. Masikas erwiderte: »wir haben keinen Mundvorrath von Hause mitgenommen!« »Aber doch die Steinchen,« — versetzte der Lakai hinter der Kutsche — »gebt nur wieder eins her!« Masikas reichte ein Steinchen hin, der Mann blies wieder darauf und rief: »Her gedeckter Tisch mit Speisen!« — Augenblicklich stand ein gedeckter Tisch mit köstlichen Speisen vor Masikas. Sie aß sich satt und gab dann den Dienern soviel sie begehrten. Darauf blies der Mann abermals auf den Tisch und plötzlich verschwand Alles und das Steinchen flog der Masikas in die Hand zurück. Am Abend ging es mit dem Nachtessen ebenso, und darauf wurde ein anderes Steinchen in ein Bett mit Kissen verwandelt, auf welchem das Fräulein die Nacht über von der Anstrengung der Reise ausruhte. Ganz so geschah es die folgenden Tage, so daß es ihnen an nichts mangelte — nur wurde der Masikas auf der weiten Reise die Zeit lang; sie wünschte sich weibliche Gesellschaft. Mehr zum Spaße als in Absicht nahm sie ein Steinchen zwischen die Finger, blies darauf wie sie es bei den Männern gesehen, und rief: »Zofe herbei!« Augenblicklich saß ein feines Mädchen neben ihr. Warum hätte Masikas nun nicht in der schönen Kutsche weiter fahren mögen, da sie vom Morgen bis zum Abend sich angenehm unterhalten konnte!

Als man eines Morgens vom Nachtlager aufbrach, sagte der Kutscher zu Masikas: »Heute kommen wir zum Hofe eines berühmten Weisen; da müsset ihr hineingehen und genau darauf achten was für Anweisung der alte Weise euch geben wird. Seinem Geheiße müssen wir in allen Stücken nachkommen, sonst wird es mit dem, was wir vorhaben nichts. Eins der Steinchen müßt ihr heute zum Geschenk für den Weisen verwenden, damit wir freundlich aufgenommen und gut berathen werden.« — Noch vor Abend langten sie bei dem Weisen an; die Männer mußten ihm einen schweren, halb mit Silber, halb mit Gold gefüllten Sack bringen, der aus einem der Steinchen hervorgerufen war. Der Weise sagte, nachdem er die Hand der Masikas betrachtet hatte: »Eure Reise führt morgen in einen dichten Wald, und da werden euch drei Thiere entgegenkommen, erstens eine Hirschkuh, dann ein alter Wolf und endlich ein Bär. Suchet diese wilden Thiere zu locken, so daß sie an sich kommen lassen und leget dann jedem derselben sein Zeichen an, damit ihr sie das nächste Mal erkennet, wenn ihr wieder mit ihnen zusammentrefft. Der Hirschkuh legt einen seidenen Gürtel an und dem Wolfe einen ledernen Riemen um den Hals, dem Bären aber steckt euren Ring, der euch aus eurer seligen Mutter Habe noch geblieben ist, an die Vorderpfote. Nach drei Tagen wird eine gräuliche wüthende Schlange auf euch eindringen, da könnt ihr euch nicht anders retten, als daß ihr ein Steinchen in einen Nord-Adler verwandelt und euch sammt euren Dienern auf den Rücken desselben setzet, er wird euch mit Windesschnelle bis unter die Wolken hinauftragen, wohin die Schlange euch nicht folgen kann. Kutsche und Pferde wird sie allerdings verschlingen, aber das schadet euch weiter nichts. Dieser Bissen wird auch ihr letzter sein, sie verendet sieben Tage darauf und dann kommen Pferde und Wagen wieder aus ihrem Rachen heraus. Was weiter geschieht, bleibe jetzt noch ungesagt, denn auch euren Taufmüttern in der Grotte wird Glück zu Theil werden.«

Am anderen Tage kamen unsere Reisenden in einen dichten Wald, wo sich Alles so begab, wie es der Weise vorausgesagt hatte. Zuerst kam ihnen die Hirschkuh, sodann der alte Wolf und zuletzt ein Bär entgegen. Masikas lockte die Thiere eins nach dem anderen zu sich und heftete dann jedem sein Zeichen an: der Hirschkuh einen blauen Seidengürtel, dem Wolfe einen Lederriemen um den Hals, und dem Bären steckte sie ihren von der Mutter ererbten Ring an die Vorderpfote. Der Bär leckte ihr wie zum Danke die Hand und lief brummend in den Wald zurück. Viel gräßlicher war, was ihnen nach drei Tagen begegnete. Schon von weitem hörte man ein Sausen und Rauschen als würde das schwerste Heufuder am Boden hingeschleift. Endlich wurde des Schlangenkönigs[18] Kopf mit goldener Krone sichtbar, aber in demselben Augenblicke hatte Masikas ein Steinlein in einen Nord-Adler verwandelt, setzte sich mit ihren drei Dienern auf seinen Rücken und der Vogel trug sie hoch in die Lüfte. Von da oben sahen sie, wie die ungeheure Schlange Wagen und Pferde hinunterschluckte, als wären es junge Mäuslein gewesen. Sieben Tage flog der Nord-Adler mit seiner Last in Wolkenhöhe weiter; die Nächte schlief er auf dem Wolkenrande[19] und die auf seinem Rücken Sitzenden litten an Nichts Mangel, da ihnen die Steinchen in den Goldschächtelchen der Masikas alles gewährten was sie brauchten.

Am Morgen des siebenten Tages ließ sich der Nord-Adler mit seiner Last nieder. Sie kamen gerade dazu, als die Pferde sammt dem Wagen aus dem Rachen des todten

Schlangenkönigs wieder herausfuhren. Während sie dieses Wunder noch anstaunten, sahen sie einen alten Mann und eine alte Frau in prächtigen königlichen Gewändern herantreten. Der Mann trug einen ledernen Riemen und die Frau einen blauen Seidengürtel, und beide Stücke erkannte Masikas sofort als diejenigen, welche sie dem Wolfe und der Hirschkuh umgethan hatte. Bald darauf nahte sich auch ein blühender Jüngling, an dessen Finger der Ring glänzte, den Masikas dem Bären gegeben. Der Fremde Alte sagte: »Dank dir, Masikas, theures Glückskind! du hast uns aus langer Gefangenschaft erlöst. Ich war vor siebenhundert Jahren ein reicher König im Südlande, hier steht meine Gemahlin und dort mein Sohn; unsere drei Töchter sind dahin. Der böse Schlangenkönig des Nordens überwältigte mein Reich und verschlang alle meine Unterthanen. Mich verwandelte er in einen Wolf, meine Gemahlin in eine Hirschkuh und meinen Sohn in einen Bären. Wohin die Töchter gekommen sind, habe ich nicht erfahren, möglich, daß die Schlange sie gefressen hat.« — Masikas vermuthete sogleich, daß ihre Pathen aus der Grotte die verschwundenen Töchter sein könnten, aber sie wollte nichts sagen bis sich ihre Vermuthung bestätigen würde, damit die Freude der Eltern desto größer wäre. Sie ließ nun aus einem Steinchen eine zweite Kutsche entstehen, in welche sich der König nebst Gemahlin und Sohn setzten, und dann machte man sich auf den Heimweg. Schon am dritten Morgen kamen ihnen die Pathen der Masikas entgegen. Aber wer vermöchte der Eltern und der Töchter Freude zu schildern, als sie nach siebenhundertjähriger Trennung sich plötzlich wieder zusammenfanden! Des Königs Sohn nahm dann die Masikas zu seiner Gemahlin und wurde Herrscher im Reiche seines Vaters, da dieser seines Alters wegen nicht mehr selbst regieren wollte. Auch die drei Töchter vermählten sich mit der Zeit, aber Niemand hat je aus ihrem Munde gehört, wohin ihre Goldschächtelchen mit den Steinchen gekommen und wo dieselben schließlich geblieben seien.

6. Seltene Weibestreue.

Vormals lebte ein unermeßlich reicher junger Kaufmann, der neun hundert neun und neunzig Schiffe hatte, welche unaufhörlich Waaren weithin in fremde Länder führten und von da wieder andere Waaren oder baares Geld dem Schiffsherrn zurückbrachten. Um das Tausend voll zu machen, ließ er noch ein neues Schiff bauen. Als das Schiff fertig war und eben vom Stapel gelassen werden sollte, geschah es zufällig, daß ein Hebebaum den Schiffsherrn streifte und seine Hose vom Querl bis zum Beinling aufriß. Nun ist für einen reichen Mann eine geplatzte Hose eine viel schlimmere Sache als für einen Armen, an welchem dergleichen nicht besonders auffällt — während der Allen wohlbekannte Kaufherr fürchten mußte, daß die Leute ihre Blicke auf nichts anderes mehr richten würden, als auf seine zerrissenen Hosen. Deshalb erkundigte er sich angelegentlich nach dem Wege zum nächsten Bockreiter, der den Schaden wieder gut machen könnte. Man wies ihn in ein Quergäßchen in der Nähe des Hafens, wo ein Schneider wohnte. Der kleine Nadelkönig besah den Schaden durch seine große Brille, ließ durch seinen Lehrburschen dem Kaufherrn die Hosen herunterziehen und gab diesem einen langen weiten Rock zur Bedeckung, bis die Hosen wieder zugenäht wären. Und damit dem Herrn die Zeit nicht lang würde, bat der Schneider ihn, sich so lange in ein anderes Gemach zu seinen Töchtern zu verfügen. Gott hatte den kleinen Bockreiter mit drei sehr schönen Töchtern gesegnet, von denen namentlich die jüngste eben so stattlich von Ansehn als zierlich in ihrem Wesen war. Des Kaufmannes Herz war alsbald dem jüngsten Täubchen des Schneiders zugeflogen und die Freundschaft war schon geschlossen, ehe noch die Hosen zusammengenäht waren. Als dann des

Schneiders Bursche mit dem ausgebesserten Kleidungsstück eintrat, ärgerte sich der Kaufmann über die geschwinden Finger, die ihm nicht mehr Zeit gegönnt hatten, sich mit der holden Jungfrau angenehm zu unterhalten. Nachdem er die Hosen wieder angezogen und dem Meister eine reichliche Bezahlung eingehändigt hatte, ging er noch einmal in das Zimmer der Töchter, um Abschied zu nehmen und zugleich die Jungfrauen in sein Haus einzuladen, wo nach zwei Wochen ein prächtiges Fest stattfinden würde. Die Mädchen dankten für die Ehre der freundlichen Einladung, fügten aber mit Bedauern hinzu, daß sie nicht so schöne Kleider anzulegen hätten, wie für ein solches Fest erforderlich wäre. »Die Kleider seien meine Sorge,« erwiderte der Kaufmann — »und somit bleibt es dabei, daß ich euch am genannten Tage unter meinem Dache empfange.«

Nach Hause gekommen, hatte er nichts Eiligeres zu thun, als vierzehn Stück des allerschönsten Seidenzeuges aus seinem Laden auszusuchen und den Töchtern des Schneiders zuzuschicken, die er dabei ersuchen ließ, sie möchten sich selbdritt aus jedem Stücke einen Anzug machen lassen, so daß jede vierzehn eigene Anzüge hätte, denn das Fest würde vierzehn Tage währen und da müßten die drei Schwestern jeden Tag ein anderes Kleid und zwar jedesmal alle drei von dem gleichen Stücke haben. Jetzt flogen einmal die Nadeln in der Stadt; in zwei Wochen sollten zwei und vierzig seidene Damenkleider mit Spitzen, Bändern und Besätzen fertig genäht sein und sollten auch den Mädchen passen wie angegossen, so daß nirgends eine fehlerhafte Falte zum Vorschein käme. Und wirklich wurde die Arbeit in der genannten Zeit fertig, denn der reiche Kaufmann zahlte doppelten Lohn für die rasche Förderung der Arbeit.

Als nun am ersten Abend des Bockreiters Töchter so reich geschmückt auf dem Feste des jungen Kaufmanns erschienen, da machten viele Fräulein und Demoisellen lange Gesichter, vor Neid darüber, daß sie keine so schönen Kleider hatten. Ihr Neid stieg mit jedem Tage, als des Schneiders Töchter jeden Abend in einem andern neuen Anzuge erschienen. Was aber den Neid der weiblichen Gesellschaft noch höher entflammte, war der Umstand, daß der reiche Kaufmann Niemanden so freundlich aufnahm, als des Schneiders Töchter. Am vierzehnten Abende, am Schluß des Festes, schenkte der Kaufmann der jüngsten Tochter des Schneiders eine schwere Goldkette und einen goldenen mit Edelsteinen besetzten Ring, der auf mehrere Tausend Rubel geschätzt wurde. Mit diesem Liebespfand hatte er sich der Jungfrau verlobt. Vier Wochen später wurde die glänzende Hochzeit ausgerichtet, worauf des Schneiders jüngste Tochter, jetzt die Frau eines reichen Mannes, dessen stattliches Haus bezog.

Bosheit und Neid über das unerwartete Glück der Schneiderstochter machte die Leute in der Stadt fuchswild; aber den größten Verdruß davon hatte ein verarmter Graf, dessen nicht unter die Haube gekommene Schwester gern dem Kaufmann ihre Hand gereicht und ihm statt der Mitgift den Glanz ihrer vornehmen Geburt in's Haus gebracht hätte; es wäre dann auch wohl in den leeren Beutel des Bruders manches Goldstück aus dem Vermögen des reichen Schwagers gefallen. Die Heirath des Kaufmanns hatte beider Hoffnung zunichte gemacht, was ihm der Graf nicht verzeihen konnte; er sann also im Stillen darüber nach, wie er die Verschmähung seiner Schwester an des Schneiders Eidam rächen könnte. Der Kaufmann pflegte des Abends ein Wirthshaus zu besuchen, um sich mit seinen Bekannten die Zeit zu vertreiben; hier traf er auch manchmal mit dem Grafen zusammen. Eines Abends setzte dieser dem Kaufmann einen Floh in's Ohr, indem er folgendermaßen zu reden anhub: »Ihr habt ein gar hübsches junges Weib zu

Hause, ich wundere mich, wie ihr euch getraut, Abends von Hause zu gehen und die junge Frau allein zu lassen. Glaubt ihr denn an Weibestreue? Es ist sicherlich noch nirgends in der Welt vorgekommen, daß ein hübsches Weib ihrem Manne treu geblieben wäre.« Der Kaufmann erwiderte: »Ihr verläumdet meine Frau aus Neid; aber wie könntet ihr eure Rede wahr machen, wenn ich euch nach Beweisen fragen würde?« — Der Graf machte sich sogleich anheischig, seine Worte wahr zu machen, wenn ihm der Kaufmann erlauben würde, die junge Dame öfter zu besuchen. Der Kaufmann erzürnte ob des Grafen unverschämten Rede mehr, als er sich merken ließ; gleichwohl war sein Sinn zweifelhaft geworden und er machte endlich mit dem Grafen eine Wette, kraft welcher sein großes Vermögen dem Grafen zufallen sollte, wenn dieser die schmachvolle Bezüchtigung wahr machen könnte. Die Frau durfte natürlich von der Wette nichts erfahren. Nachdem die Uebereinkunft vor Zeugen geschlossen war, sollte der Graf nun sein Glück versuchen.

Als der Kaufmann Abends nach Hause kam, sagte er seiner jungen Frau, er müsse auf längere Zeit in Geschäften verreisen und könne wohl erst nach einigen Wochen von der langen Reise zurück sein. Alle Geschäfte des Hauses wolle er bis dahin dem Herrn Grafen anvertrauen, der deshalb noch heute einziehen werde. Die Frau äußerte, mitreisen zu dürfen, als ihr aber der Mann dies abschlug, sagte sie: »Thut was ihr wollt, ich muß mit Allem zufrieden sein.« Als der Kaufmann am andern Morgen noch manches, auf die Wette Bezügliche insgeheim mit dem Grafen besprochen hatte, machte er sich auf den Weg, von den Thränen der jungen Frau begleitet.

Die große Reise ging freilich diesmal nicht weit; der Kaufmann hatte sich in der Vorstadt eine Wohnung gemiethet, wo er still wie eine Maus lebte, aber immer die Ohren gespitzt hielt, den Nachrichten über die junge Frau

zu lauschen. Das keusche Weib hatte sich nach dem
Scheiden des Mannes in ihre Kammer zurückgezogen, fest
entschlossen, so lange der Mann von Hause fern sein
würde, nirgends hin zu Gaste zu gehen, noch irgend
Jemand als Gast aufzunehmen, mit Ausnahme ihrer eigenen
Schwestern. Dadurch hoffte sie alles leere Geschwätz der
Leute abzuschneiden. Armes Geschöpf, das die Fallstricke
nicht ahnte, welche man ihr legte! Ihre Nahrung ließ sie
sich täglich durch die Magd in ihre Kammer bringen, und
wenn sie Sonntags in die Kirche ging, mußte das Mädchen
sie jedesmal begleiten. — Nach einem Vierteljahre lief von
dem Manne ein Brief ein, des Inhalts, daß das Geschäft sich
weit mehr in die Länge ziehe, als er vorausgesetzt habe,
weshalb es ihm durchaus nicht möglich sei, den Zeitpunkt
seiner Rückkehr anzugeben. Diesen Brief übergab der Graf
der Frau nicht, sondern setzte einen andern falschen Brief
auf, worin der Kaufmann das lustige herrliche Leben in der
Fremde rühmte und zuletzt der Frau rieth, sich mit dem
Herrn Grafen die Zeit zu vertreiben, damit ihr das Warten
nicht langweilig werde. Die Frau schrieb der Wahrheit
gemäß zurück: »Ich lebe allein in meiner stillen Kammer,
und mich verlangt auch nicht nach einem Gesellschafter, der
mir die Zeit vertreibe, sondern ich bitte nur alle Tage Gott,
daß er euch glücklich heimkehren lasse, meine Sehnsucht zu
stillen.« Auch diese Antwort kam dem Kaufmann nie zu
Gesicht; der Graf schrieb wieder einen Lügenbrief, als von
der Frau herrührend, worin sie sich rühmte, daß sie alle
Tage entweder in die Stadt zu Gaste gehe, oder zu Hause
Gäste empfange, oder auch in des Herrn Grafen Gesellschaft
die Zeit verbringe, so daß sie niemals Sehnsucht nach ihrem
Manne empfunden habe. Diesen ruchlosen Betrug verübte
der Graf jedesmal, wenn Mann und Frau sich einander
schrieben, denn er verstand anderer Leute Handschrift so
künstlich nachzumachen, daß die Eheleute nicht dahinter
kamen. Als endlich der Kaufmann schrieb, er hoffe binnen

einigen Wochen wieder nach Hause zu kommen, da unterschlug der Herr Graf diesen Brief und ließ das falsche Gerücht aussprengen, daß der Kaufmann in der Fremde sein Ende gefunden habe. Die arme sich für eine Wittwe haltende Frau weinte und jammerte bitterlich; ließ die Wände des Gemachs mit schwarzem Zeuge beschlagen, legte Trauerkleider an und ließ nicht einmal ihre Schwestern zum Besuch kommen; zur Kirche aber ging sie jeden Sonntag nach wie vor.

Alle List und Betrügerei, die der Graf bis jetzt angewandt, war vergeblich gewesen, es war ihm nicht möglich geworden, mit des Kaufmanns Frau zusammen zu kommen oder eine nähere Verbindung anzuknüpfen; ebenso wenig hatte er ein Beweisstück, auf welches er die Frau hätte bezichtigen können. Da entschloß er sich, es noch einmal mit List zu versuchen. Er ließ eines Tages die Frau durch ihr Mädchen bitten, sie möchte eine Kleiderkiste über Nacht in ihrer Kammer verwahren, bis er sie am nächsten Morgen wieder wegbringen lasse, denn es sei sonst nirgends im Hause Raum für eine Kiste. Die Frau, welche sich keiner Arglist versah, willigte ein. Der Graf war aber selber heimlich in die Kiste geschlüpft und auf diese Weise in die Kammer der Frau gelangt. Beim Schlafengehen hatte die Frau eine goldene Kette vom Halse genommen und auf den Tisch vor dem Bette gelegt; es war die Kette, die der Mann ihr bei der Verlobung geschenkt hatte, deshalb trug sie dieselbe Kette täglich am Halse. Als sie in der Nacht ruhig schlief, kroch der Graf ganz sachte aus der Kiste, raffte die goldene Kette vom Tische, steckte sie in die Tasche und eilte sich wieder in die Kiste zu verstecken, mit welcher er dann später fortgetragen wurde. — Die gestohlene Kette sollte dem Kaufmanne bezeugen, daß seine Frau die Ehe gebrochen und die Kette als Liebespfand geschenkt habe. Als die Frau am Morgen aufstand, hatte sie in ihrem

Herzenskummer der goldenen Kette nicht weiter Acht gehabt, wiewohl sie sonst immer des geliebten Mannes Geschenk umzulegen pflegte.

Als sie am Nachmittag zufällig zum Fenster hinaus auf die Straße sieht, sieht sie den für todt gehaltenen Gatten zurückkommen. Augenblicklich reißt sie die schwarzen Trauerbehänge von den Wänden, läuft in Freudenthränen ausbrechend ihrem Eheherrn entgegen und fällt ihm um den Hals. Der Kaufmann, fremd und kalt wie Eis, giebt keine frohe Regung zu erkennen, da er die Freude der Frau für ein trügerisches Blendwerk hält; der Herr Graf hatte ihm einen Floh in's Ohr gesetzt, der ihm keine Ruhe mehr ließ. Die Frau wollte sogleich in die Küche eilen, um für den von der Reise kommenden Gemahl Speise zu bereiten, allein dieser wehrte es ihr, da er selber für das Abendessen sorgen wolle.

Als die Zeit dazu herangekommen war, wurde eine hölzerne Schüssel mit einem Mehlbrei aufgetragen, in welchem zwei hölzerne Löffel staken. Die Frau machte große Augen und wußte nicht, was sie davon halten solle. Der Kaufmann aber sagte mit bekümmertem Ernste: »Heut' Abend wollen wir uns aus der Breischüssel zum letzten Male satt essen, denn das ist Alles, was mir von meinem großen Vermögen geblieben ist. Morgen sind wir Bettler, die nicht das Stück Brot haben.« Weinend bat die Frau, ihr zu sagen, durch welches unvermuthete Unglück sie mit einem Male arm geworden wären. »Dieses Unglück hast du selbst verursacht,« — erwiderte der Mann — »deine Versündigung gegen die eheliche Treue hat uns so weit gebracht, daß wir zum Bettelstabe greifen müssen. Wo ist deine goldene Kette, die ich dir als Verlobungspfand schenkte?« Erst jetzt bemerkte die Frau, daß die Kette sich nicht an ihrem Halse befand; sie sprang erschreckt vom Tische auf und lief in ihre Kammer, die vergessene Kette zu holen, fand sie aber dort nicht. Sie wollte jetzt die Kette suchen, aber der Kaufmann hinderte es und sagte: »Laß nur die leeren Grimassen, womit du mich zu täuschen suchst! Ich weiß, daß du selbst die Kette verschenkt hast, die jetzt dein Galan besitzt.« Was konnte da der Frau ihr Leugnen helfen und ihre Vertheidigung? Der ruchlose Graf fand mit seiner goldenen Kette überall mehr Glauben, denn die Menschen glauben viel leichter das Böse als das Gute; konnte er doch auch vor Gericht seine Worte durch dieses Beweisstück erhärten und obendrein beschwören, daß er eine Nacht in der Kammer der Frau zugebracht habe. — Ohne also auf die Vertheidigung der Frau weiter Rücksicht zu nehmen, fällte das Gericht schließlich den Spruch: die ehebrecherische Frau solle auf einem Schiffe in die hohe See hinaus gefahren und dort vom Schiffe in's Meer geworfen werden den Fischen zur Speise. Der Kaufmann aber solle zur Strafe für seine leichtsinnige Wette und Andern zur Abschreckung auf Lebenszeit in's Gefängniß gesetzt werden. Ueber den leichtsinnigen Mann hatte das Gericht ein angemessenes Urtheil gesprochen, allein der schuldlosen Frau fügte das weltliche Gesetz schweres Unrecht zu. Dem Grafen wurde das Vermögen des reichen Kaufherrn zuerkannt. Dieser Unglückliche erbat für seine Gattin noch die einzige Gnade, daß sie vor der Ertränkung in ein getheertes Gewand eingenäht würde, und daß ihr zwanzig in den Gürtel eingenähte Golddukaten mitgegeben würden, damit die Leute bei dem an's Land geworfenen Leichnam das Geld fänden und ihm dafür ein Grab bereiteten. Das Gericht gewährte diese Bitte.

So wurde der einst reiche Kaufherr in Ketten in's Gefängniß gebracht, während seine unschuldige Gattin auf einem Schiffe viele Meilen weit in die See geführt und dann über Bord geworfen wurde. Das aus getheertem Zeuge gemachte Obergewand blähte sich hoch auf wie eine Blase und hielt die unglückliche Frau über Wasser. Die unbarmherzigen Schiffsleute riefen lachend: »Mit der Zeit wird das Wasser schon seine Beute schlucken!« kehrten um und dachten nicht weiter an das arme Geschöpf, das wie eine wilde Gans auf den Wellen dahin schwamm.

Gottes Wege waren nicht die der irrenden Menschen. Seine Huld ließ nicht zu, daß ein schuldloses Wesen in der Tiefe des Meeres versinke, sondern wies auf wunderbare Weise den Weg der Rettung. Die Meereswellen mußten die in ein getheertes Gewand eingenähte Frau drei Tage und drei Nächte auf dem Rücken tragen und endlich in einem fernen fremden Lande an's Ufer schleudern. — Obgleich die Frau sehr ermüdet war, als sie auf's Trockene kam, vergaß sie doch nicht, Gott, der sie aus Todesnöthen errettet hatte, für seine wunderbare Hülfe zu danken. Dann warf sie sich auf den Rasen, um zu schlafen, sich von der durch das lange Treiben auf dem Wasser verursachten Erschöpfung zu erholen und ihre Lebenskraft für die kommenden Tage neu zu stärken. Noch hatte sie die Augenlider nicht geschlossen, als sie zwei Raben auf hohem Fichtenwipfel so reden hörte: »Da liegt jetzt« — sagte der erste Vogel — »ein unglückliches Geschöpfchen am Strande, welches die kurzsichtigen Menschen ausgestoßen haben. Die Arme wird hier, wo keine Menschen wohnen, doch zuletzt umkommen, obwohl sie sich gar leicht retten könnte.« — »Wie denn?« fragte der andere Vogel. »Siehe,« erwiderte der erste Plauderer — »obgleich die Arme sehr ermüdet scheint, sollte sie doch ihre letzte Kraft zusammen nehmen und rechts am Ufer weiter gehen, da wohnt ein frommer Dorfgeistlicher, der sie freundlich aufnehmen und ihren ermatteten Körper stärken würde. Hat sie sich dann einige Tage ausgeruht und ihre Kräfte erfrischt, dann könnte sie in die große Stadt gehen, die nicht weit von da liegt und wo die Leute Mangel an Wasser leiden, weil ein böser Zauberer vor vielen hundert

Jahren alle unterirdischen Wasseradern festgemacht hat, so
daß in die Brunnen kein Wasser kommt, als was die
Regenschauer dem Schooße der Wolken entlocken. Und
doch wäre es eine Kleinigkeit, den Bewohnern der Stadt
Trinkwasser zu schaffen.« »Wie denn das?« fragte der andere
Rabe. »Sieh nur,« erwiderte der erste — »mitten auf dem
Markte liegt ein großer grauer Granitblock, welcher alle
Quelladern deckt und schließt. Es bedürfte weiter keiner
Arbeit, als diesen Verschluß-Block heben zu lassen, dann
würden die Quellen aus der Tiefe reichliches Naß ergießen.
Und derjenige könnte reichen Lohn verdienen, welcher der
Stadt Wasser verschaffte. — Aber diese arme Frau könnte
noch mehr Ehre und Glück finden, wenn sie in die
Königsstadt ginge und dort des Königs einzigen Sohn
gesund machte, den bis jetzt weder Doctoren noch
Wundärzte heilen konnten. So liegt der arme Jüngling
schon sieben Jahre im Bette und findet nirgends Hülfe, weil
menschlicher Verstand seine Krankheit nicht erkennen
kann. Und doch könnte der Königssohn leicht gesunden,
wenn ihm die rechte Arznei gegeben würde.« »Was für
Kräuter könnten denn seinem Uebel abhelfen?« fragte der
andere Vogel. »Es wäre eine Kleinigkeit, ihn gesund zu
machen« — ließ sich der Sprecher weiter vernehmen. — »Es
wäre dazu nichts weiter erforderlich, als in der Domkirche
an die dritte Bank, rechts vom Altare, zu gehen und dort die
Diele aufzubrechen, unter welcher ein Mäusenest liegt.
Wenn das Nest sammt den Jungen herausgenommen, in
einem Grapen oder Kessel gekocht, und die Flüssigkeit dann
durch ein Tuch geseiht und in Flaschen gegossen würde, so
wäre die Arznei fertig[20]. Jeden Morgen und Abend ein
Löffel voll von dem Mäusekraft-Trank dem Kranken
eingegeben und mit derselben Flüssigkeit die Brust
eingerieben, würde den Kranken in einigen Tagen gesund
machen.« — Wohl sehr schade ist es, daß in unseren Tagen
weder Stadt- noch Land-Aerzte die Vogelsprache verstehen,

welche sie manches Mal auf den richtigen Weg bringen könnte, wenn ihr eigener Kopf ihnen nicht mehr aushelfen will. Und auch manchem eingebildeten Naseweis, der menschliche Belehrung verschmäht, könnten durch die Rede der Vögel vernünftigere Gedanken in sein einfältiges Gehirn kommen. — Doch fahren wir jetzt in unserer Erzählung fort.

Nachdem die unglückliche Frau die Raben-Weisheit vernommen hatte, schlief sie ein. Auf wunderbare Weise ließ Gottes Güte ihrem Körper im Schlaf neue Kraft zuströmen; obwohl sie drei Tage ohne einen Bissen Nahrung gewesen war, fühlte sie doch beim Erwachen weder Müdigkeit noch Hunger. Der klugen Vögel Zwiegespräch fiel ihr alsbald ein; doch konnte sie sich nicht klar machen, ob sie das wachend oder träumen erlebt habe. Da ihr aber nichts Besseres übrig blieb, wollte sie es mit dem angegebenen Wege versuchen. Mit größter Mühe erreichte sie vor Abend des Predigers Haus, wo die guten Menschen sie freundlich aufnahmen und pflegten. Nach einigen Tagen fühlte sie sich stark genug, weiter zu wandern. Der Prediger und die Hausleute baten sie, noch einige Tage bei ihnen zu Gaste zu bleiben, denn sie war ihnen allen lieb geworden; aber sie wollte ihnen nicht länger zur Last fallen, sondern dankte für die genossene Wohlthat, nahm Abschied und macht sich dann auf den Weg, um der Anleitung der Vögel gemäß ihr Glück weiter zu versuchen. Da die Wegweisung der Raben sich das erste Mal bewährt hatte, so richtete sie ihre Schritte nach der wasserbedürftigen Stadt. Da fiel es ihr ein, daß, wenn sie in Weiberkleidern die Stadt beträte, die Leute wohl nicht viel von ihrer Einsicht halten würden. In der guten alten Zeit duldete man noch nicht das Gegacker der Henne, wie in unseren Tagen, wo der Hahn wohl selber rühmt, wie hübsch sein Schätzchen schon gesungen, als es erst drei Spannen hoch war, weshalb er das sangreiche junge Huhn selbst auf den Markt trägt und ruft: »Kommt und hört, wie hübsch mein Hühnchen singt.«

Die Frau kaufte sich also Mannskleider und gab sich das Ansehn eines Mannes. Sie schnitt ihre langen Haare kurz am Kopfe ab, zog einen Rock an, band einen rothen Gürtel um die Hüften und zog das bunte Hemd über die Hosen, so daß sie ganz wie ein Russe aussah. Als sie nach einigen Tagen in die Stadt kam und in einem Wirthshause ein Quartier bezog, fand sie auf dem Eßtische mancherlei Getränke, Branntweine und Weine, Bier und Meth, aber kein Tropfen Wasser war zu sehen. Sie bat, man möge ihr ein Glas Wasser bringen. »Geehrter Herr, ihr könnt in unserer Stadt alle Arten von Getränk haben, um euren Durst zu löschen, aber frisches Wasser können wir euch auch um den höchsten Preis nicht geben: Wasser müssen wir in der heißen Zeit von weitem herführen, wie eben jetzt, wo Gott keinen Regen giebt.« »Warum lasset ihr keine Brunnen graben?« fragte die als Mann verkleidete Frau. Der Gastwirth erwiderte: »Brunnen haben wir von Alters her genug gegraben, aber es kommt kein anderes Wasser hinein als was der Regen hineinbringt. Unsere Obrigkeit hat schon Unsummen daran gewendet, und hat auch demjenigen eine große Belohnung verheißen, der Wasser in die Brunnen leiten würde, aber wenn auch von überall her viel geschickte Brunnenmeister kamen, um ihr Glück zu versuchen, so hat doch keiner von ihnen Wasseradern gefunden.« — Die Frau sagte: »Die Sache scheint sehr wunderbar! Ich will Nachmittags in eurer Stadt umhergehen, vielleicht finde ich zufällig Pflanzen, welche auf eine Wasserader weisen.« »Das wird wohl vergebliche Mühe sein,« — meinte der Gastwirth — »doch könnt ihr ja immerhin euer Heil versuchen.«

Die Kaufmannsfrau schlenderte nun aus einer Straße in die andere, bis sie auf den Markt kam. Da fand sie den großen grauen Granitblock, wie es die Raben in ihrem Gespräche angegeben hatten; und da nun so die beiden ersten Verkündigungen wahr geworden waren, so wuchs ihr der Muth, den Wasserkerker zu erschließen. Sie ging zum Oberhaupt der Stadt, gab sich für einen Brunnenmeister aus und versprach der Stadt Wasser zu schaffen, wenn man ihr soviel Arbeiter und Werkzeuge geben würde, wie es die Sachlage erfordere. Das Stadtoberhaupt aber bedachte, welchen Geldaufwand die fruchtlose Arbeit schon verursacht hatte und sprach deshalb die Bitte aus, den vergeblichen Versuch lieber zu unterlassen. Der Brunnenmeister ließ sich aber nicht so leicht irre machen, sondern sagte: »Gebt mir fünfzig oder sechzig Arbeiter und die nöthigen Werkzeuge, wie Stangen, Stricke und dergleichen, so mache ich mich verbindlich, eurer Stadt soviel Wasser zu schaffen, daß Menschen und Thiere genug haben.« — Das Stadtoberhaupt verlangte jetzt ein Pfand von solchem Werthe, daß es alle Ausgaben decke, wenn die Arbeit den verheißenen Nutzen nicht bringe. Die Frau entgegnete: »Geld habe ich jetzt gerade nicht soviel, um das Pfand zu hinterlegen, aber ich mache mich anheischig, für jeden Arbeiter fünfzig, oder wenn ihr wollt, hundert Tage zu arbeiten, wenn ich euch das versprochene Wasser nicht liefere. Falls ich aber meine Versprechungen erfülle, dann zahlt ihr mir die Belohnung, welche ihr für die Auffindung von Wasser öffentlich ausgeboten habt.« Auf diese Bedingung hin wurde der Vertrag geschlossen.

Nachdem die Vorbereitungen beendigt waren, begab sich die Frau mit fünfzig Arbeitern auf den Markt: eine ungeheure Volksmenge zog hinterdrein, um das Wunderwerk mit anzusehen. Die Frau Meister ließ zuerst hart um den Block herum Gräben ziehen, dann starke Balken als Hebel unter den Block schieben, Stricke mit dem einen Ende an die Balken befestigen, mit dem andern um den Block legen, und als nun die Männer auf das gegebene Zeichen mit einem Male aus Leibeskräften anzogen und aufwanden, ging der Block in die Höhe. Und o Wunder! zischend ergoß sich ein breiter Wasserstrahl unter dem Blocke hervor. — Freudengeschrei erscholl aus dem Munde von Tausenden. Das Stadtoberhaupt und die anderen obrigkeitlichen Personen traten näher und füllten Becher und Kannen mit frischen Wasser, das klar, kühl und erquickend war. Alle, die das Wasser schmeckten, rühmten es einstimmig und die klugen Doctoren erklärten, es sei der Gesundheit sehr zuträglich. Da nun der Brunnenmeister sein Versprechen erfüllt hatte, wurde ihm die für das Auffinden von Wasser ausgesetzte Belohnung unweigerlich ausgezahlt und überdies folgten ihm die Dankes- und Segenswünsche der Bewohner nach.

Jetzt brauchte die Frau nicht mehr zu Fuße zu gehn, sondern konnte in einer Kutsche mit sechs Pferden fahren, wenn sie wollte. Sie fuhr alsbald in die Königsstadt. Als sie mit Dank gegen Gott dessen gedachte, wie der Vögel Anleitung sie unverhofft auf den Weg des Glückes geführt hatte, beschloß sie zugleich sich andere Kleider zu besorgen, weil denn doch die russische Bauerkleidung für einen Doctor nicht paßte. Sie ließ ihr Haar anders ordnen und kaufte sich einen Anzug, wie ihn die städtischen Aerzte zu tragen pflegen. Als sie dann nach einigen Tagen die Residenz des Königs erreichte, miethete sie in einem vornehmen Gasthof eine Wohnung und gab sich für einen Arzt aus, der aus weiter Ferne gekommen sei.

Die Ankunft eines berühmten Arztes aus weiter Ferne drang rasch zu des Königs Ohren. Er schickte seine Diener in den Gasthof und ließ den Doctor zu seinem kranken Sohne bitten. Als der Doctor kam, redete er ihn so an: »Ich bin ein großer König, aber bei allem Ansehn und Reichthum ein unglücklicher Vater. Mein einziger Sohn siecht schon sieben

Jahre lang auf dem Krankenlager dahin und Niemand kann ihm helfen; obgleich die berühmtesten Ärzte meines Landes und fremder Länder die verschiedensten Arzeneimittel versucht haben, konnten sie doch sein Uebel nicht heilen. Mit tiefem Kummer sehe ich, wie mein liebes Kind mit jedem Tage rascher dem Grabe sich nähert.« Der neue Arzt bat, den Kranken sehen zu dürfen, worauf er in dessen Gemach geführt wurde. Der kranke Königssohn im Bette sah mehr einem Schatten als einem menschlichen Wesen ähnlich; daß er athmete, war das einzige Lebenszeichen, sonst hätte man ihn für eine Leiche halten können. Der Doctor sagte: »Weil sich die Krankheit so sehr in die Länge gezogen hat, ist die Behandlung sehr schwierig geworden, doch gebe ich die Hoffnung noch nicht ganz auf.« Er versprach dann die nöthigen Arzeneien zu bereiten und nach einigen Tagen die Behandlung zu beginnen.

Am andern Tage ging der vermeintliche Doctor, die herrliche Domkirche zu besehen, wie denn jeder Fremde diese schönste Zierde der Stadt in Augenschein nimmt. Nachdem er die Kirche von außen und von innen genugsam betrachtet hatte, zählte er die dritte Bank rechts vom Altar ab, brach die Diele auf, fand dort das von dem Raben angegebene Mäusenest mit den Jungen, band Alles in sein Schnupftuch, brachte die Diele wieder in Ordnung und eilte in seine Wohnung zurück. Hier machte er sich in aller Stille daran, den Gesundheitstrank zu kochen, und ließ ihn dann ein Weile stehen, ehe er die Flüssigkeit durch ein Tuch seihte, worauf er sie in eine Flasche goß. Nach einigen Tagen ging er wieder zum kranken Königssohn, gab ihm einen Löffel voll von dem Krafttrank ein und rieb ihm die Brust damit. Die Kraft des Wundertranks war so stark, daß der Kranke um Mittag zu essen verlangte und ihm auch die vorgesetzte Speise zum ersten Male schmeckte. Der König war über das Verlangen nach Speise anfangs erschrocken; er hielt dasselbe für ein krampfhaftes und meinte, die Todesstunde sei gekommen, in welcher zuweilen die schwersten Kranken Eßlust zeigen. Da aber der weibliche Doctor nichts dagegen hatte, so wurde des Kranken Begehr erfüllt. Als der Königssohn nach dem Essen einige Stunden geschlafen hatte, war sein Aussehen beim Erwachen freundlicher und er sagte, daß er sich stärker fühle. Schon am andern Tage richtete er sich allein im Bette auf, am sechsten Tage aber fühlte er sich stark genug, aufzustehen und sich auf einem Stuhle niederzulassen.

Während er so saß, fielen seine Blicke häufig auf den jungen Doctor, den der alte König nicht eher ziehen lassen wollte, als bis der Sohn sich vollständig erholt habe. Eines Tages sagte der Königssohn seufzend zum Doctor: »Es thut mir herzlich leid, daß Gott euch nicht ein Frauenzimmer hat werden lassen. Mir ist in meinem Leben noch kein schöneres Antlitz vorgekommen als das eurige — ich würde euch gewiß freien, wenn ihr ein Weib wäret.« Der Doctor erwiderte: »Seid zufrieden mit dem, was Gott gemacht hat, und danket ihm dafür, daß ihr von schwerer Krankheit genesen seid. Ihr könnt euch jetzt, da ihr wohlauf seid, jeden Tag aus den edelsten Geschlechtern eine Lebensgefährtin wählen.«

Des Königs Freude über die glückliche Wiederherstellung seines Sohnes war grenzenlos. Er hätte dem Arzte gern das Zehnfache der versprochenen Belohnung gezahlt — der Arzt aber lehnte diese Gnade ab und verlangte keinen größeren Lohn als ein Stück Land in der Gegend des Reiches, wo seine Geburtsstadt stand, und wo der Gatte gefangen saß, wenn ihn der Tod nicht befreit hatte. Die Bitte wurde nicht nur ohne Weiteres zugestanden, sondern der König befahl auch, die Grenzen des geschenkten Landstriches so weit auszudehnen, daß beinahe der vierte Theil des Reiches an Land und Leuten des Doctors

Erbeigenthum wurde. Nach einigen Tagen war die Schenkungsurkunde gerichtlich ausgestellt und mit dem königlichen Insiegel bekräftigt. Dann verließ der neue Grundeigenthümer des Königs Palast, nahm dankend Abschied und schlug den Weg nach seinem künftigen Wohnsitz ein.

Als sich die Frau demselben näherte, fielen ihr mancherlei Gedanken und Gefühle schwer auf's Herz, wenn sie sich die Vergangenheit zurückrief und überdachte, wie sie als Kind in Dürftigkeit aufgewachsen, dann plötzlich im Hause des Kaufmanns reich gewesen sei, und endlich solche Trübsal erlebt habe. Doch Reichthum und Trübsal waren ohne ihre Schuld über sie gekommen, und ihr Gewissen fühlte sich nicht beschwert. — Sie trug noch immer männliche Kleidung und wollte sie auch nicht eher ablegen und sich zu erkennen geben, als bis Alles geordnet wäre. Vor ihrem früherem Hause ließ sie die Kutsche halten und durch einen Diener anfragen, ob sie da wohl auf einige Tage eine Wohnung miethen könne. Der gegenwärtige Besitzer, der uns wohlbekannte Graf, obwohl jetzt durch schnöden Betrug steinreich geworden, war doch äußerst geldgierig und suchte, wo er konnte, seinen Mammon zu vermehren. Er war darum gleich bereit, dem reichen fremden Herrn eine Wohnung zu vermiethen, als ihm der hohe Preis, den er unverschämter Weise forderte, unweigerlich zugestanden wurde.

Die Frau legte am folgenden Tage eine reiche Männerkleidung an und erschien vor der Obrigkeit, wo sie den königlichen Schenkungsbrief vorzeigte und sich als Grundherrn zu erkennen gab. Man kann leicht denken, daß der neue Gebieter mit großer Ehrerbietung und Unterwürfigkeit empfangen wurde. Sein erster Befehl lautete dahin, den vormals reichen Kaufmann, der vor Jahren wegen leichtsinnigen Wettens in's Gefängniß gesetzt worden, sowie den Grafen, der dessen Vermögen erhalten, desgleichen die Magd, welche damals bei der Frau des Kaufmanns gedient habe und jetzt beim Grafen diene — diese drei Personen vorzuführen. Der Befehl wurde sofort vollzogen.

Der in der langen Haft schwach und bleich gewordene Kaufmann hatte schon graues Haar bekommen und einen langen Bart, der ihm bis zur halben Brust reichte. Hände und Füße waren gefesselt und ein zerfetztes Gewand bedeckte seinen Leib. Der Herr Graf trat stolzen Schrittes in den Gerichtssaal; für ihn, den reichen, hochgeborenen Mann, gab es wohl keinen Grund zur Furcht. Der neue Grundherr befahl sogleich, dem bis dahin gefangen gehaltenen Kaufmanne die Fesseln abzunehmen und sie dem Grafen anzulegen. Obwohl die Gerichtsherren einander verwundert ansahen, wagte doch keiner ein Wort gegen die Anordnung des gebietenden Grundherrn vorzubringen. Jetzt fragte die in Männerkleidung dastehende Frau den Grafen: »Bekennet, wie ist damals die goldene Kette der Kaufmannsfrau in eure Hände gekommen?« Der Graf erwiderte mit schamloser Frechheit: »Die Frau schenkte mir die Kette als Liebespfand.« — Darauf wurde die Magd in Ketten gelegt und in's Verhör genommen; sie sollte erklären, wie es sich mit der Kette verhalte. Die erschrockene Magd deckte nun den ganzen Betrug auf. Hierauf fällte das Gericht den Spruch, daß der Graf und die Magd auf Lebenszeit in's Gefängniß kommen sollten und zwar wurden sie in denselben Thurm gebracht, in welchem der Kaufmann bis jetzt gesessen hatte.

Nachdem so die Uebelthäter ihren verdienten Lohn erhalten hatten, entfernte sich die Frau, legte ihre Frauenkleider an und gab sich ihrem Manne zu erkennen. Der Kaufmann bereute voll Scham sein Vergehen und wagte nicht zu seiner Frau, die er ohne ihr Verschulden verstoßen und in den Tod geschickt hatte, die Augen aufzuheben. Die liebende Frau aber, welche ihrem Manne die am Altare gelobte Treue stets rein bewahrt hatte, verzieh ihm all' sein Unrecht. Darauf segnete der Geistliche ihre Ehe zum zweiten Male ein und es wurde eine stattlichere Hochzeit gefeiert als die erste war. Aber der Vater der Frau, der alte Schneider, schlief schon im Grabe und hatte den Freudentag, wo seine verläumdete Tochter wieder zu Ehren kam, nicht mehr erleben sollen. Vom Tage der zweiten Hochzeit an lebte das Paar glücklich bis an's Ende und dem Kaufmann stieg niemals wieder ein Zweifel an der Treue seiner Frau auf. Und glücklich darf man den Mann preisen, der eine fromme Frau gewonnen hat, deren Leben so klar dahinfließt, wie ein Quellbach, auf dessen Grunde nicht Schlamm noch Schutt gefunden wird.

7. Aschen-Trine.

Einmal lebte ein reicher Mann mit seiner Frau und einer einzigen Tochter, welche die Eltern mehr als ihren Augapfel liebten, und deshalb auf's zärtlichste erzogen; und die gute Tochter war dieser Liebe werth. Die Mutter hatte einst einen Traum gehabt, aus dem sie auf ein schweres Mißgeschick schloß, und sie hätte viel darum gegeben, wenn Jemand ihr den Traum richtig hätte deuten können. Aber noch ehe sie einen klugen Traumdeuter fand, erkrankte sie schwer an einer Brustentzündung und fühlte schon am andern Tage ihre Todesstunde herannahen. Der Mann war fortgegangen um Aerzte zu holen, da rief die Frau ihr Töchterchen an ihr Bett, streichelte ihm die Wangen und sagte mit betrübter Miene: »Der Himmel ruft mich aus dieser Welt ab zur Ruhe; ich muß in's Grab und dich Lämmchen zurücklassen. Dein Vater und ein anderer höherer im Himmel werden für dich Sorge tragen, und mein mütterliches Auge wird von jener Welt her über dich wachen. Wenn du ein frommes und gutes Kind bleibst, so werden unsere Herzen ewig vereinigt bleiben, denn auch Tod und Grab können die Liebesbande zwischen Mutter und Kind nicht zerreißen. Pflanze auf meinem Grabhügel zum Schmuck eine Eberesche, damit die Vögel im Herbste Beeren darauf finden und dir gutes dafür erweisen, wenn du keine andern Freunde mehr haben solltest. Sollte dein Herz einmal einen heimlichen Wunsch hegen, dann schüttle den Wipfel der Eberesche, damit ich Kunde davon erhalte; oder sollten bittere Stunden in dein Leben treten, dann schlüpfe unter den Schatten der Eberesche, welche dich trostreich aufnehmen wird wie der Schooß einer Mutter und deinem betrübten Herzen Erquickung bringen wird.« Nicht lange darnach und noch ehe der Vater von seinem Gange nach dem Arzte zurück war, schlossen sich die Augen der guten Mutter auf immer. Das Töchterchen weinte bitterlich und wollte weder bei Tage noch bei Nacht aus der Nähe der Todten weichen, bis der Mutter kalter Leichnam in den Sarg gelegt und zu Grabe getragen wurde. Die Tochter pflanzte eine Eberesche auf das Grab, grub die Wurzeln in die Erde und feuchtete sie mit ihren Thränen; und als später das Naß der Wolke dazu kam, wuchs der Baum in die Höhe, daß es eine Lust war zu sehen. Das Kind setzte sich gar oft unter diesen der Mutter geweihten Baum, der ihm jetzt der liebste Platz auf Erden geworden war.

Den nächsten Herbst ging der Vater wieder auf die Freite und brachte nach einigen Wochen eine neue Heerdeskönigin in's Haus. Allein er hatte nicht daran gedacht, beim Freien darauf zu sehen, ob die Frau auch eine Mutter für seine Tochter werden könne. — Zwar wird es einem vermöglichen Wittwer nicht schwer, eine Frau zu bekommen, aber selten ist der Fall, daß die Waise in ihr eine Mutter findet. — Die Stiefmutter hatte zwei Töchter aus ihrer ersten Ehe; sie brachte dieselben mit in's Haus und da Blut doch immer dicker ist als Wasser, so war es selbstverständlich, daß des Mannes Tochter auf keine goldenen Tage zu hoffen hatte. — Die Mutter achtete ihre Töchter für golden, des Mannes Tochter für irden, und als die Goldtöchter das sahen, faßten sie auch flugs den Gedanken: wir sind die Gebieterinnen, sie ist unsere Sclavin! Da indessen ein neuer Besen immer gut fegt, so zeigte die neuvermählte Wittwe ihrer Stieftochter in den ersten Tagen nach der Hochzeit ein freundliches Gesicht, und dasselbe thaten zum Schein ihre beiden Töchter — aber die Freundlichkeit kam nicht von Herzen. Ihre Herzen waren hart und voll von Stolz und Tücke und anderen sündhaften Regungen, so daß darin für den Keim der Liebe kein Raum blieb, sich zu entfalten. Der armen Tochter des Mannes wurde das Leben von Tag zu Tag saurer

gemacht, aber der Vater hatte weder Augen zu sehen noch
ein Herz, seines Kindes Leid zu fühlen. »Was hat sich die
unnütze Brotratte[21] im Zimmer umherzutreiben!« sagte die
Stiefmutter. »Ist nicht in der Küche am Heerde Platz genug?
Die Traghölzer um den Hals und Wasser vom Brunnen
geholt, dann in den Stall, an den Back- und Wasch-Trog!
Wer Brot essen will, muß seinen Bissen auch verdienen
können.« Dazu prahlten die Töchter noch: »Ja, sie soll
unsere Leib-Magd sein.« Darauf wurden der Waise alle
guten Kleider weggenommen, die Truhe der verstorbenen
Mutter wurde geleert, aller Putz den Töchtern der
Stiefmutter ausgeliefert und der Tochter des Mannes ein alter
grauer Kittel angezogen, in welchem sie vom Morgen bis
zum Abend, mit Asche und Staub bedeckt, die häusliche
Arbeit thun mußte. Da sie nun weder glatt gekämmt, noch
sauber sein konnte, so schalten die Stiefmutter und die
Stiefschwestern sie Aschen-Trine. Sie fügten der Waise
Leid und Verdruß zu, wo sie nur konnten und machten sie
auch heimlich beim Vater schlecht, so daß das Kind auch bei
ihm keine Hülfe fand, wenn es ihm einmal seine Noth
klagte. Aschen-Trine duldete lange Zeit schweigend, sie
weinte und betete, ging aber nicht zu der auf der Mutter
Grab gepflanzten Eberesche, um ihres Herzens Kummer
auszuschütten. Da begab es sich, als sie eines Tages am
Bache Wäsche spülte, daß eine Elster vom Wipfel eines
Baumes herunter sprach: »Thörichtes Kind, thörichtes Kind!
Warum gehst du nicht zur Eberesche, Klage zu führen und
um Rath zu bitten, wie du dir deine schwere Lage
erleichtern könntest.« — Diese Worte riefen ihr die letzte
Rede der sterbenden Mutter in's Gedächtniß zurück und sie
beschloß, so bald als möglich ihre Bitte bei der Eberesche
anzubringen. Bei Tage war es ganz unmöglich, aber in der
Nacht, wo die andern schliefen, stand sie heimlich vom
Lager auf, zog sich an, ging zum Grabe der Mutter, setzte
sich auf den Grabhügel und begann die Eberesche zu

schütteln. Ein Stimmchen fragte: »Ist dein Herz noch rein und fromm wie sonst, oder bist du schon in Sünde verfallen?« Trine erwiderte: »Gott allein sieht und erforscht des Herzens Trachten, soviel meine Seele weiß, lastet keine Sünde auf ihr.« Jetzt fühlte sie, als ob unsichtbare Hände ihr Haupt und Wangen streichelten, die Stimme aber rief im Säuseln der Luft: »Wenn dein Leben gar zu dornig wird und du mit der Arbeit nicht mehr fertig werden kannst, dann rufe dir Hahn und Henne zu Hülfe!« Das Mädchen konnte anfangs nicht recht begreifen, was für Helfer ihr diese Hausvögel werden könnten; auf dem Heimwege aber fiel ihr ein, wie die Halbschwestern ihr oft zum Schabernack die Erbsen und Linsen in die Asche streuten, aus welcher sie dann Korn für Korn heraussuchen mußte, um Speise zu kochen. Da wollte sie doch einmal Spaßes halber versuchen, ob nicht die Schnäbel der bezeichneten Helfer ihr die zeitraubende Arbeit erleichtern könnten.

Inzwischen hatte der König ein prächtiges Fest vorbereitet und überallhin Boten ausgesandt, welche im ganzen Reiche öffentlich kund machen und auf Wegen und Stegen ausrufen sollten: daß alle jungen blühenden Mädchen zwischen sechzehn und zwanzig Jahren zum Freudenfeste des Königs kommen sollten, welches drei Tage hinter einander dauern würde, weil sein einziger Sohn gesonnen sei zu freien, und sich aus der Mädchenschaar diejenige auszusuchen, welche ihm die hübscheste und verständigste zu sein dünkte. O du liebe Zeit! Was hob da für ein Treiben an überall! Zum Glück war nicht befohlen worden, die Taufscheine mitzubringen, so daß auch diejenigen hinkommen konnten, ihr Glück zu versuchen, die schon eine Kleinigkeit über die Zwanzig hinaus geschritten waren.

Der Aschen-Trine Stiefschwestern, die Goldtöchterchen der Mutter, sollten beide auf des Königs Fest gehen; da hatte denn die Waise vom Morgen bis zum Abend zu thun: sie wusch und plättete Kleider, nähte neuen Putz und mußte dabei noch alle übrigen häuslichen Geschäfte besorgen. Und als ob es daran noch nicht genug wäre, warf die ältere Stiefschwester eine Schüssel voll Linsen in die Asche und rief: »Lies sie heraus und setze sie auf's Feuer!« Zum Glück fiel der Trine die am Grabe der Mutter erhaltene Weisung ein, darum sagte sie:

> »Hähnelein und Hennelein!
> Kommt die Linsen lesen fein!«

Augenblicklich waren die gerufenen Hülfsarbeiter da und begannen zu lesen und in kurzer Zeit hatten sie die letzten Körner aus der Asche gescharrt und mit ihren Schnäbeln in die Schüssel gethan. Als dann der erste Tag des Festes anbrach, mußte Aschen-Trine die Schwestern schmücken, ihren Kopf kämmen, ihr Antlitz waschen und sie prächtig ankleiden, wofür sie zum Danke nur Schimpfreden und mehr als eine Maulschelle erhielt, so daß ihr Augen und Ohren brannten. Aschen-Trine ertrug den Frevel geduldig und seufzte nur zuweilen zum Himmel auf; als aber die Stiefschwestern nun auf's Fest gegangen waren und sie allein mit der Stiefmutter zu Hause geblieben war, da stieg ein heißes Verlangen in ihrem Herzen auf, welches ihr die Thränen in die Augen trieb. Sie wäre auch gar gern zum Feste gegangen, wenn sie Erlaubniß erhalten oder Kleider gehabt hätte, in denen sie sich unter die andern Gäste hätte mischen können.

Als sie sich recht satt geweint und dadurch den ersten Kummer beschwichtigt hatte, nahm sie den Strickstrumpf zur Hand und setze sich auf die kleine Bank am Heerde, wo ihr das Herz allmählich wieder leicht wurde. Sie gedachte der verstorbenen Mutter und bat Gott, ihr auch einst die Ruhe im Grabe zu verleihen, so lange sie aber noch hier im Staube wandle, gelobte sie Alles fromm zu dulden, bis sie einst in einer besseren Welt wieder in den Armen der Mutter ruhen werde. Plötzlich hörte sie ihren Namen rufen; als sie aber die Augen aufschlug, sah sie Niemanden. Nach einer Weile sagte das unsichtbare Stimmchen: »Geh und schüttle die Eberesche!« Aschen-Trine eilte das Geheiß zu erfüllen. Nachdem sie den Baum ein paar Mal geschüttelt hatte, wurde es hell und auf dem Wipfel saß ein ellenhohes Frauenbild in Goldgewändern, ein kleines Körbchen in der einen und ein goldenes Stäbchen in der anderen Hand. Die kleine Fremde fragte das Mädchen nach diesem und jenem, wie es ihr bis jetzt ergangen sei, und als sie Bescheid erhalten, ließ sie sich zur Erde nieder. Sie streichelte der Waise die Wangen und sagte tröstend: »Binnen kurzem wirst du bessere Tage erleben, du mußt aber heute auf des Königs Fest gehen.« Aschen-Trine sah sie ungläubig an und hielt die Rede für Spott.

Das kleine Frauenzimmer nahm jetzt ein Hühnerei aus dem Korbe und berührte es mit dem goldenen Stäbchen — sofort stand eine schöne Kutsche auf dem Rasen. Dann nahm sie wieder sechs junge Mäuse heraus, und verwandelte sie in sechs schöne isabellfarbene Pferde, welche vor die Kutsche gespannt wurden. Aus einem schwarzen Käfer wurde dann ein Kutscher gemacht und zwei bunte Schmetterlinge wurden in Diener verwandelt. Diese baten Aschen-Trine, sich in die Kutsche zu setzen und auf des Königs Fest zu fahren. Wie durfte aber die Waise in schmutzigen Kleidern zum Feste kommen? Die kleine Zauberin, oder was sie sonst sein mochte, berührte mit ihrem Goldstäbchen Trinen's Kopf und siehe! augenblicklich war sie zum stattlichsten deutschen Fräulein geworden, das man nur sehen konnte; ihre alten schlechten Kleider waren in einen kostbaren Anzug verwandelt, der ganz aus Sammt und Seide bestand und von Gold und Silber schimmerte. Am schönsten aber war ein goldener Kranz auf dem Haupte, der von

Edelsteinen funkelte, die wie die Sterne am Himmel glänzten.

Die kleine Zauberin mahnte: »Fahre jetzt zum Feste und genieße mit den Andern alles Wohlsein und Vergnügen, damit das Andenken an die vergangenen Leidenstage in deinem Herzen erlösche und die Freude darin aufdämmere. Wenn aber der Hahn um Mitternacht drei Mal kräht, dann darfst du keinen Augenblick länger bleiben, sondern mußt nach Hause eilen, als ob es dir auf den Nägeln brenne[22]. Sonst hört die Zauberkraft auf, und Kutsche, Pferde, Kutscher, Diener und du selbst verwandeln sich wieder in das, was sie vorher waren. Darum vergiß meine Mahnung nicht, sonst geräthst du in Schande und verscherzest dein Glück.«

Aschen-Trine versprach die Zeit genau in Obacht zu nehmen; setzte sich in die Kutsche und fuhr in gestrecktem Galopp auf des Königs Fest. Als sie aber in den Festsaal trat, war es als ob die Sonne aufgegangen wäre, so daß alle andern Fräulein und Damen neben ihr erbleichten, wie der Mond und die Sterne in der lichten Morgenröthe. Die Stiefschwestern erkannten sie zwar nicht in dieser Pracht und Schönheit, aber doch drohte ihr Herz vor Neid zu bersten. Der Sohn des Königs hatte für keine Andere mehr Auge noch Ohr, sondern wollte der Aschen-Trine keinen Augenblick von der Seite weichen; mit ihr unterhielt er sich aufs Angenehmste, mit ihr scherzte und tanzte er, als ob sonst Niemand weiter im Saale wäre. Auch der alte König und seine Gemahlin beeiferten sich dem stattlichen Fräulein, an dem sie eine Schwiegertochter zu bekommen hofften, alle Ehre zu erweisen. Aschen-Trine war wie im Himmel, so daß die Freude ihr nicht Zeit ließ, an irgend etwas Anderes zu denken, als das Glück des Augenblickes zu genießen. Beinahe hätte sie die Mahnung der kleinen Zauberin gänzlich vergessen, hätte nicht der Hahnenschrei um

Mitternacht sie aufgescheucht und angetrieben nach Hause zu eilen. Als sie den Saal verließ, krähte der Hahn schon zum zweiten Male, aber ehe sie sich in die Kutsche setzen konnte, hatte er zum dritten Male gerufen. In demselben Augenblicke verschwanden aber auch Kutscher, Pferde und Diener, als wären sie in die Erde gesunken; Aschen-Trine fühlte sich wieder in ihren alten schmutzigen staubigen Kleidern und eilte nun in vollem Laufe nach Hause — mit solcher Hast, daß ihr der Kopf rauchte und der Schweiß von den Wangen troff. Sie warf sich dann auf ihr Lager am Heerde, dachte an die schmeichelhafte Ehre, welche ihr im Hause des Königs erwiesen worden und konnte lange den Schlaf nicht finden. Endlich entschlummerte sie und schlief ruhig bis zum Morgen, obwohl bunte Träume das glückselige Fest ihr wieder vor Augen brachten.

Die Stiefschwestern waren erst gegen Mittag erwacht, so sehr hatte das Fest sie ermüdet. Als sie aus dem Bette stiegen, mußte Aschen-Trine sie waschen, anziehen und kämmen, wobei sie von nichts Anderem sprachen, als von dem gestrigen Feste beim Könige und von dem unbekannten fremden Fräulein, dessen Schönheit, Pracht und zierlicher Anstand die andern so sehr überstrahlt hatten, daß von dem Augenblicke an, wo sie über die Schwelle getreten war, des Königssohnes Augen sich nicht mehr von ihr gewendet hatten. War sie überhaupt eines sterblichen Menschen Kind gewesen, so konnte sie nur eines steinreichen Königes Tochter, etwa aus Land Kungla[23] sein. Als sie fortgegangen, sei der Königssohn mißmuthig geworden, und habe nicht mehr getanzt, noch mit irgend Jemand sich unterhalten. Der Aschen-Trine hüpfte das Herz vor Freude, als sie solches vernahm, sie brachte deshalb dreimal mehr Zeit als gewöhnlich damit zu, ihre Stiefschwestern anzukleiden und achtete weder ihre Schimpfreden noch ihre Schläge: Alles glitt von ihr ab wie Wasser, das auf eine Gans gegossen wird. Am Heerde hatte sie den Tag über keinen andern Gedanken als an das gestern genossene Vergnügen und an den Königssohn, der — sie zweifelte kaum — ein Auge auf sie geworfen hatte.

Als nun am Abend die Stiefschwestern wieder zum Feste gingen, blieb Aschen-Trine ruhig zu Hause und ging auch nicht wieder die Eberesche zu schütteln, da sie Alles der Fürsorge des himmlischen Vaters überlassen wollte. Noch vor Mitternacht kamen die Schwestern von des Königes Fest zurück und sprachen davon, daß der Königssohn die Flügel habe hängen lassen, mit Niemanden getanzt noch gesprochen, sondern nur unverwandten Blickes nach der Thür gesehen habe, ob nicht das Fräulein von gestern wieder kommen würde. Der König hatte deshalb erklärt, sein Sohn sei unwohl und der dritte Tag des Festes könne nicht gefeiert werden.

Wir haben vergessen zu erwähnen, daß Aschen-Trine bei ihrem raschen Ausbruch aus dem Festsaale einen ihrer goldenen Schuhe draußen an der Schwelle verloren hatte. Am andern Morgen hatte der Königssohn den verlorenen Schuh gefunden und die Hoffnung gefaßt, dadurch dem Mädchen auf die Spur zu kommen. Seine Sehnsucht ließ ihm nicht Tag noch Nacht Ruhe; er wäre eher in den Tod gegangen, als daß er die unbekannte fremde Dame für immer aufgegeben hätte, aber wo sollte er sein Liebchen finden? — Nach einigen Tagen ertheilte er Befehl, in Stadt und Land überall zu verkünden, daß es sein fester Entschluß sei, diejenige Jungfrau zu seiner Gemahlin zu machen, deren Fuß in den zurückgelassenen goldenen Schuh passen würde. Auf diesen Ruf eilten nun alle jungen Mädchen herbei, ihr Heil zu versuchen, ob ihr Fuß so gebaut sei, daß er sie zur Gemahlin des Königssohnes machen könne.

In dem schönsten der Gemächer des Königssohnes stand der

hübsche goldene Schuh auf einem seidenen Kissen; dahin wurden die Mädchen, hoch und nieder, eine nach der andern geführt, damit jegliche den Schuh anpassen könne. Aber der Einen war der Schuh zu lang, der Andern wieder zu kurz, der Dritten zu eng, so daß keiner Einzigen Fuß hineinpaßte. Manche Zehe und manche Hacke mußte Pein leiden, ohne daß es half. Eines Tages waren auch Aschen-Trine's Stiefschwestern hingegangen, ihr Glück zu versuchen. Nach ihrer Meinung hatten sie so kleine Füße, daß ihnen schon der Frauenschuh[24] hätte passen müssen. Darum schoben, stopften, drückten und stießen sie mit Gewalt den Fuß in den goldenen Schuh, daß das Blut unter den Zehen durchschien. Aber alle ihre Mühe war umsonst. Die jüngere Schwester sagte mit Nasenrümpfen: »Das ist ein dummer Schuh, den man zum Schabernack gemacht hat und in den kein menschlicher Fuß hineingeht.« Im nächsten Augenblicke schon sollte ihre Rede Lügen gestraft werden.

Groß war nämlich der Schwestern Erstaunen, als plötzlich die Thür aufging und — Aschen-Trine eintrat, in ihrem alltäglichen mit Staub und Asche bedeckten Anzuge, den sie immer am Heerde trug. Zornig gaben die Schwestern Befehl, das schmutzige Ding hinauszuwerfen, aber noch ehe Jemand diesem Befehl nachkommen konnte, hatte Aschen-Trine schon ihren Fuß in den goldenen Schuh gesteckt, der ihr paßte wie angegossen. Und ehe die Zuschauer noch Zeit hatten, sich von ihrem Erstaunen zu erholen, begab sich etwas noch Seltsameres vor ihren Augen. Das Gemach erfüllte sich plötzlich mit dichtem Nebel, so daß man keinen Schritt weit vor sich sehen konnte. Aus dem Nebel schimmerte dann plötzlich etwas wie ein helles Feuer hervor, und aus diesem entwickelte sich die glänzende Gestalt der kleinen Zauberin; sie berührte mit dem Goldstäbchen Aschen-Trine, deren geringe Hülle mit Gedankenschnelle von ihr abfiel, so daß sie als die leuchtende Jungfrau da stand, welche an jenem ersten Festabend dem Königssohne als die lieblichste von allen erschienen war. Dieser stürzte nun jauchzend auf die schöne Jungfrau zu und umarmte sie mit den Worten: »Diese Jungfrau hat Gott mir zur Gefährtin geschaffen.«

Die kleine Zauberin, oder wer sie sein mochte, schenkte der Aschen-Trine eine so große Mitgift, daß man sie fuhrenweise in die Stadt bringen mußte, wo dann ein prächtiges Hochzeitsfest gefeiert wurde, welches einen vollen Monat dauerte. So war aus der verachteten Waise die Gemahlin eines Königssohnes geworden. Ihre Stiefschwestern wollten vor Neid bersten, daß die Aschen-Trine sich so hoch über sie erhoben hatte — Aschen-Trine, welche sie bis dahin schlimmer als den Hofhund gehalten hatten. Aber Aschen-Trinen's gutes Herz mochte ihnen nicht Böses mit Bösem vergelten, sondern verzieh ihnen all' ihr Unrecht, ja sie that ihnen noch obendrein Gutes, als sie nach des Schwiegervaters Tode Königin geworden war.

Obwohl sie nun schon längst unter dem Rasen ruht, so lebt doch ihr Andenken noch ungeschwächt im Munde des Volkes, und sie wird gepriesen als die beste und auch als die schönste der Königinnen.

8. Reichlich vergoltene Wohlthat[25].

Brennende Sonnenhitze drohete einen Gewitterregen; rasch suchte deshalb ein junger Bauer die Schwaden auf der Wiese zusammenzunehmen, damit das trockene Heu noch vor Ausbruch des Regens bedeckt würde. Als er nach rasch abgethaner Arbeit sich auf den Heimweg machte, stieg am südlichen Himmel schon dunkles Gewölk auf und kam rasch näher. Der junge Mann beschleunigte seine Schritte, um noch vor dem Regen nach Hause zu kommen. Am Saume des Waldes gewahrte er einen fremden Mann, dessen Haupt an einen Baumstamm gelehnt war, in so tiefem Schlafe, daß der nahende Donner ihn nicht erweckte. Dies Männlein könnte heute ärger bethaut werden, als ihm lieb wäre, wenn ich es nicht wecke — dachte der Bauer und trat näher. »Höre Brüderchen!« rief er und schüttelte den Schlafenden an der Schulter. »Wenn du nicht einen Pelz wie eine Gänsehaut anhast, so spring' auf und suche Schutz vor dem Regen; ein schweres Gewitter ist im Anzuge.« Der fremde Mann sprang erschrocken auf die Füße und sagte: »Dank dir, tausend Dank, Bauersmann, für dein gut gemeintes Aufwecken!« Dann fühlte er hastig in seinen Taschen herum, als suchte er nach Geld, um es als Belohnung anzubieten. Da er aber in den leeren Taschen nichts fand, wandte er sich halb beschämt wieder zum Bauer und sagte: »Zum Unglück habe ich gerade nichts in der Tasche, was ich dir als Belohnung bieten könnte, aber doch soll dir deine Belohnung nicht vorenthalten bleiben. Ich habe gewaltige Eile, wenn ich mich vor dem drohenden Regenguß retten will; achte deshalb auf, was ich dir kurz sagen will und behalte es wohl. Nach zwei Jahren wird man dich zum Kriegsdienst nehmen und du wirst in ein Reiterregiment eingestellt werden. Eine Zeit lang wirst du mit dem Heere von einem Orte zum andern ziehen, bis ihr endlich im Norden, in Finnland, in Quartier kommt. Eines Tages wird dir das Herz von Heimweh schwer werden, wenn gerade an dir die Reihe ist, die Pferde auf die Weide zu führen. Eine kleine Strecke weit von deinem Standquartier, auf einer weiten Rasenfläche, wird eine krumm gewachsene Birke dir in's Auge fallen. Tritt an die Birke heran, klopfe drei Mal unten auf den Stamm und frage: ist der Krumme zu Hause? Dann wirst du den Lohn für die heute mir erwiesene Wohlthat empfangen. Und nun Gott befohlen!« — Damit eilte er davon und war in kurzer Zeit den Augen des Bauers entschwunden. Dieser sah ihm mit spöttischem Kopfschütteln nach und ging dann rasch nach Hause. Als er beim Ausbruch des Regens sein Haus erreicht hatte, war der Fremde sammt seinen Prophezeiungen vergessen.

Gleichwohl begab sich später etwas, was den ersten Theil der Prophezeiung wahr machte: der junge Bauer wurde nach zwei Jahren zum Soldaten genommen und der Reiterei zugetheilt. Man sollte meinen, daß ihm dieses Begegniß das Zusammentreffen mit dem fremden Manne in's Gedächtniß zurückgerufen hätte, aber dem war nicht also, vielmehr schien jener Tag gänzlich aus seiner Erinnerung geschwunden. Er war nun schon eine Zeit lang mit seinem Regimente von einem Ort zum andern gezogen und endlich, nachdem er über vier Jahre lang Kronsbrot gegessen hatte, im nördlichen Finnland in's Quartier gekommen. Hier in der Fremde, fern von Hause und von den lieben Seinigen, wurde ihm das Herz oft schwer, und die Sehnsucht preßte ihm Thränen aus, wenn er allein über seine Gedanken brütete. Eines Tages traf ihn die Reihe, die Pferde auf die Weide zu führen. Als er nun wieder so allein und mißmuthig auf dem Felde da saß und seine sehnsüchtigen Gedanken in die Heimath wandern ließ, trafen seine Augen zufällig auf eine krumm gewachsene Birke, die nicht weit von ihm stand. Da wurde ihm wunderbarer Weise mit einem Male fröhlich zu Muthe, die Tage seiner Kindheit und Jugend stiegen lebendig in seiner Erinnerung auf, und auch der Ort, wo er sich befand, schien ihm längst bekannt, wiewohl er sich keine klare Rechenschaft darüber geben konnte, ob er dieses Bekanntsein träumend oder wachend empfinde. Als er sich mit der Hand die Stirn rieb, gleichsam um sein Gedächtniß zu wecken, fiel ihm plötzlich die Begegnung mit dem fremden Manne deutlich wieder ein, wie ein Sonnenstrahl aus dichtem Gewölk bricht. Das Zusammennehmen der Schwaden, die drohend aufsteigende Gewitterwolke, der fremde Schläfer am Waldessaum und dessen bedeutungsvolle Prophezeiung — Alles stand vor ihm, als wäre es erst gestern geschehen. Als er nun alle seine Lebensschicksale bis heute im Geiste durchflog, fand er, daß die Prophezeiung eingetroffen war. Was kann mir denn der Versuch schaden, daß ich zur Birke gehe und an ihren Stamm klopfe? dachte der Mann. Einmal weiß doch hier Niemand, weshalb ich es thue und dann sieht mich ja auch jetzt kein Mensch, der mich später wegen meines närrischen Beginnens verspotten könnte.

So denkend, näherte er sich der Birke und sah sich eine Weile nach allen Seiten um, ob in der Nähe nichts Störendes zu erblicken sei; dann faßte er sich rasch ein Herz und klopfte dreimal leise an den Stamm, während seine Zunge halb widerstrebend fragte: »Ist der Krumme zu Hause?« Es kam keine Antwort. Der Kriegsmann fühlte seinen Mut wachsen, klopfte noch einmal stärker, so daß der Stamm wiederhallte und rief mit starker Stimme: »Ist der Krumme zu Hause?«

In der Birke erhob sich ein Geräusch und plötzlich stand der fremde Mann vor ihm, wie vom Winde hergeblasen. »Nun, mein Lieber!« sagte er freundlich — »es ist sehr gut, daß du mir mein Versprechen in's Gedächtniß zurückgerufen hast.

91

Ich glaubte, du habest ganz vergessen, was ich dir einst sagte, und es wäre mir sehr leid gewesen, wenn es mir deshalb nicht möglich geworden wäre, dir meine Schuld abzutragen. Kinder, he!« rief er in die Birke hinein: »wer von euch kann am schnellsten sein?« — »Ich« — erwiderte eine Stimme — »kann so schnell sein, wie der Vogel fliegt.« — »Schon gut,« sagte der Krumme, »aber wer kann noch schneller sein?« Ein andere Stimme erwiderte: »Ich kann mit dem Winde um die Wette laufen!« — »Wollen wir sehen ob ein anderer noch schneller sein kann« — sagte der Alte und fragte dann zum dritten Male. Darauf erwiderte ein feines Stimmchen: »Vater, ich kann so schnell sein, wie der menschliche Gedanke!«[26] »Komm, mein Sohn,« rief der Krumme — »dich kann ich heute gerade brauchen.« Darauf stellte er einen mannshohen, mit Gold- und Silbermünzen gefüllten Sack vor den Kriegsmann hin, faßte diesen am Hute und sagte: »Kriegsmann und Hut auseinander! und Mann und Sack nach Hause!« Augenblicklich fühlte der Reitersmann, wie sein Hut ihm vom Kopfe flog, als er sich aber umsah, wo der Hut hingekommen sei — fand er sich plötzlich daheim in Mitte der Seinigen und der gewaltige Geldsack stand neben ihm auf dem Boden. Anfangs hielt er das Begegniß für einen Traum, bis er sich endlich überzeugte, daß sein Glück ein wirkliches sei.

Da kein Mensch auf ihn als einen Ausreißer fahndete, so kam er endlich auf die Vermuthung, daß der abhanden gekommene Hut an seiner Statt im Dienste geblieben sei. Vor seinem Tode erzählte er die wunderbare Begebenheit seinen Kindern und sprach dabei die Meinung aus: da das geschenkte Geld ihm Glück gebracht habe — so könne der Geber kein böser Geist gewesen sein.

9. Die Stiefmutter[27].

Ein noch junger Wittwer hatte zum zweiten Male gefreit, dabei aber seine Augen zu Hause vergessen, so daß er ein gar tückisches Weib in's Haus gebracht hatte. Ein wahres Hundeleben hatte bei ihr das Töchterchen der ersten Frau, welches zwei Jahre alt nachgeblieben war, wie ein Lämmlein. Als die Stiefmutter dann selber ein Töchterchen zur Welt gebracht hatte, ging es dem Stiefkinde vollends gar jämmerlich. Dennoch ertrug das arme mutterlose Geschöpfchen alles Bittere und Schwere, und klagte seine Noth Niemanden, als oftmals unter Thränen seinem Gott im Himmel. — Die schlaue böse Stiefmutter wußte vor den Leuten ihre Bosheit zu verstecken und geberdete sich so, daß Unkundige glauben konnten, sie verhätschele ihre Stieftochter mehr, als ihre eigene leibliche Tochter. Gingen die Töchter Sonntags zur Kirche oder sonst wohin auf Besuch, so sah man stets die Stieftochter hübscher angezogen als das eigene Kind. Es wohnte aber in der Nachbarschaft eine kluge alte Kinderbesprecherin,[28] welche die Sache durchschaute und recht gut wußte, wie es der Stieftochter zu Hause ging, wenn keine Zuschauer da waren. Wenn diese Alte zuweilen hin kam, so streichelte sie heimlich dem Stiefkinde Kopf und Wangen und sagte: »Harre aus und hoffe! es bricht schon noch einmal eine bessere Zeit für dich an.« Dem Wartenden aber wird die Zeit lang; und als Jahr auf Jahr verstrich, ohne ein besseres Leben herbeizuführen, kam die Waise zu der Ansicht, daß das Dorfmütterchen ihr nur leere Worte vorgeschwatzt habe.

Beide Töchter waren herangewachsen, da kam eines Morgens ein Freier auf den Hof. Aber zum Verdruß der

Mutter begehrte der Mann nicht ihre eigene Tochter, sondern die Stieftochter zur Frau. Die Mutter sagte: »Meine Töchter sind beide noch sehr jung, und ihr Nacken ist noch zu schwach für das Joch der Ehe[29]; ich will sie nicht so früh verheirathen.« Der Mann mochte aber nicht mehr lange warten und man kam endlich überein, daß er nach einem halben Jahre mit dem (Freier-) Branntwein wieder kommen solle. Die Mutter dachte bei sich: vielleicht gelingt es mir, die Sache so zu wenden, daß er dennoch meine Tochter zum Weibe nimmt. Als nun der Freier nach einem halben Jahre wieder kam, hatte die Mutter den Anzug der Töchter vertauscht und beide so an den Spinnrocken gesetzt, daß der in die Stube Tretende nur ihren Rücken erblickte. Der Branntwein wurde angenommen und freundlich sagte die Mutter: »Wohlan, lieber Freier, wenn das alte Wort Wahrheit redet, so muß das Herz dich zu deinem Liebchen ziehen, ohne daß du es siehest. Sage mir jetzt: welche von den beiden Spinnerinnen ist dein Schatz?« Der Freier schritt alsbald gerade auf den Rocken der Stieftochter zu sagte: »Die Schale ist wohl anders aber der Kern steckt doch hier in meinem Schatze.« So mußte denn der Freierbranntwein getrunken werden und obgleich der Mutter das Herz vor heißem Zorne zu springen drohte, zeigte sie doch dem Freier ein freundliches Gesicht. Als der aber fort war, fiel sie ärger als ein Hagelwetter über die arme Stieftochter her, die — so meinte die Frau — dem Bräutigam heimlich ein Zeichen gegeben habe.

Am Hochzeitsmorgen putzte sie ihre eigene Tochter mit prächtigen Kleidern heraus und hüllte ihr das Gesicht in seidene Tücher ein, so daß kaum die Nasenspitze frei blieb, weshalb auch weder Bräutigam noch Hochzeitsgäste den Betrug merkten. Die Stelle der Tochter durfte aber nicht leer bleiben, deshalb hatte sie eine Strohpuppe gemacht, derselben die Kleider ihrer Tochter angezogen und sie an den Heerd gesetzt, so daß sie die Gäste glauben sollten, ihr Kind bleibe zu Hause und koche für die Hochzeitsgäste, während die Stiefschwester in der Kirche dem Manne angetraut werde. Die arme Stieftochter saß aber inzwischen in der Riege[30] in einer alten umgestülpten und mit vielem Geröll bedeckten Tonne, wie eine Maus in der Falle.

Der Hochzeitstag war noch nicht weit, als die alte Nachbarin dem Mädchen zu Hülfe eilte, es aus seinem Gefängniß befreite und ihm befahl dem Zuge hurtig nachzulaufen, um in der Kirche die Traurede des Geistlichen anzuhören, auf dem Wege zur Kirche aber sangen des Bräutigams Schlittensohlen unaufhörlich:

> »Liebchen stöhnet unterem Faß,
> Hühnchen seufzet unterm Deckel,
> Zieht dein Pferd doch eine Fremde
> Ja ein Unhold fährt im Schlitten.«

Der Bräutigam fragte: Was denn die Schlittensohlen so wunderlich quiekten? Schlau erwiderte die Schwiegermutter:

> »Schlittensohle tanzt zur Hochzeit
> Und das Krummholz knarrt vor Freude.«

Die aus dem Fasse befreite Stieftochter lief so rasch sie konnte dem Hochzeitszuge zur Kirche nach, aber freilich waren die Beine der Rosse viel flinker, so daß sie die Hochzeitsgäste nicht mehr einholen konnte. Als sie in die Kirche trat, waren die Ringe schon gewechselt. Was jetzt beginnen? Alle Hoffnung war geschwunden. Weinend verließ die betrogene und verachtete Braut die Kirche und setzte sich am Wege nieder, wo der Hochzeitszug von der Kirche her vorbeifahren mußte. Dort sang sie, als der Zug vorbeikam:

>Haltet, haltet, Hochzeitsgäste,
Weile, weile, lieber Bräut'gam!
Hast 'ne Fremde mitgenommen
Hast dein Hühnchen ja verloren!«

Der Bräutigam fragte wieder, was der Gesang zu bedeuten habe und die Schwiegermutter erwiderte: »Ein ungebetener Gast singt albernes Zeug!« Aber die Sache schien doch dem Bräutigam durchaus nicht so albern; er ließ darum halten, und wollte selbst gehen um zu forschen, was diese Posse zu bedeuten habe. Aber der Brautvater schalt ihn und sagte: »Mache dich doch nicht zum Gespötte vor den Leuten! Wer wird wenn es zur Freite oder zur Hochzeit geht, auf Hundegebell hören? Deinen Schatz hast du im Schlitten, jetzt fahre nach Hause ehe die Würste und Kuchen kalt werden.« Aber das verachtete Mädchen war hinten auf den Tritt eines der Schlitten gesprungen und fuhr so mit den Anderen nach Hause. Als der Zug still hielt, bis des Bräutigams Genossen die Bierkannen aus dem Hause holten[31], schlüpfte das Mädchen vom Schlitten herunter, setzte sich unter einen Wachholderbusch und sang wieder ihren Vers:

>Haltet, haltet, liebe Gäste,
Weile, weile, lieber Bräut'gam!
Dir im Schlitten sitzt 'ne Wölfin —,
Hühnchen unter dem Wachholder.«

Dem Bräutigam schwoll das Herz vor Unmuth, er wollte jetzt der Sache auf den Grund kommen, aber die Mutter und der Brautvater wehrten ihm sogleich: »Höre nicht auf das dumme Geschwätz von Eindringlingen, du machst dich nur zum Gespötte vor den Leuten!« So unsicher auch der Bräutigam geworden war, wagte er doch nicht, das Wort älterer Leute in den Wind zu schlagen.

Als man in's Hochzeitshaus gekommen war, wurde die junge Frau aus dem Schlitten gehoben und an den Tisch geführt, aber die Tücher wurden ihr nicht vom Kopf genommen, so daß der Bräutigam den Betrug nicht gewahr werden konnte. Als man sich zum Essen gesetzt hatte, sang das verachtete Kind hinter der Thür:

>>Bräutigamchen ist betrogen
Hat ein fremdes Theil bekommen!<<

Die Schwiegermutter sprang zornig vom Tische auf und sagte: >>Jagt mir die unverschämten Schmarotzer von der Schwelle!<< Aber die Stieftochter flüchtete auf den Boden, wo sie so lange warten wollte, bis das junge Paar in die Schlafkammer geführt würde. Dem Bräutigam schmeckte weder Speise noch Trank mehr, ihn hatten die seltsamen Sänge, die er wiederholt vernommen, ganz verstimmt.

Da die junge Frau keine Brüste hatte, wie sie ihrem Geschlechte eigen sind, so hatte ihr die Mutter Büschel von Hede unter's Hemd in den Busen gestopft. Als nun die Gäste zur Ruhe gingen und auch das junge Paar sich in's Schlafgemach begab, sang das bekannte Stimmchen wieder vor dem Fenster:

>>Bräutigamchen, liebes Bürschlein!
Auf der Brust sind Büschel Hede;
Hede giebt dem Kind nicht Nahrung,
Noch dem Manne seine Freude.<<

Der Bräutigam stand unschlüssig, das Herz war ihm frostiger als ein Februarmorgen, als aber die junge Frau eingeschlummert war, eilte er sich zu überzeugen, ob der Gesang Wahrheit oder Lüge verkündet habe, und siehe! in der That fand sich Hede am Busen statt der Brüste. Jetzt wurde dem Männlein der Betrug klar, doch sagte er

Niemandem ein Wörtchen davon, sondern machte heimlich einen Anschlag, den Frevel zu ahnden. Als er andern Tages mit der jungen Frau nach Hause fuhr, fand er am Flusse ein Loch im Eise, hielt das Pferd an und that als ob er es tränken wolle, packte dann plötzlich die junge Frau bei den Haaren, schleppte sie bis an den Rand des Loches und stieß sie dort Kopf unten Füße oben unter's Eis. »Besser unbeweibt leben als eine Hedekunkel umarmen,« dachte der Mann und fuhr seiner Wege.

Als er am Abend nach Hause kam, fand er zu seiner Ueberraschung sein Schätzchen schon vor der Kammer; die alte Nachbarin hatte es heimlich dahin geschafft. Der Mann war mit dem Tausche sehr zufrieden, that aber keinem Menschen kund, was ihm auf der Hochzeit begegnet war, sondern lebte ruhig und glücklich mit seiner jungen Frau weiter.

Ueber ein Jahr später, als die junge Haubenträgerin schon gesegneten Leibes gewesen war, und gerade ihr erstes Kind schaukelte, wollte die Stiefmutter ihr einen Besuch machen; sie hatte nichts von der Vertauschung der Frauen erfahren, sondern meinte, ihre eigene Tochter sei die Gattin des Mannes. Daß die Stieftochter sich nach der Hochzeit nicht mehr hatte blicken lassen, fand die Mutter ganz natürlich. »Das Mädchen hat ein Haar im Hochzeithalten gefunden« — dachte sie — »und weiß schon im Voraus, wie der Feuerbrand auf ihrem Rücken tanzen würde, wenn sie wieder käme.«

Als sie auf der Fahrt zum Schwiegersohn an das Flußufer kam, wo im verflossenen Winter der Mann die ihm angetraute Frau ertränkt hatte, fand sie eine hübsche Teichrose[32] auf dem Wasser blühen. Die Mutter wollte das Blümlein herausziehen und ihrer Tochter mitbringen, daß sie sich daran ergötze. Als sie aber die Hand danach ausstreckte, hörte sie ein Tönen — ob es aus der Luft oder dem Wasser kam, konnte sie nicht recht unterscheiden, aber Gesang ließ sich also vernehmen:

> »Laß das Blümlein ungepflücket,
> Nimmer brich das blüh'nde Röslein:
> Es entsproß aus deiner Tochter,
> Es erwuchs aus deinem Liebling,
> Aus dem trauten Herzenspüppchen.«

Die Mutter erschrak über das, was sie vernommen; sie wußte nichts besseres zu thun, als einen Weisen aufzusuchen, dessen Zauberkraft das Töchterchen aus der Blumenhaft befreien könne. Mit Hülfe dieses Weisen erhielt denn auch die Teichrose ihre Menschengestalt zurück und so kam die Mutter wieder zu ihrer verlorenen Tochter, und fuhr mit ihr nach Hause zurück. Hier begann sie mit sich zu Rathe zu gehen, wie der Schwiegersohn, der ihr theures Kind im Flusse ertränkt hatte, am besten zu bestrafen wäre. Nachdem sie lange fruchtlos hin und her gesonnen hatte, ging sie wieder zum Weisen und bat ihm um Hülfe. Der Weise versprach, die Tochter in eine Katze zu verwandeln und so in den Hof des Schwiegersohnes zu schicken, dort sollte die Katze bei Nacht in aller Stille dem Kinde der Stiefschwester die Kehle dermaßen zerkratzen, daß das Kind nicht wieder aufwachen würde. Aber die alte Kinderbeschwichtigerin, welche eine nicht minder verschlagene Zauberin war, lief voraus in des Schwiegersohnes Hof, wo sie noch vor der Katze ankam; sie unterrichtete die Frau und sagte: »Wenn die fremde Katze am Abend in die Stube kommt, so gieb ihr Milch zu lecken, streichle sie und locke sie auf deinen Schooß. Alsdann versenge ihr mit heißer Asche Krallen und Pfoten und wirf sie zur Thür hinaus.« Die junge Frau erfüllte genau die Vorschrift des Dorfmütterchens und hörte dann noch eine gute Weile, wie die Katze draußen schmerzlich wimmerte.

Am folgenden Tage wurde in der Nachbarschaft ruchbar, daß die Tochter, welche in Katzengestalt gegangen war, plötzlich schwer krank geworden sei, so daß sie nicht aufstehen konnte. Hände und Füße waren in Lappen gewickelt, aber welcherlei Schaden sie genommen hatte, das erfuhr Niemand, da Mutter und Tochter über den bösen Vorfall schwiegen. Die Mutter aber sann Tag und Nacht auf nichts weiter, als wie sie dem Schwiegersohne und der Stieftochter Schlimmes zufügen könnte. Sie dachte: wenn der Weise mich in ein Thier verwandelt, so wird die Sache besser gehen: ich werde ihnen die verbrannten Hände und Füße meiner Tochter mit Zinsen heimzahlen. Der Zauberer verwandelte sie in einen Hund, schlug heimlich des Schwiegersohnes Hund todt, balgte ihn ab und zog die Haut über die zum Hunde umgewandelte Mutter, so daß des Schwiegersohnes Hausgesinde das Thier für den eigenen Hund halten sollte. Aber die Kinderbeschwichtigerin war wieder schneller; sie lief auf des Schwiegersohnes Hof und sagte: »Euer Hofhund droht toll zu werden, er läuft umher und sucht Menschen und Thiere zu beißen. Drum haltet ihn fest, wenn er den Abend nach Hause kommt, legt ihm einen Strick um und schlagt ihm die Zähne aus dem Maule, schneidet ihm auch die Ohren ab, dann wird Niemand ihn zu fürchten haben.« Der Mann that nach der Zauberin Geheiß, zerschmetterte dem Hunde die Zähne mit einem Steine, schnitt ihm die Ohren glatt vom Kopfe und trieb ihn dann hinaus. Man hörte draußen noch lange das Schmerzgeheul des Hundes.

Den andern Morgen aber lag die in Hundsgestalt umgegangene Schwiegermutter schwer krank im Bette, der Mund geschwollen und blutig, die Ohren in Tücher gewickelt. Weder Mutter noch Tochter hatten jetzt noch Lust zum dritten Male ihr Heil zu versuchen, obwohl sie im

Stillen hin und her dachten, wie sie einmal dem Tochter- und Schwestermann Alles heimzahlen könnten. Sie versprachen dann dem Weisen eine sehr große Belohnung und zahlten ihm den dritten Theil als Handgeld voraus, damit er ohne ihr Zuthun selber die Züchtigung vollstrecken möge. Wohl versuchte jetzt der Weise allerlei List und Ränke, aber die zauberkundige Kinderbeschwichtigerin machte alle seine Künste zu nichte, so daß der Alte endlich froh war, nur mit heilen Gliedmaßen davon zu kommen.

Die ohne Trauung in die Ehe getretene Stieftochter lebte bis an ihr Ende glücklich mit ihrem Manne. Gott hatte ihnen fünf Kinder gegeben, die alle schon ihr Geschäft hatten, als ihre Eltern aus dieser Welt schieden. Von der Stiefmutter und ihrer eigenen Tochter hat man nie wieder etwas gehört.

10. Klugmann in der Tasche.

Ein junger Mann hatte sich einst auf einer Wanderung an einem großen Steine niedergelassen um sein Mittagsbrot zu essen, und nachdem er sich gesättigt hatte, streckte er seine müden Glieder der Länge nach auf den Rasen aus, das Haupt an den Stein lehnend. Im Schlafe wurde er von närrischen Träumen geweckt, es war, als ob ein leises summendes Stimmchen ihm unaufhörlich in's Ohr sang, aber was noch wunderlicher war, auch beim Erwachen verstummte das Gesumme nicht, sondern dauerte noch fort. Es kam dem Manne vor, als wenn das Stimmchen aus dem Steine oder unter demselben hervordränge. Lauschend legte er das Ohr an den Stein und vernahm deutlich, daß das Gesumme da heraus kam. Als er schärfer hinhorchte, konnte er auch allmählich die Worte verstehen: »Glückskind! befreie mich aus der ewig langen Gefangenschaft! Schon siebenhundert Jahre dulde ich durch Zaubermacht hier schwere Pein, die gleichwohl meinem Leben kein Ende macht. Du bist bei Sonnenaufgang am Himmelfahrtstage zur Welt gekommen und du allein kannst mich aus dem Kerker befreien, wenn du nur den guten Willen hast zu helfen.« Der junge Mann antwortete zweifelnden Sinnes: »Wer weiß, ob die Kraft mit dem Willen gleichen Schritt hält! Erzähle mir erst dein Unglück ausführlicher und dann gieb mir an, was ich zu deiner Rettung unternehmen kann?«

Das verborgene Stimmchen sagte: »Schneide da, wo drei Hofgüter zusammenstoßen, einen Ebereschenzweig von Fingersdicke und Spannenlänge, nimm eine Handvoll Bärlapp und Hexenkraut[33], zünde Alles zusammen an und beräuchere damit, indem du neun Mal gegen den

Sonnenlauf um den Stein wandelst, den ganzen Stein, so daß auch kein Fleckchen vom Geruche unberührt bleibt: dann werden sich die Pforten meines Kerkers aufthun, so daß ich wieder an's Tageslicht treten und an die Luft kommen kann. Mein Dank für deine Wohlthat soll grenzenlos sein, du sollst durch mich ein großer Herr werden.«

Der Mann stand eine Weile nachdenklich, dann sagte er: »Dem Nächsten in der Noth zu helfen, ist eines jeden Christenmenschen Pflicht, und wenn ich in diesem Augenblicke auch nicht wissen kann, ob du ein guter oder böser Geist bist, so will ich dich dennoch aus deiner Noth befreien. Aber bevor ich das thue, mußt du mir feierlich geloben, daß für keinen Christenmenschen aus deiner Freiwerdung Schaden entstehen wird.« Der im Stein Gefangene gelobte dies eidlich und wiederholte seine Versprechungen in Bezug auf den Rettungslohn. Jetzt ging der Mann in den Wald, um die erforderlichen Hölzer und Kräuter zum Räuchern zu suchen. Zum Glücke wußte er einen Ort, der nicht allzuweit entfernt war und wo die Grenzen von drei Landgütern zusammenstießen. Dennoch dauerte das Aufsuchen der erforderlichen Dinge bis zum Mittag des andern Tages, so daß er erst kurz vor Abend zurück kam.

Bald nach Sonnenuntergang begann er mit der Beräucherung des Steines, ging der Vorschrift gemäß neun Mal gegen Morgen um den Stein herum und trug Sorge, daß auch nicht der kleinste Fleck unberäuchert blieb. Als er eben den neunten Umgang beendigt hatte, erscholl ein plötzlicher Krach, als ob der Erdboden geborsten wäre, in demselben Augenblick hob sich der große Stein und stieg drei Klafter hoch empor. Ein Männlein sprang wie der Wind aus der Grube heraus und lief spornstreichs davon. Er war noch nicht fünf Schritt weit gekommen, so fiel der Stein in seine Vertiefung zurück, den Retter und Geretteten mit Staub und Schutt bedeckend. Dann kam der Gerettete auf seinen Retter zu, umarmte ihn dankend und wollte ihm Hände und Füße küssen, was aber der junge Mann nicht zuließ. Beide setzten sich nun am Steine auf den Rasen nieder und das befreite Männlein begann folgendermaßen seine Lebensgeschichte zu erzählen:

»Ich war zu meiner Zeit ein sehr berühmter Zauberer, that den Leuten viel Gutes und erhielt dafür reichliche Bezahlung. Ich heilte Menschen und Thiere, wenn ihnen etwas zustieß; ebenso vereitelte ich die schädlichen Werke böser Hexen. Deßwegen haßten mich diese und fürchteten mich wie das Feuer, weil ich ihnen in allen Stücken überlegen war. Sie pflogen unter einander vielfältig Rath, wie sie mir Fallstricke legen könnten, aber meine Kunst machte alle ihre Anschläge zu Schanden, so daß mir kein Schaden daraus erwuchs. Endlich legten sie eine Menge Geld zusammen, schickten damit einen verschlagenen Boten nach Nordland und ließen von da einen starken Mona-Zauberer[34] zu Hülfe kommen. Dieser Schelm bemächtigte sich meiner mehr durch List als durch Gewalt, stahl mir heimlich meine Zauberwerkzeuge und sperrte mich unter dem Steine da ein, wo ich so lange Zeit Pein leiden sollte, bis ein Glücksfall einen Mann herführen würde, der am Himmelfahrtsmorgen bei Sonnenaufgang geboren worden. Siebenhundert Jahre hatte ich umsonst auf diesen glücklichen Augenblick gewartet, da kamst du her, erhörtest liebreich meine Bitten und wurdest mein Befreier. Dank, unendlichen Dank dir für diese Wohlthat; so lange meine Lebenstage dauern, will ich dir danken. Ich will dir ohne Lohn Tag und Nacht dienen, alle meine Stärke und Klugheit zu deiner Beglückung aufwenden, bis ich dich so hoch erhoben habe, als ein Sterblicher nur steigen kann. Erst wenn ich dir dieses Gelöbniß erfüllt habe, will ich dich mir selbst zu Hülfe rufen, um mit deinem Beistande meinem Feinde seine Bosheit zu vergelten, sollte ein glücklicher Zufall ihn mir vor Augen bringen. Bis zu dem Tage will ich mich vor den Augen der Menschen verborgen halten, damit meine Feinde nichts von meiner Befreiung erfahren. Ich vermag durch Zauberkraft mich in jede beliebige Gestalt zu verwandeln, sie sei groß oder klein. Um dir nun nicht beschwerlich zu fallen, will ich mich in einen Floh verwandeln und in deiner Hosentasche wohnen. Wenn du irgend je meiner Hülfe und meines Rathes bedarfst, so komme ich aus der Tasche hervor und springe dir hinter's Ohr, um dir zu rathen, was du vornehmen sollst. Um meinen Lebensunterhalt darfst du dir keine Sorge machen: ich habe siebenhundert Jahre ohne Nahrung unter dem Steine zugebracht, was sollte mir denn in freier Luft und im Sonnenschein fehlen? Jetzt wollen wir uns schlafen legen und morgen früh mit einander aufbrechen, um unser Glück zu versuchen.«

Als der Geist oder Zauberer — oder wer er sonst sein mochte — seine Erzählung beendet hatte, nahm der junge Mann ein wenig Abendbrot zu sich und legte sich zur Ruhe. Als er am andern Morgen erwachte, stand die Sonne schon hoch über dem Horizont, aber der Gefährte von gestern Abend war nirgends zu sehen. Noch im Schlafe befangen, wußte der junge Mann nicht, was er von der Sache halten sollte: ob die gestrigen Ereignisse ihm wirklich begegnet, oder blos ein nächtliches Traumgesicht gewesen seien? Nachdem er gefrühstückt, wollte er sich eben auf den Weg machen, als drei Wandrer desselben Wegs daher kamen. Sie waren gekleidet wie Handwerksbursche und trugen lederne Ranzen an Riemen auf dem Rücken. Plötzlich fühlte unser junger Freund ein Kitzeln hinter dem Ohr und es drang ihm wie ein feines Mückengesumme in's Gehirn: »Berede die Wanderer, sich auszuruhen und erkunde von ihnen, wohin sie wollen.« Jetzt erst fiel es ihm ein, welch' ein Abkommen sein Gefährte mit ihm getroffen durch das Versprechen, sich in der Hosentasche aufzuhalten und sein Rathgeber zu sein. Die gestrigen Ereignisse waren also kein Traum gewesen.

Der Flohträger trat nun grüßend auf die Herankommenden zu, und lud sie freundlich ein, am Steine niederzusitzen, um dann selbviert mit einander weiter zu gehen, falls sie einen und denselben Weg hätten. Die wandernden Handwerksburschen erzählten ihm dann, was für ein großes Unglück in der Königsstadt vor einigen Tagen sich begeben habe, da des Königs einzige Tochter beim Baden im Flusse ertrunken sei, und obwohl das Wasser dort gar keine Tiefe habe, so sei doch unmöglich den Leichnam aufzufinden, so daß es den Anschein habe, als sei die Königstochter im Wasser zerflossen. Der Flohträger fühlte wiederum das bekannte Kitzeln und sein heimlicher Rathgeber summte ihm in's Ohr: »Gehe mit ihnen, du kannst dort dein Glück machen.« Der Hörer that, wie ihm geheißen und gesellte sich ihnen zu.

Als sie schon eine gute Strecke zurückgelegt hatten, führte ihr Weg sie durch einen dichten Kiefernwald, wo ein alter zerfetzter Kober am Rande eines Grabens auf der Landstraße lag. Der Ohrkitzler sagte: »Nimm den alten Kober auf, er wird euch auf der Reise von Nutzen sein!« Wenn gleich der Mann dieser Versicherung kaum Glauben schenkte, hob er doch den fast auseinanderfallenden Kober auf, hing ihn um und sagte scherzend: »Der Mensch muß nichts verachten, was er zufällig am Wege findet, wer weiß, was uns der Koberfetzen für Nutzen bringen kann.« Die Gefährten erwiderten lachend: »Unserthalben nimm ihn, wenn du magst, wenigstens wird ein leerer Kober deine Schultern nicht ermüden.« Wohl sollten sie einige Stunden später die geheime Kraft des Kobers kennen lernen und dem Manne danken, der das verachtete Ding aufgehoben hatte.

Die brennende Mittagssonne hatte den Männern zum Dampfen heiß gemacht; sie setzten sich unter einen breiten astreichen Baum um auszuruhen und wollten eben einen Bissen Brot zu sich nehmen, wie ihn jeder in seinem Sacke mit sich führte, als der Ohrkitzler seinem Wirthe zuraunte: »Befiehl dem Kober, euch zu essen zu geben!« — Der Mann dachte: will er mich zum Besten haben, warum soll ich Andere verschonen? ich will ihnen auch einen Possen spielen. Er nahm den Koberfetzen vom Halse, stellte ihn vor sich auf den Rasen hin, klopfte mit seinem Stocke darauf und rief: »Koberchen! Koberchen! schaff uns Speise!« Hat man auf der Welt etwas Wunderbareres gesehen oder gehört, als was jetzt geschah? Aus dem Spaße wurde sofort Ernst. Anstatt des Kobers stand ein kleiner mit weißem Leinen gedeckter Eßtisch da, der war ganz mit vollen Schüsseln besetzt, vier Löffel lagen daneben; und was für Leckerbissen gab es da! Eine Suppe von frischem Fleische, Schweinebraten, Würste, Kuchen von gebeuteltem Mehle, dann zur Löschung des Durstes Flaschen mit Bier, Wein und Meth. Die Männer griffen ungebeten zu, als säßen sie an einer Hochzeitstafel, denn all' ihr Lebtage hatten sie keine besseren Gerichte gekostet. Als sie satt waren und Keines mehr Speise und Trank begehrte, verschwand der Tisch so plötzlich, wie er gekommen war und blieb nichts zurück, als der alte Kober. Hatten die drei anfangs den Koberträger verlacht, so hätte jetzt jeder gern das kostbare Geschenk auf den Rücken genommen, so daß schon ein Zank darüber auszubrechen drohte. Da sagte der Finder: »Ich habe das schlechte Ding aufgehoben, darum bin ich auch berechtigt, mich für den Eigenthümer zu halten.« Die andern wagten nicht, seine Behauptung Lügen zu strafen, sondern mußten den Kober seinem Finder überlassen. Doch sollte der Nahrungsspender nicht mehr so wie früher am Halse getragen werden, sondern einer der Wanderer, ein gelernter Schneider, nahm Nadel und Zwirn aus seinem Ranzen und machte aus einem Brotsacke einen Ueberzug für den Kober, in welchen dieser vorsichtig eingehüllt wurde, damit er unterwegs nicht beschädigt würde.

Als die Männer einige Stunden nach der Mittagsmahlzeit geruht hatten, machten sie sich wieder auf den Weg. Ein gesättigter Magen und ein von Hoffnung gehobenes Herz sind die allererheiterndsten Begleiter auf der Wanderung. Das sah man auch an unseren Wanderern, welche singend und scherzend dahin zogen. Am Abend wurde unter einem Gebüsche eine Lagerstelle für die Nacht bereitet, und das Koberchen gab ihnen, wie am Mittage, reichlich Speise und Trank. Beim Schlafengehen machte es den Männern die meiste Sorge, wie sie während der Nacht den Kober hüten sollten, daß keine Diebsfinger daran kämen. Endlich wurde ausgemacht, daß alle vier ihre Köpfe auf den Kober nebeneinander legen sollten, so daß der eine seine Füße nach Süden, der andere nach Norden, der dritte nach Osten und der vierte nach Westen streckte. Der Finder befestigte außerdem noch das eine Ende seines Gurts an den Kober und das andere an seine linke Hand, so daß er augenblicklich fühlen mußte, wenn man etwa den Kober abschneiden wollte. Obgleich nun ihr Nahrungsspender[35] gar nicht besser gehütet sein konnte, so wurden doch die Männer oft durch unruhige Träume aus dem Schlafe geweckt, und da war es immer eines Jeden erste Bewegung, mit der Hand nach dem Kober zu fassen, um zu sehen, ob das kostbare Ding noch da sei.

Als sie am Morgen aufstanden, bereitete ihnen das Koberchen auf ihr Geheiß ihr Frühstück. Und so herrlich ging es Tag für Tag weiter, bis sie nach einer Woche in die Königsstadt kamen. Hier flüsterte der Ohrenbläser seinem Retter in's Ohr, daß ein böser Nix die verschwundene

Königstochter in seinen Schlupfwinkel gebracht habe — er wolle ihn aber dahin führen, wo die Jungfrau verborgen gehalten werde.

Zuvor aber hieß er den Mann vor den König treten und diesem melden, er habe sich zu dem Versuche entschlossen, die verschwundene Königstochter aus dem Flusse zu holen. Für den Fall aber, daß ihm dabei ein Unglück zustieße, so daß er nicht mit dem Leben davon käme, solle der König geloben, die Hälfte des Lohnes seinen, des Unglücklichen, Eltern zu schicken und die andere Hälfte unter die Armen der Stadt zu vertheilen. Obwohl nun der König nicht die geringste Hoffnung hatte, nach so langer Zeit noch eine Spur der verstorbenen Tochter wiederzufinden, nahm er dennoch des jungen Mannes Anerbieten freundlich an und versprach mit dem Lohne so zu verfahren, wie jener gewünscht. Am folgenden Tage sollte der Versuch unternommen werden. Als unser Freund das Haus des Königs verließ, summte der Ohrenkitzler: »Fange dir heut Abend drei Krebse, die werden dir den Weg zeigen.« Der Mann that, wie geboten.

Am folgenden Tage strömte das Volk in dichten Schaaren[36] an's Ufer, wo der Mann in den Fluß gehen sollte, um die verschwundene Königstochter zu suchen, und auch der König selbst kam in Begleitung vieler Großen, um den Versuch mit anzusehen. Dann wurden die Zofen gerufen um die Stelle zu zeigen, wo des Königs Tochter untergegangen sei, denn die Mädchen hatten an jenem Tage am Ufer gesessen und den unglücklichen Vorfall mit angesehen. Soviel begriff Jedermann augenblicklich, daß man an der bezeichneten Stelle nicht ertrinken konnte; die Tiefe betrug nicht ganz drei Fuß, der Grund war fest und die Strömung schwach. Wenn man etwa dreihundert Schritt weiter hinab ging, so stieß man allerdings auf eine Tiefe, aber wie konnte die Königstochter so weit abwärts gekommen sein? Mit natürlichen Dingen konnte es hier nicht zugegangen sein. Der Rathgeber summte dem Manne in's Ohr: »Laß heimlich einen Krebs frei und gieb Acht, wohin er geht.« Der Mann befolgte das Gebot ungesäumt, that als wollte er mit der Hand die Wassertiefe messen und ließ, ohne daß die Leute es merkten, einen Krebs in's Wasser. Der Krebs schwamm zwanzig Schritt flußabwärts, wandte sich dann plötzlich links und verschwand in der Uferwand. Ganz denselben Weg nahmen der zweite und dritte Krebs. Jetzt summte der Rathgeber dem Manne in's Ohr: »den Weg wissen wir nun, dahin müssen wir. Schlage dreimal mit der linken Ferse auf's Ufer und dann spring kopfüber in's Wasser, so werden wir wohl an's Ziel kommen.« Der Mann that, wie ihm geboten war, stampfte dreimal das Ufer und sprang dann kopfüber in den Fluß, so daß über ihm der Schaum zusammenschlug. Das Volk harrte schweigend der Dinge, die nun kommen würden.

In der Uferwand fand der Mann die Mündung eines Schlupfwinkels, in die ein menschlicher Körper leicht hineinkriechen konnte. »Krieche in die Höhle!« rief der Rathgeber. Als der Mann ein Weilchen mühsam vorwärts gekrochen war, wurde der dunkle Gang auf einmal weit genug, daß er aufrecht gehen konnte. Der Rathgeber trieb ihn an, dreist vorzuschreiten, da Unheil nicht zu befürchten sei. Eine Strecke weiterhin dämmerte ein schwacher Schimmer auf, bis sich endlich der Mann wieder in voller Helligkeit befand. Da stand auf weitem grünen Plane vor ihm, noch über eine halbe Werst weit, ein großes, aus blauem Steine aufgeführtes Wohnhaus. »Merke auf das, was ich dir jetzt sagen will — sprach der Rathgeber — und führe Alles pünktlich aus, sonst kannst du die Königstochter nicht aus ihrem Kerker befreien. Sie lebt dort in dem blauen Hause des Nixen. Zwei Bären halten Tag und Nacht Wache vor der Pforte, so daß kein lebendes Wesen heraus noch hinein kann. Diese Wächter müssen wir kirre machen. Nimm also, wenn wir hinkommen, dein Koberchen und gebiete ihm, sich in einen Bienenstock zu verwandeln. Diesen wirf den Bären vor und dann schlüpfe hinter ihrem Rücken in's Haus. Dort werde ich dir weitere Anleitung geben.« Als der Mann an die Pforte kam, hörte er das Brummen der Bären und da wurde ihm schon bange, als er aber die häßlichen Thiere durch die Spalte erblickt hatte, sank ihm das Herz vollends in die Hosen. Doch nahm er das Koberchen von der Schulter und gebot ihm, zum Bienenstocke zu werden. Augenblicklich stand ein großer Bienenstock vor ihm, so schwer, das der Mann ihn nicht heben konnte. Die Bären aber hatten den Geruch des Honigs gewittert, stießen die Pforte selber auf und stürmten auf den Bienenstock los, so daß sie gar nicht Zeit hatten, den Mann zu bemerken. Dieser eilte hinter ihrem Rücken in den Hof und von da flugs in die Hausthür, die glücklicherweise nicht verschlossen war. Dann sagte der Rathgeber: »Vor der Kammer rechts steckt ein goldener Schlüssel, drehe denselben im Schlosse um und stecke ihn in die Tasche, so kann der alte Nix nicht heraus. In der Kammer links, vor welcher ein silberner Schlüssel steckt, sitzt die Königstochter gefangen, die du befreien mußt.«

Als der Mann den goldenen Schlüssel umgedreht hatte, hörte er in der Kammer ein so gräßliches Gebrülle, daß die Wände erbebten! Er aber steckte den Schüssel in die Tasche und eilte an die Thür, in welcher der silberne Schlüssel stak. Als er die Thür geöffnet hatte, erblickte er die Königstochter, die traurig, in halb sitzender Stellung, auf einem Bette ruhte. Beim Anblick des fremden Mannes erschrak sie, als er aber erklärt hatte, er sei gekommen, sie aus ihrem Gefängniß zu befreien, sprang sie freudig vom Bette auf. Der Jüngling sagte: »Wir dürfen hier nicht länger weilen, sondern müssen uns sofort auf den Weg machen, ehe die Bären mit ihrem

Bienenstocke fertig werden.« Dann nahm er die Königstochter bei der Hand und führte sie vor die Thür. Die mit dem Bienenstock beschäftigten Bären achteten der Kommenden nicht. Auf den Zehen leise tretend, kamen sie hinter den Bären zur Pforte hinaus. Der Mann verschloß die Pforte von außen, damit die Bären nicht heraus könnten und machte sich dann eilends davon. Der Rathgeber summte ihm in's Ohr: »Rufe das Koberchen zurück!« Da rief der Mann: »Koberchen, Koberchen! komm heim!« Flugs hing das Koberchen an seinem Halse. Als sie an den Höhleneingang kamen, sagte der Jüngling zur Königstochter: »Fürchtet weder das Dunkel, noch weiterhin die Enge des Weges, wir gelangen nach kurzer Zeit wieder an's Tageslicht. Wenn wir in's Wasser kommen, so machet die Augen fest zu, bis ich euch an's Ufer getragen habe.« Als er vorwärts schritt, fand er den Hohlweg nach dem Flusse zu viel breiter als vorhin, so daß beide bequem durch konnten. Im Flusse umfaßte er die Königstochter mit beiden Armen und trug sie an den trockenen Strand.

Die meisten Zuschauer waren schon nach Hause gegangen, weil sie die Hoffnung auf die Rückkehr des Suchenden aufgegeben hatten. Der König und die ihm näher stehenden Großen waren aber noch am Ufer geblieben und besprachen das unglückliche Ereigniß, als plötzlich zwei Köpfe auf der Oberfläche des Wassers sichtbar wurden. Wer vermöchte die Freude des Königs und der Leute zu beschreiben, als statt des erwarteten todten Körpers die Jungfrau frisch und gesund an's Ufer kam. Der König fiel bald seiner Tochter, bald ihrem Retter um den Hals, und vergoß Freudenthränen und mit ihm weinte der umstehende Haufe. Als aber die Freudenbotschaft mit der Schnelligkeit des Windes sich in der Stadt verbreitet hatte, strömten die Menschen zu Tausenden herbei, um das Wunder zu sehen. Auf des Königs Geheiß mußte der Retter seiner Tochter im königlichen

Schlosse Wohnung nehmen, wo ihm ein königlicher Lohn ausgezahlt wurde; dreimal so viel als bedungen war.

Als sich der junge Mann am Abend in seinem Prachtbett schlafen legen wollte, summte der Ohrenkitzler: »Du darfst hier nur ein Paar Tage bleiben, dann müssen wir wieder weiter ziehen, denn du bist nun mit einem Male zum reichen Manne geworden. Ich glaube, daß dich der König mit der Zeit zum Schwiegersohne nehmen würde, was ich dir aber nicht empfehlen darf. Du bist noch jung und unreif und würdest für eine solche Ehre nicht taugen. Wollen wir lieber noch in der Welt umherstreifen, bis du älter und klüger wirst.« Wiewohl dieser Rath dem jungen Manne nicht sehr mundete, bedachte er doch noch zu seinem Glücke, daß ihm bisher alle Vorschriften des kleinen Klugmanns in seiner Tasche Nutzen gebracht hatten; darum wollte er auch jetzt dem Wunsche seines Rathgebers nachkommen.

Der König und seine Tochter baten nun allerdings den Befreier, er möge auf längere Zeit bei ihnen als Gast bleiben, aber der Jüngling wollte sich ihren Bitten nicht fügen, weil ihm der Ohrenkitzler anders gerathen hatte. Als reicher Mann brauchte er nun nicht mehr zu Fuße zu gehen, sondern konnte, wenn er wollte, in einer prächtigen Kutsche fahren. Da er jedoch keine Eile hatte und das Koberchen alle Tage die nöthige Nahrung bot, so schweifte er meist in gewohnter Weise, mehr auf eigenen als auf Rosses Beinen umher. Eines Tages ruhte er gerade von einem Marsche aus, da kitzelte es ihn wieder hinter dem Ohre und das Stimmchen summte: »Man verfolgt dich und möchte dir das Koberchen mit Gewalt entreißen, denn deine früheren Gefährten haben den Leuten in der Stadt von dem wunderbaren Kostgeber erzählt und alle Welt möchte ihn besitzen. Brich dir von einem Eichbaum einen tüchtigen Knüttel, so lang, daß er bequem im Kober Platz hat, höhle dann das eine Ende aus und gieße geschmolzenes Blei hinein, so wirst du einen wackeren Bundesgenossen gegen deine Feinde haben.« Der Mann kam diesem Geheiß nach, machte sich den Knüttel zurecht und steckte ihn in den Kober. Am Mittmorgen des folgenden Tages, als unser Freund gerade durch einen dichten Wald ging, sprangen zehn Männer hinter Bäumen hervor und wollten ihn berauben. Der Ohrenkitzler summte ihm in's Ohr: »Rufe den Knüttel aus dem Kober!« Der Mann that es und siehe, welch' ein Wunder da geschah! Der Knüttel wurde stracks lebendig, sprang aus dem Kober und begann die Feinde durchzubläuen, bis sie nach kurzer Zeit mit blutigem Rücken davon liefen und dann viele Tage an ihren Wunden zu bähen hatten, bis sie heilten.

An einem schönen Sommerabende kam unser Wanderer in ein großer Dorf, wo das junge Volk sich gerade auf dem Anger erlustigte. Da schaukelten sich junge Frauen und Mädchen unter Gesang auf der Dorfschaukel, während Andere nach der Sackpfeife sich auf dem glatten Rasen im Tanze drehten. Plötzlich fühlte unser Freund, der dem Treiben zusah, das Kitzeln hinter dem Ohre und das Stimmchen summte: »Zur glücklichen Stunde sind wir hierher gekommen, weil nämlich mein Feind an der Lustbarkeit Theil nimmt. Wenn der Plan, den ich mir ausgesonnen, gelingt und du deinen Pact dabei geschickt auszuführen weißt, so werden wir heute seiner habhaft und ich kann ihm den verdienten Lohn mit Zinsen heimzahlen. Betrachte dir genau die Schaar der Mädchen, du findest darunter eine, die statt der Perlen ein hübsches buntes fingerdickes Band um den Hals geschlungen hat. Dieses Mädchen mußt du zum Tanze auffordern, im schnellsten Drehen ihr buntes Band packen und es augenblicklich entzwei reißen, ohne dich darum zu kümmern, ob du das Mädchen dabei erwürgen könntest! Ihr Leben ist zäher als das einer Katze und wird von deinem Zerren nicht erlöschen.«

Der Mann gesellte sich sogleich zu den tanzenden Mädchen, aber es dauerte eine Weile, ehe er die Bandträgerin herausgefunden hatte; es war eine lange, kraushaarige Dirne, welcher die Bursche nicht viel Zeit zum Ausruhen gönnten. Als der Gebieter des in seiner Tasche steckenden Zauberers einen Augenblick erspäht hatte, wo das Mädchen aus dem Arme eines Tänzers frei geworden war, forderte er es zum Tanze auf. Mitten im raschesten Tanz ergriff er mit der rechten Hand das bunte Halsband und riß es entzwei, so daß die Stücke weit auseinander flogen. Ein gräuliches Wehgeheul — und das Mädchen war verschwunden. Die Leute erschraken über das häßliche Geschrei und sahen dann, wie ein grauer Mann mit einem Ziegenbart in großer Eile in den Wald hinein lief, ein anderer etwas längerer Mann aber dem Flüchtigen hart auf den Fersen war, so daß jener schwerlich hoffen konnte, zu entkommen. Die Entfernung und die Abenddämmerung entzogen Beide den Augen der Anwesenden, weßhalb nach einer Weile die jungen Leute die Lustbarkeit fortsetzten, als ob keine Unterbrechung eingetreten wäre.

Unser Freund sah dem Treiben des jungen Volkes noch eine Weile zu und ging dann fürbaß, um ein ruhiges Nachtlager aufzusuchen. Nicht gar weit vom Dorfe hörte er Jemanden mit raschen Schritten hinter sich herkommen. Als er sich umsah, erblickte er einen ihm unbekannten fremden Mann. »Warte Brüderchen!« rief der fremde Mann. »Ich gehe mit dir. Kennst du mich nicht mehr?« — Eine kurze Frist hat hingereicht, mich zum starken Manne zu zeitigen, der dir fremd geworden ist, und doch bin ich noch dein Schuldner dafür, daß du mich aus dem siebenhundertjährigen Kerker befreit und heute meinen schlimmsten Feind in meine Gewalt gebracht hast, so daß ich nicht mehr in deiner Hosentasche mich zu verstecken brauche.« Darauf erzählte er seinem Retter, wie er seinen Feind im Walde in Fesseln gelegt habe, welche ihm das Entrinnen unmöglich machten, weil mit dem zerrissenen Zauberbande, das eine lebendige Schlange gewesen, all' seine Wunderkraft auf einmal ein Ende genommen. Er wollte jetzt den Feind noch manchen Tag durchwalken lassen, bis er den Ort angeben werde, wo er vor siebenhundert Jahren drei Königstöchter und einen unermeßlichen Schatz verborgen habe. »Wenn wir die Jungfrauen auffinden und es dir gelingt, sie aus ihrem Zauberschlafe zu erwecken, so wirst du ein überaus reicher und glücklicher Mann werden.« Als er damit seine umständliche Erzählung geschlossen hatte, speisten sie mit einander aus dem Kober und legten sich dann zur Ruhe.

Am andern Morgen gingen sie in den Wald, um nach dem gefangenen Zauberer zu sehen. Da stand das unglückliche Männlein, Hände und Füße mit starken Stricken zusammengebunden und einen starken Klotz zwischen den Knien, so daß er sich wie ein Igel krümmte und sich nicht von der Stelle rühren konnte. Der siegreiche Zauberer rief gebieterisch: »Knüttel aus dem Kober!« Alsbald sprang der Knüttel dem gebundenen Manne auf den Rücken und begann ihn durchzudreschen, als wollte er alle Glieder zu Brei stampfen. Der Hexenmeister bat um Gnade und versprach zu bekennen. Als er nun aber nach den Königstöchtern und dem Schatze befragt wurde, sagte er, er habe den Ort schon lange vergessen. Da wurde denn der Knüttel abermals beordert, an die Arbeit zu gehen! Da der Hexenvater nun alle Hoffnung auf Entrinnen fahren lassen mußte, nannte er endlich den Ort, wo die Königstöchter und der Schatz verborgen seien. Der Zauberer sagte: »Bis wir sie aufgefunden haben, mußt du mein Gefangener bleiben, doch darf ich dich nicht hier lassen, wo dich zufällig der Eine oder der Andere finden und aus Barmherzigkeit deine Bande lösen könnte.« Mit diesen Worten nahm er das Männlein wie eine Hedekunkel auf den Rücken und trug es an die Mündung einer Schlucht, in welche er es hinunter schleuderte, daß die Knochen krachten. »Da warte unsere Rückkehr ab,« spottete der Zauberer. Seinem Gefährten eröffnete er dann, daß sie, da der genannte Ort zu weit entfernt sei, nur durch Zauberkraft dahin gelangen könnten und sich des Kobers als Fuhrwerks bedienen müßten. Auf seinen Befehl verwandelte sich der Kober in ein kleines Boot, auf dessen Boden gerade zwei Männer Platz genug hatten, zu sitzen oder ausgestreckt zu schlafen. Das Boot hatte auf beiden Seiten Flügel von zwei Klafter Länge. Als die Männer sich eingesetzt hatten, erhob sich das Boot mit ihnen bis zu der Höhe der untersten Wolkenschicht und nahm seinen Flug gen Süden. Speise und Trank gab ihnen das fliegende Boot täglich auf des Zauberers Befehl nicht minder als das frühere Koberchen: sie litten also an nichts Mangel, noch weniger wurden sie müde in ihrem fliegenden Schiffchen, das Tag und Nacht unaufhaltsam weiter eilte.

Die Luftfahrer waren auf diese Weise schon über eine Woche südwärts gezogen, als der Zauberer dem Boote befahl, sich niederzulassen. Dies geschah auf einer weiten, brennenden Sandwüste, wo nichts weiter zu sehen war, als einige Steinhaufen von einer alten Ofenstelle. Der Zauberer verwandelte jetzt das Boot wieder in den Kober und hing diesen seinem Gefährten mit den Worten um: »Du hast noch einige Tagereisen vor dir, ich darf dich aber nicht begleiten.« Darauf entfernte er den am Fuße eines Mauerstücks liegenden Sand und nach einem Weilchen kam eine Fallthür zum Vorschein. Als er diese aufhob, wurde eine Treppe sichtbar. Jetzt fing der Zauberer eine große Schmeißfliege, und that sie in ein Schächtelchen, das der Mann in seinen Busen stecken mußte. Dazu gab ihm der Zauberer die Belehrung: »Wenn du gefragt wirst, wer die eine oder die andere Königstochter sei, dann entlaß die Schmeißfliege aus dem Schächtelchen und gieb Acht, zu welcher sie hinfliegt. Die dadurch von ihr angezeigte Jungfrau kannst du dreist für diejenige ausgeben, nach welcher man dich gefragt hat.« Darauf hin machte der Mann sich auf den Weg, mochte es nun wohl oder übel ablaufen.

Er war nach seiner Rechnung schon mehrere Stunden[37] auf der finsteren Treppe hinuntergestiegen, als er Ermüdung und Hunger verspürte. Er setzte sich auf eine Stufe, stärkte sich mit Speise und Trank, ruhte einige Stunden und ging wieder weiter. Nach kurzer Zeit traf ein Lichtschimmer sein Auge und nach einer halben Stunde befand er sich auf einem ihm fremden Platze, wo ein stattliches Königshaus sich zeigte. Der Mann schritt darauf zu. Vor dem Eingange kam ein kleiner Alter mit grauem Haupt und Bart ihm entgegen und sagte: »Komm nur, Brüderchen, und versuche dein Heil! Wenn du mir richtig angeben kannst, welche des Königs jüngste Tochter ist, so fasse sie nur bei der Hand und die Schlafenden werden sofort erwachen. Wenn du dich aber irrst, so fällst du in denselben Schlaf, wie sie.« Als der Mann nun eintrat, nahm er das Schächtelchen aus dem

Busen und folgte dem Alten, bis sie zur dritten Kammer kamen. Da schliefen auf prächtigem Seidenbette drei herrliche Jungfrauen, die, man mochte sie noch so genau betrachten, einander so ähnlich sahen, daß nicht das geringste Merkmal verrieth, welche von ihnen die jüngste und welche die älteste sei. Als der Mann die Schläferinnen eine Weile aufmerksam betrachtet hatte, ohne dadurch Gewißheit zu erlangen, ließ er die Schmeißfliege aus dem Schächtelchen heraus. Die Fliege flog einige Male im Zimmer umher und ließ sich dann auf die Stirn der in der Mitte liegenden Jungfrau nieder. Nun trat der Mann näher, faßte die Jungfrau bei der Hand und sagte: »Das ist die jüngste Schwester.« Augenblicklich erwachten die Königstöchter und erhoben sich und die jüngste fiel ihrem Retter um den Hals mit den Worten: »Liebster Bräutigam, sei willkommen, der du uns aus dem langen Zauberschlafe erweckt hast! Aber jetzt müssen wir nach Hause eilen.«

Auf dem Rückwege fand unser Freund die frühere Treppe nicht mehr, sondern nachdem sie eine Weile tastend in der finstern Höhle ihren Weg gesucht hatten, drang helles Tageslicht herein. Anstatt der vorigen Sandwüste lagen schöne mit Gras und Blumen bedeckte Wiesen da und statt des alten Gemäuers ein stattliches Königsschloß mit einer großen Stadt. Der Zauberer trat ihnen entgegen, nahm seinen Befreier bei der Hand und führte ihn etwas abseits an eine Stelle, wo ein kleiner klarer Teich im Schatten eines Gebüsches lag. »Blicke in's Wasser,« gebot der Zauberer. Als der Jüngling es that, besorgte er, daß seine eigenen Augen ihm ein Blendwerk vorspiegelten. Sein Antlitz war wohl noch das frühere, aber der prächtige königliche Anzug von Seide, Sammet und Gold war ein ganz anderer. »Wer hat mir das auf meinen Leib geschafft?« fragte der Jüngling. Der Zauberer erwiderte: »Das war des Koberchens letzte Arbeit für dich. Fortan wirst du weder seiner noch meiner Hülfe mehr bedürfen, weil du binnen einigen Tagen zum Schwiegersohne des Königs und später, wenn der Alte seine müden Augen geschlossen hat, statt seiner zum Könige erhoben wirst. Damit hoffe ich dir meine Schuld abgetragen zu haben.« — »Mehr als tausendfach!« rief der Mann freudig aus, worauf sie Abschied nahmen und sich trennten.

Nach einigen Tagen war die Hochzeit des königlichen Schwiegersohnes und als nach einem Jahre der König zu Grabe getragen war, wurde der Schwiegersohn König und muß noch gegenwärtig regieren, wenn ihn der Tod nicht zu seiner Ruhestätte gebracht hat.

11. Der zaubermächtige Krebs und das unersättliche Weib[38].

Mann und Weib gingen eines Morgens früh zum Heuen und arbeiteten bis eilf Uhr, dann sagte die Frau zum Manne: »Geh, fang' im Fluß Krebse oder Fische, was dir gerade aufstößt, damit wir Zukost haben.« Obgleich der Mann von der Arbeit müde war, unterstand er sich doch nicht sich zu sträuben, weil, wie das ja oft der Fall ist, das Weib die Hosen anhatte. — Als er an den Fluß gekommen war, zog er gleich aus der ersten tiefen Stelle einen Krebs von der Größe eines Fausthandschuhes heraus. Was für ein Glücksfang, dachte der Mann — einen größeren Krebs haben meine Augen solange ich lebe nicht gesehen. Aber in demselben Augenblicke überfiel ihn ein Schrecken, als der Krebs mit deutlicher Menschensprache anhub zu bitten: »Laß mich frei, Goldbrüderchen! Bei der brennenden Hitze war ich in meinem Schlupfloch eingeschlafen, so daß ich deine Annäherung nicht eher merkte, als bis deine Finger meine Scheeren schon gepackt hatten. Mein mehr als hundertjähriges Fleisch, zäher als Wolfsfleisch, würde dir doch nicht schmecken. Was für Nutzen hättest du von meinem Tode? Ueberdies bin ich ein durch böse Zauberkraft in einen Krebs verwandelter Mensch!« Der Mann erwiderte verwundert: »Lieb' Brüderchen Krebs, nimm es nicht übel, wenn ich deine Bitte nicht zu erfüllen wage. Ich für mein Theil würde dich gleich frei lassen, hätte ich nur nicht eine böse Frau, die mir arg mitspielen würde, wenn ich mit leeren Händen nach Hause käme und noch obendrein berichten müßte, daß ich schon einen großen Krebs hatte und den Glücksfang wieder aus den Händen ließ.« »Nun« — sagte der Krebs — »am Ende brauchtest du das der Frau ja nicht zu erzählen.« Der Mann kratzte sich hinter'm Ohr und sagte dann mit scheuer Geberde: »Wüßtest du nur, Brüderchen, wie listig meine Frau ist und wie sie mir alle Geheimnisse abzupressen weiß, so würdest du anders sprechen. Was sie mit glatten Schmeichelworten nicht aus mir herausbringt, das entreißt sie mir mit Tücke, so daß es mir ganz unmöglich ist, etwas vor ihr verborgen zu halten.« Der Krebs erwiderte lachend: »Ich sehe wohl, lieber Freund, daß du zu der Zunft derjenigen gehörst, die nach der Frauen Pfeife tanzen müssen, und ich bedauere dich deßhalb von ganzem Herzen. Da dir aber das bloße Bedauern nichts helfen würde, so will ich dafür sorgen, daß ich dir für meine Freilassung Gaben spende, mit denen du die Bosheit der Frau besänftigen kannst. Obwohl ich dir gegenüber klein erscheine, bin ich dir dennoch an Macht weit überlegen.« Der Mann stand eine Weile zweifelnd und erwiderte endlich: »Ja, wenn du das möglich machtest, daß ich wegen deiner Freilassung keinen Verdruß mit der Frau hätte, so würde ich dich augenblicklich freigeben.« Der Krebs fragte: »Welche Art Fisch ißt deine Frau wohl am liebsten?« — Der Mann erwiderte: »Das weiß ich selber nicht, aber ich glaube, es käme darauf gar nicht an, wenn ich ihr nur überhaupt frische Fische bringen könnte, und nicht mit leeren Händen zurück käme.« Da hieß ihn der Krebs den Hut am Ufer niedersetzen und rief dann: »Hut voll Fische!« Wer hat je etwas Wunderbareres auf der Welt gesehen? Des Mannes Hut war augenblicklich gehäuft voll von Fischen. »An diesem kleinen Stückchen erkennst du meine Macht,« sagte der Krebs — »und du kannst jetzt mit dem eben gehörten Spruche deinen Hut alle Tage füllen. Sollte dir noch ein anderer Wunsch in den Sinn kommen, so mußt du mich zu Hülfe rufen, um die Erfüllung desselben zu bewirken; rufe nur in Fluß hinein:

»Brüderchen Krebs, aus der Höhle!

Schwarzer Mann, aus dem Schlupfloch!«

so erscheine ich sofort. Aber ich möchte dir einschärfen, wenn du gescheidt sein willst, sage deinem Weibe nichts von dem heutigen Vorfall — es würde dir mehr Schaden als Nutzen bringen.« — Der Mann versprach, so weit als möglich, das Geheimniß vor seinem Weibe zu bewahren, dankte dem Krebse für die frischen Fische und für die erhaltene Zusage, ließ ihn dann in den Fluß zurück und eilte frohen Schrittes und Herzens zu seiner Frau.

Das Antlitz der Alten heiterte sich auf, als sie den reichen Fang des Mannes gewahr wurde, sie weidete die Fische sofort aus, streute Salz darauf und stellte sie im Grapen auf's Feuer. So viel Schmeichel- und Liebkosungsworte wie heute, hatte der Mann lange nicht aus dem Munde seiner Frau vernommen. »Sieh nur, Lieberchen, was du für Glück hast, wenn du thust wie ich wünsche,« sagte die Frau, während sie ihre Fische verzehrte. Die Woche hindurch verfloß ihnen die Zeit in Freude und Friede, ganz wie in den ersten Tagen nach der Hochzeit; der Mann brachte täglich einen Hut voll Fische aus dem Flusse, und Beide ließen sich's schmecken. Am Sonntag Mittag aber rümpfte die Frau zum ersten Male die Nase und sagte: »Na, was ist das für ein Teufelskram! Kannst du mir denn keine bessere Speise mehr auf den Tisch bringen, als diese lumpigen Fische? Sie sind mir zum Ekel geworden, ich kann sie nicht mehr in den Mund nehmen!«

Der Mann fragte, was sie denn statt der Fische wohl haben möchte, und die Frau erwiderte: »eine frische Fleischbrühe und Schweinefleisch würden mir am besten munden.« Der Mann versprach zwar, ihr Verlangen am nächsten Tage zu befriedigen, allein es wurde ihm doch nicht gut zu Muth, wenn er überlegte, ob der Krebs auch im Stande sein werde, den Wunsch des Weibes zu erfüllen.

124

Als er am andern Tage mit Sonnenaufgang an's Ufer des Flusses kam, rief er schüchtern:

»Brüderchen Krebs, aus der Höhle!
Schwarzer Mann, aus dem Schlupfloch!«

Augenblicklich streckte der Krebs seine Scheren an's Ufer und fragte: »Was willst du Brüderchen?« Der Mann erwiderte: »Ich für mein Theil hätte weiter kein Begehren, aber meiner Frau schmecken die frischen Fische nicht mehr, sie sehnt sich nach anderer Speise.« Der Krebs lachte und fragte, was für Speise die Frau denn haben möchte, und sagte, als er das Verlangen der Frau vernommen: »Geh heim, klopfe alle Morgen drei Mal mit dem kleinen Finger an den Eßtisch, und rufe dabei: Frische Fleischbrühe und Schweinefleisch zu Mittag auf den Tisch! so sollst du die gewünschte Speise erhalten; aber ich bitte dich, werde nicht zum Knecht der Gelüste deines Weibes, du könntest es einmal später bereuen, wenn keine Reue mehr hilft.« Der Mann that den andern Tag, wie ihn der Krebs gelehrt hatte. Ganz nach Befehl standen zu Mittag die verlangten Speisen auf dem Tische. Wiederum war dieselbe Freundlichkeit im Hause wie am ersten Fischtage; die Frau war sanft wie ein Täubchen und suchte dem Manne Alles an den Augen abzusehen, um es ihm recht zu machen. Noch war die Woche indeß nicht ganz herum, da rümpfte das Weibel wieder die Nase und sagte: »Verfluchte Geschichte! wer Henker kann alle Tage frische Fleischbrühe und Schweinefleisch essen. Mir ist es nicht möglich, denn es widersteht dem Magen.« Demüthig fragte der Mann: »Sage mir, Liebchen, was du denn haben möchtest?« Die Frau antwortete: »Gänsebraten und süßen Kuchen!«

Dem Manne sank wohl der Muth, als er sich wieder zum Flusse aufmachen sollte, denn er fürchtete den Krebs durch das ewige Bitten zu erzürnen; dennoch wagte er nicht das

Geheiß der Frau unerfüllt zu lassen, weil es sonst leicht Feuer unter'm Dach hätte geben können. Nachdem er eine Weile am Ufer hin und her gewandelt war, rief er endlich mit schüchterner Stimme:

»Brüderchen Krebs, aus der Höhle!
Schwarzer Mann, aus dem Schlupfloch!«

Augenblicklich streckte der Krebs seine schwarzen Scheeren an's Ufer und fragte: »Was willst du, Brüderchen?« Der Mann erwiderte: »Ich für mein Theil hätte weiter kein Begehren, aber meiner Frau schmeckt die frische Fleischbrühe nebst Schweinefleisch nicht mehr, sondern sie verlangt nach anderer Speise.« Der Krebs fragte, was denn die Frau haben möchte und sagte, als er es gehört hatte: »Geh nur heim, deiner Frau Wünsche sollen alsbald erfüllt werden, ohne daß du dabei weitere Anstalten zu treffen brauchst.« Als nun am anderen Tage Mittag herankam, schaute der Mann oftmals mit ängstlichem Blicke auf den Eßtisch, ob des Krebses Zusage auch wohl in Erfüllung gehen werde? Und je höher die Sonne stieg, desto tiefer sank des Mannes Hoffnung, da der Tisch noch immer leer blieb. Nun siehe das Wunder! Zur bestimmten Zeit standen Gänsebraten und süße Kuchen auf dem Tische. Die Frau war ganz glücklich; die Schmeichelworte liebster Mann, Goldmann, kamen häufiger über ihre Lippen als am ersten Tage nach der Hochzeit. Abends beim Schlafengehen hatte sie dann den Mann so lange geliebkoset und umschmeichelt, bis er ihr den Vorfall mit dem Krebse erzählt hatte. »Was fehlt uns nun noch«, sagte die Frau — »wenn wir einen solchen Helfer haben? Wir wollen jetzt einmal ein besseres Leben führen. Schon längst sind mir diese Bauerkleider widerwärtig und wünschte ich mir einen stattlicheren Anzug; geh und schaffe mir Damenkleider.« Der Mann versuchte zwar Widerstand zu leisten, indem er sagte, er wisse nicht, ob der Krebs dergleichen hervorzubringen vermöge — aber die Frau ließ ihren Einfall nicht fahren, sondern setzte dem Manne Tag für Tag so lange zu, bis sie ihn bewog an den Fluß zu gehen. Da der Mann weder Tag noch Nacht mehr Ruhe hatte, ging er eines Morgens an den Fluß mit dem festen Vorsatze: kann der Krebs mein Begehr nicht erfüllen, so ersäufe ich mich im Flusse.

Nachdem er eine Weile unschlüssig am Ufer auf und abgegangen war, faßte er sich endlich ein Herz und rief mit schüchterner Stimme:

»Brüderchen Krebs, aus der Höhle!
Schwarzer Mann, aus dem Schlupfloch!«

Der Krebs streckte augenblicklich seine schwarzen Scheren an's Ufer und fragte: »Was willst du, Brüderchen?« Der Mann erwiderte: »Ich für meinen Theil hätte weiter kein Begehren, aber meines Weibes Wünsche nehmen kein Ende; obwohl jetzt alle Tage Gänsebraten und süße Kuchen auf dem Tische stehen, so ist sie doch mit den guten Bissen nicht mehr zufrieden.« »Was will sie denn?« fragte der Krebs. Der Mann erwiderte: »Prächtige Damenkleider statt ihrer eigenen Lumpen!« Der Krebs lachte und sagte: »Geh heim, deines Weibes Wunsch soll vollständig erfüllt werden.« Der Mann dankte dem Krebs für sein gütiges Versprechen und machte sich auf den Heimweg, sehr vergnügt über das leichte Gelingen dessen, was er besorgen sollte. Schon an der Hofthür kam ihm seine Frau in stattlichen Kleidern entgegen, die er im ersten Augenblicke nicht kannte, bald aber als seine eigene, zur Dame erhobene Frau erkennen mußte. Jetzt lebten sie einmal im Glücke: alle Tage Gänsebraten und süße Kuchen auf dem Tische und die Frau mit stattlichen Damenkleidern angethan. Zu Ende der Woche sagte die Frau eines Abends zum Manne: »Ich habe mir die Sache hin und her überlegt und gefunden, daß unser Leben auf diese Weise nicht fortgehen kann. Stattliche Damenkleider, Gänsebraten und süße Kuchen vertragen sich nicht mehr mit einer Bauernhütte, der Krebs muß uns einen Gutshof schaffen, in welchem ich, Tag aus Tag ein, wie eine gnädige Frau wohnen kann.« Zwar sträubte sich der Mann auf alle Weise, weil er glaubte, daß der Krebs ein solches Verlangen übel nehmen könnte, aber die Frau gab ihre eigensinnige Grille nicht auf, sondern quälte den Mann so lange, bis er sich endlich fügte.

Mit schwerem Herzen und unmuthigen Schritten ging der Mann den andern Morgen an den Fluß; oftmals stand er still und sann darüber nach, wie er sich wohl dieser schlimmen Aufgabe entziehen könnte; da ihm aber kein besserer Rath kam, mußte er doch endlich seinen mächtigen Helfer angehen und rief:

> »Brüderchen Krebs, aus der Höhle!
> Schwarzer Mann, aus dem Schlupfloch!«

Augenblicklich streckte der Krebs seine schwarzen Scheeren an's Ufer und fragte:

»Was willst du, Brüderchen?« Der Mann erwiderte: »Ich für meinen Theil hätte weiter kein Begehren, aber meine Frau hat trotz ihrer guten Kost und ihrer Damenkleider keine Ruhe mehr und quält mich alle Tage wie der böse Feind, daß ich deine Hülfe anrufen soll.« Als der Krebs hörte, daß die Frau abermals Wünsche hege, fragte er, was sie denn nun wieder Neues wolle? Der Mann berichtete, daß die Frau nach einem prächtigen Gutshof und nach dem Titel einer gnädigen Frau Verlangen trage und bekannte zuletzt, daß er ihr eines Abends sein Zusammentreffen mit dem Krebs erzählt habe. »O du Armer!« rief der Krebs, »dann hast du deinem Glücke und deinem Frieden ein Ende gemacht! Deines Weibes Wünsche werden dir keine Ruhe lassen, bis ihr all' euer jetziges Glück wieder eingebüßt habt. Dennoch magst du dieses Mal ruhig nach Hause gehen, deines Weibes Begehr soll vollständig erfüllt werden.«

Als der Mann vom Flusse nach Hause kam, glaubte er sich verirrt zu haben, weil er seine frühere Hütte nicht mehr vorfand und die ganze umliegende Gegend ihm fremd vorkam. Ein stattliches Hofgut lang vor ihm, mitten in einem schönen Nutzgarten, und während er noch zweifelnd dastand und nicht wußte, was er thun sollte, kam ihm eine stattliche Dame in seidenen Kleidern entgegen. An der Stimme erkannte er seine angetraute Gattin, die ihn zärtlich umarmte und sagte: »Jetzt sind meine Wünsche befriedigt; ich danke dir und deinem Helfer dem Krebse!« Der Mann wußte nicht, was er vor Freuden anfangen sollte; jetzt hatte er eine Frau, die ihn lieb und werth hielt. Um die Speisen hatten sie keine Sorgen mehr, da die Köche jeden Tag herbeischaffen mußten, was der gnädigen Frau Herz begehrte. Ein besseres Loos konnte einem Menschen nirgends auf Erden zu Theil werden.

Dennoch fand das unersättliche Herz der Frau keine Ruhe, vielmehr begann sie nach eigen Wochen den Mann wiederum zu quälen, er möchte sie mit Hülfe des mächtigen Krebses zur Königin erheben. Der Mann sträubte sich aus allen Kräften, aber es half nichts, denn die Frau summte ihm Nacht und Tag ihre Gelüste nach der königlichen Würde in's Ohr und ließ ihm nirgends Ruhe. Wohl ächzte und seufzte das arme Männchen und kratzte sich hinter den Ohren, da er sich aber nicht anders zu helfen wußte, so mußte er endlich gehen, um beim Krebse Hülfe zu suchen.

Als er an den Fluß kam, war er mehr todt als lebendig; er versuchte mehrmals seinen Helfer zu rufen, aber die Zunge versagte ihm den Dienst. Endlich gelang es ihm jedoch, die Worte hervorzustottern:

»Brüderchen Krebs, aus der Höhle!
Schwarzer Mann, aus dem Schlupfloch!«

Augenblicklich streckte der Krebs seine schwarzen Scheeren an's Ufer und fragte: »Was willst du, Brüderchen?« Der Mann antwortete schüchtern: »Ich für meinen Theil hätte weiter kein Begehren, aber meinem Weibe will der Stand einer gnädigen Frau auf ihrem Hofsitz nicht mehr behagen.« Der Krebs fragte: »Was für einen Stand wünscht sie sich denn?« Der Mann erwiderte: »Meine Frau will Königin werden.« »Oho!« rief der Krebs, »indeß da ich einmal dein Schuldner bin, will ich dieses Mal noch deinem Weibe den Willen thun. Geh heim, deines Weibes Wunsch soll in Erfüllung gehen.«

Wie der Krebs es verheißen hatte, so fand der Mann, als er nach Hause kam, seine Frau zur Königin erhöht. Knechte, Diener und Zofen gab es zu Dutzenden und alle mußten der neuen Königin Befehle vollziehen. Gott sei gedankt! dachte der Mann, jetzt werde ich einmal Ruhe haben, denn das höchste Begehr meines Weibes ist erfüllt; dazu auf Schritt und Tritt soviel Dienerschaft, daß sie es gar nicht merkt, wenn ich abseits gehe, um nach all' der Mühe und Noth auszuruhen.

Ueber ein paar Monate verstrichen der Frau in ihrer königlichen Würde gar angenehm, so daß kein Wunsch sie mehr plagte. Eines Tages aber ließ sie ihren Mann rufen und sagte: »Ich habe nicht länger Lust, Königin zu sein, sondern will noch höher steigen! Darin müssen du und dein Helfer, der Krebs, mir behülflich sein.« Der Mann fragte: »Was willst du denn noch, wenn die königliche Würde dir nicht frommt?« Die Frau erwiderte: »ich will Gott werden!« Der Mann erschrak dermaßen, daß er eine Zeit lang kein Wort hervorbringen konnte, dann legte er sich auf's Bitten und als all sein Bitten nichts half, fuhr er endlich heraus: »Mach' was du willst, aber diese Bitte werde ich dem Krebse nicht vorlegen.« »Sieh den Lausangel!« rief das Weib zornig, »darfst du dich mir widersetzen, die ich deine angetraute Frau und obendrein noch Königin bin! Augenblicklich erfülle meinen Befehl, oder ich lasse dir das Leben nehmen!«

Der Mann dachte: sterben müssen wir Alle, gleichviel wie ich um's Leben komme, ob durch meine böse Frau, oder durch den Krebs, ich will den Befehl vollziehen. So denkend, machte er sich mit kecken Schritten auf, aber je näher er dem Flusse kam, desto kürzer wurden des Männleins Schritte. Endlich faßte er sich ein Herz und rief:

> »Brüderchen Krebs, aus der Höhle!
> Schwarzer Mann aus dem Schlupfloch!«

Ringsum blieb Alles still, weder der Krebs noch ein lebendes Wesen ließ sich blicken. Es rief noch ein Mal, ebenso fruchtlos, endlich rief er zum dritten Male. Da streckte der Krebs erst die eine dann die andere Scheere, langsam an's Ufer und fragte: »Was willst du von mir?« Der Mann sagte: »Ich für meinen Theil hätte weiter kein Begehr aber meine zur Königin erhobene Frau läßt mir nirgends Ruhe.« »Was begehrt sie denn noch?« fragte der Krebs. Der Mann erwiderte: »Sie will Gott werden.« Zornig versetzte der Krebs: »In den Schweinestall alle Beide! Deine Frau ist toll und du bist noch schlimmer als toll, weil du nach ihrer Pfeife tanzest.«

Der Mann hatte eine Empfindung, als ob der Boden unter seinen Füßen erschüttert würde. Als er sich prüfend umsah, wurde er weder Fluß noch Krebs gewahr, etwas weiterhin stand eine Hütte im Freien. Als der Mann darauf zuging, fand er einen Schweinestall und seine Frau in elenden Lumpen im Winkel auf schmutzigem Stroh am Boden. Da mußten sie bis an ihr Ende wohnen und des alten Wortes gedenken: »Allzu scharf macht schartig.«

12. Der Findling.

Eine Frau fand an einem Sonntag Morgen, als sie zur Kirche ging, im Walde ein Knäblein, das etwa zwei Jahre sein konnte. Das Kind weinte bitterlich vor Hunger und wußte nichts darüber zu sagen, von wo und wie es hier in den Wald gekommen. Der feine Anzug schien dafür zu sprechen, daß das Knäblein vornehmer Leute Kind sei. Die Frau nahm es auf, brachte es in ihr Haus, reichte ihm Nahrung und machte sich dann wieder auf zur Kirche, wo sie zu erfahren hoffte, wohin das gefundene Knäblein gehöre.

Als sie aber weder an diesem Sonntage noch an dem folgenden in den benachbarten Kirchen über die Eltern oder Verwandten des Kindes durch Kundmachung von der Kanzel Auskunft erhielt, so beschloß sie, im Einverständniß mit ihrem Manne, das Knäblein als Pflegekind zu sich zu nehmen; es schien ein aufgewecktes Geschöpf zu sein und konnte deshalb, wenn Gott ihm Leben und Gesundheit schenkte, ihnen zur Freude aufwachsen. Sie hatte zwar selbst schon sechs Kinder, so daß der Pflegling als siebente Brotratte in's Haus kam; aber Gott segnete ihren Acker und ihre Herde, so daß sie alle Kleidung und Nahrung fanden und Keines Mangel litt.

Als der Pflegling zum jungen Manne herangewachsen war, sprach er eines Tages zu seinen Pflegeltern: »Ich danke euch für alle eure Liebe und Wohlthat, aber jetzt ist für mich die Zeit gekommen, in der Welt umherzustreifen. Vielleicht glückt es mir, irgendwo einen Dienst zu finden, der mir mehr Lohn bringt, als für meine geringen Bedürfnisse aufgeht, dann erstatte ich euch, was ihr für meine Erziehung aufgewandt habt, obwohl ich niemals im Stande sein werde, euch eure Liebe zu vergelten.« So nahm er

Abschied, warf den Brotsack über und eilte fort. Nachdem er seine Wanderung schon einige Tage gen Süden fortgesetzt hatte, kam er eines Tages in einen dichten Wald, aus welchem ein schweres Stöhnen an sein Ohr drang. Er horchte eine Weile scharf hin, von welcher Seite her das Stöhnen komme und schritt dann, der Stimme nachgehend, weiter. Unter einem dichten Gebüsch fand er einen verwundeten Alten, dessen Kopf und Gesicht blutete, sowie auch das Moos und der Rasen um ihn mit Blut gefärbt waren. Der Alte hatte die Augen geschlossen, so daß nur die schweren Athemzüge und das Stöhnen einen Beweis dafür gaben, daß noch Leben im Körper sei. Der junge Mann eilte nach Wasser und fand in der Nähe ein Rinnsal mit klarem frischen Wasser; er füllte davon in seinen Hut und brachte es dem Alten, damit dieser durch einen Trunk sich stärke und belebe. Der Alte schluckte begierig von dem gebotenen Wasser, gerieth dann in ein starkes Husten und fiel endlich unter den Händen des ihm Beistehenden in Ohnmacht. Der junge Mann hob ihn auf seine Schultern und trug ihn zur Quelle, wo er dem Alten so lange kaltes Wasser über den Kopf goß, bis er aus seiner Ohnmacht erwachte und sich wieder erholte. — Den zerschlagenen Kopf des Alten verband er mit seinem Halstuche, reinigte Gesicht, Haare und Kleider vom Blute, bereitete dann aus Moos ein weiches Lager und ließ den Alten darauf nieder, damit er ausruhe.

Der Alte schlief gleich ein und ruhte über einen halben Tag von der durch seine Wunde verursachten Ermattung aus. Der junge Mann saß neben ihm und verscheuchte mit einem Baumzweige die Fliegen von dem Schlafenden. Endlich öffnete der Alte das eine Auge ein wenig, sah seinen Helfer freundlich an und sagte dann: »Von ganzem Herzen danke ich dir für das Werk der Barmherzigkeit, das du an mir gethan hast und für welches ich diesmal dein Schuldner bleiben muß, weil Räuber mich so kahl geplündert haben, wie eine Kirchenmaus. Künftig, wenn wir wieder einmal zusammentreffen, hoffe ich dir deine Mühe zu lohnen. Deine Wanderung könnte vielleicht länger dauern, als der von Hause mitgenommene Brotsack reicht, darum bitte ich dich, stecke mein Strömlings-Schächtelchen in den Sack — es ist Alles, was mir die Räuber gelassen haben.« — Der junge Mann sträubte sich zwar Anfangs, die dargebotene Aushülfe anzunehmen, die der Alte doch wohl selber viel nöthiger haben könne, allein er mußte endlich nachgeben, als er sah, daß der alte Mann seine Weigerung übel nahm. Dieser steckte nun sein Schächtelchen in des Jünglings Brotsack mit den Worten: »Ich habe von hier nach Hause nicht weit, allein einem Wanderer lauert immer allerlei Gefahr auf.« — Als der Alte dann fortging, mußte der junge Mann sich über die Schnelligkeit desselben wundern; je weiter der Alte kam, desto beflügelter wurden seine Schritte, so daß er bald wie ein Vogel aus dem Gesichtskreise entschwand. Da der junge Mann über einen halben Tag geruht hatte, machte er noch ein Stück Weges, bevor er sich zur Nachtruhe legte. Als er sich anschickte, sein Brot zu verzehren, kam es ihm vor, als wäre dasselbe heute im Sacke größer und zugleich frischer geworden. Das geschenkte Schächtelchen war voll gesalzener Strömlinge, die dem Manne gar sehr mundeten. Als er den anderen Morgen sein Frühstück nahm, fand er das Schächtelchen voll Butter und Mittags wieder voll Schweinefleisch. »Gesegnet sei der freundliche Geber!« rief der Mann, »der mich mit diesem spendenreichen Schächtelchen beglückt hat! Was fehlt mir jetzt auf meiner Wanderung?«

Eines Tages hatte er sich am Wege niedergesetzt, um auszuruhen, da kam ein kleiner rother Hund übers Feld zu ihm gelaufen, leckte seine Hand, wedelte mit dem Schwanze und packte von Zeit zu Zeit seinen Rockzipfel, als wollte er den Mann zum Aufstehen verlocken und ihn irgend wohin führen. Der junge Mann sah dem Treiben des Hundes eine Weile zu und erhob sich dann, worauf der Hund freudig um ihn herum lief und dann wieder den Rockzipfel packte und so den Mann mit sich fortzuziehen suchte. Der junge Mann begriff des Hundes stummen Wunsch und folgte ihm über das Feld zum Walde hin, der etwa eine halbe Werst entfernt sein mochte. Von Zeit zu Zeit blieb der Hund stehen, um zu sehen, ob sein Begleiter auch hinter ihm sei. Im Walde fand der junge Mann eine Frauensperson, die mit starken Stricken an den Stamm einer Kiefer festgebunden war, so daß sie sich nicht rühren konnte; auch hatte sie keine andere Körperbedeckung, als ein feines leinenes Hemde. Der Mann machte sie sogleich vom Baume los und hörte, daß Räuber sie gänzlich ausgeplündert und dann an den Baum gebunden hätten. »Ich kann dir zwar keine Frauenkleider geben« — sagte der Mann — »aber nimm meinen Rock und bedecke dich damit, bis wir unter Menschen kommen und einen besseren Anzug finden.« Dankend wickelte sich die Jungfrau in den Rock und ging in Begleitung des jungen Mannes weiter; der kleine rothe Hund lief als Führer voraus. Abends kamen sie an die Ruinen eines alten Schlosses und wollten da ihr Nachtlager aufschlagen, weil sie in der Nähe kein anderes Obdach gewahr wurden. Ein Wanderer hatte schon vor ihnen unter demselben Mauerwerk sich niedergelassen. Der junge Mann nahm seinen Brotsack zur Hand und bat die beiden Andern zu Gast: alle drei aßen sich satt. Nach dem Essen erzählte der Fremde, der ein gelernter Schmiedegesell war, daß er vorhabe, in die Königsstadt zu gehen, wo gerade Schmiede sehr nöthig seien und gut bezahlt würden. Die Jungfrau sagte, sie sei eines vornehmen Gutsherrn Tochter, habe ihre Tante besuchen wollen und sei Räubern in die Hände gefallen, welche sie gänzlich ausgeplündert und an den Baum gebunden hätten, worauf sie mit Kutsche und Pferden davon gegangen seien. Nun wurde Rath gehalten, wie man der Jungfrau Kleider verschaffe, in denen sie wieder unter die Leute gehen könne; aber Keiner von ihnen hatte einen Kopeken in der Tasche und sie fürchteten, daß sie Niemand finden würden, der ihnen Kleider leihe. Beim Schlafengehen sah der junge Mann, daß der kleine rothe Hund verschwunden sei und fragte deshalb die Jungfrau, wo der Hund geblieben wäre. Diese machte große Augen und erwiderte: »Ich habe deinen Hund nicht mehr mit Augen gesehen, seit wir hierher gekommen sind.« Jetzt war der junge Mann nicht minder erstaunt und erzählte, wie er, dem Hunde folgend, den Weg in den Wald gefunden und deswegen geglaubt habe, der Hund gehöre der Jungfrau und habe ihn zu Hülfe gerufen.

Den andern Morgen gingen der junge Mann und der Schmiedegesell um zu versuchen, ob sie irgendwo Kleider für die Jungfrau borgen könnten, kamen aber Beide nach Mittag mit leeren Händen zurück. Man legte sich Abends mit schwerem Herzen schlafen, da der Plan ganz fehlgeschlagen war. Ein freundliches Traumgesicht tröstete die Jungfrau. Sie erlebte im Traume, wie ein kleiner alter Mann ihr Kleider und Geld versprach, wenn die Männer Muth genug hätten, den andern Tag ein Wagestück zu unternehmen. Es seien nämlich in dem alten Gemäuer Keller und in diesen befinde sich ein unermeßlicher Schatz. Es stehe den Männern aber ein harter Kampf bevor, ehe sie sich im Rücken der Wächter des Schatzes bemächtigen könnten. — Die Jungfrau erzählte am Morgen den Männern ihren Traum, der ihr so lebhaft vor den Augen stand, daß sie beim Erwachen die Gestalt des alten Mannes noch immer neben sich zu sehen glaubte.

Unverweilt gingen die Männer aus, um die Keller zu suchen, die sie auch bald fanden; es war aber der Eingang so finster, daß sie ohne Feuer nicht die Hand vor Augen sehen konnten. Zum Glücke fand sich das getheerte Ende eines

Balkens im Sand-und Kalkschutt, das wurde zu Brennspänen geschliffen und nun ging man bei Fackelschein den Glücksweg zu suchen. Nachdem sie eine Strecke in einem engen Hohlwege fortgegangen waren, kamen sie vor eine eiserne Thür, die so fest war, daß sie trotz allen Schlagens und Stoßens sich nicht rührte, geschweige denn aufging.

Entmuthigt kehrten die Männer zurück und erzählten ihr Mißgeschick. Der Schmiedegesell sagte, daß seine muthigsten Hammerschläge nichts ausgerichtet hätten gegen die feste Thür, welche unbeweglich geblieben sei, wie eine Felswand. — Als sie nun selbdritt zu Mittag aßen, gesellte sich der kleine Alte zu ihnen und bat um Speise, die ihm gereicht wurde. Nachdem er sich gesättigt, sagte er: »Ich habe mit der Jungfrau ein Wörtchen zu sprechen, das andere Ohren nicht hören dürfen.« Die Jungfrau hatte sofort den Alten als denselben erkannt, von dem sie die Nacht so bedeutsam geträumt hatte, sie hatte deshalb nicht die mindeste Furcht, sich mit dem Alten von den beiden Andern zu entfernen. Als sie im Gemäuer eine einsame Stelle gefunden hatten, sagte der Alte: »Ihr werdet die Eisenthür nicht eher sprengen können, als bis ihr drei Kröten getödtet und mit ihrem Blute drei kleine Kreuze auf die Thür gemacht habt. Geht die Thür dann auf, so müssen die Männer sich brav halten, damit sie die Wächter des Schatzes überwältigen. Der Kampf wird ihnen nicht leicht werden, aber dafür ist der Lohn auch unermeßlich groß. Mehr darf ich dir nicht offenbaren.«

Die Jungfrau erzählte, als sie zurück kam, was sie aus des Alten Munde vernommen hatte. Die Männer gingen ungesäumt der Vorschrift des Alten gemäß Kröten zu fangen, an denen es hier in den feuchten Kellergruben nicht fehlen konnte; auch brauchten sie nicht lange danach zu suchen. Der Schmiedegesell nahm nun seinen schweren

Hammer, der junge Mann einen starken eichenen Knüttel, und so gegen den Feind gerüstet machten sie sich zum zweiten Male auf den Weg, in der Hoffnung, jetzt die Schatzkammer leer zu machen. — Sobald die Eisenthür mit dem Krötenblut kreuzförmig bestrichen war, sprang sie von selbst auf, so daß die Männer ungehindert über die Schwelle und in einen andern Keller treten konnten, der beim Fackelschein so geräumig erschien wie eine Kirche. Alsbald fuhr ein großer schwarzer Hund[39] mit Gebell auf die Männer los und wollte des jüngeren Schenkel packen, aber der Schmiedegesell war geschwinder als der Hund und traf mit seinem großen Hammer den Kopf des Thieres so gut, daß ein zweiter Schlag nicht mehr nöthig war. Nach einem Weilchen kam ein anderer schwarzer Hund, bedeutend größer als der erste, der hatte zwei Köpfe und vier Augen. Obwohl ihm der Schmied mit dem ersten Schlage einen Kopf herunterschlug, so drang er doch mit dem andern um so ärger auf die Männer ein. Des jungen Mannes Knüttel splitterte beim Schlagen ohne dem Hunde etwas anzuhaben. Da schwang der Schmied seinen Hammer mit aller Macht auf des Hundes Nacken, so daß das böse Thier todt zu seinen Füßen niederfiel. Jetzt kam ein dritter noch größerer Hund, der drei Köpfe und sechs Augen hatte. Der Schmied schlug den einen Kopf ab, und bald darauf den zweiten, worauf der Hund mit dem dritten Kopfe davon lief und winselnd den Augen der Männer entschwand. Als der Hund fort war, wurde der finstere Keller mit einem Male so hell, als wären viele Dutzend Kerzen entzündet worden, obgleich nirgends weder Lichter noch Lampen zu erblicken waren.

Als die Männer noch immer voll Verwunderung in die Helle starrten, trat hinter der Wand eine junge Dame hervor, herrlicher zu schauen als die schönste Blume, in hellseidenen Kleidern und eine fingerdicke goldene Kette um

den Hals; sie reichte den Männern freundlich die Hand und
sagte: »Ich danke euch von ganzem Herzen, daß ihr mich
aus der Haft erlöst habt, in welche ein böser Zauberer mich
gebannt hatte.« Dann kam eine andere nicht minder schöne
Dame hinter der Wand hervor, dankte wie die erste und
fügte hinzu: »Nun macht auch unsern Schatz frei, der in
des Hexenmeisters Keller liegt.« Die Männer baten, ihnen
den Weg zu zeigen und machten sich auf, um die
Schatzkammer zu leeren. Die Jungfrauen aber fielen
einander um den Hals und weinten vor Freuden. Dann
erzählten sie den Männern, sie seien eines reichen Königs
Töchter, und von ihrer Stiefmutter, welche den eigenen
Kindern den Schatz zuwenden wollte, durch Zauberkraft
hier eingesperrt und in Hunde verwandelt worden, so daß
die ältere als einköpfiger, die jüngere als zweiköpfiger Hund
die Schatzkammer zu hüten hatten. Die Zauberknoten seien
so geschürzt gewesen, daß sobald ein Sterblicher die Hunde
todt schlüge, die Königstöchter erlöst wären. In der
Schatzkammer, sagten sie, lägen Gold und Silber in großen
Massen, aber ein durch Zaubermacht starker Bär sei als
Wächter vor die Thür gestellt. Die Männer hatten Muth
genug, das grausige Wagestück zu unternehmen; sie kamen
deßhalb überein, daß der junge Mann mit seinem Knüttel
dem Bären in die Augen stoßen solle, während der Schmied
ihm auf den Rücken springen und von dort aus mit seinem
Hammer den Kopf bearbeiten werde. Doch zeigte sich die
Aufgabe viel schwerer, als sie sich vorgestellt hatten, und es
verging wohl eine Stunde, ehe sie des Feindes Herr wurden.
Die Männer waren beide blutig gekratzt. Als der Bär zu
Boden fiel, erfolgte plötzlich ein Krach, als wäre die Erde
unter ihren Füßen geborsten. Die hintere Mauerwand sank
ein und die Männer erblickten jetzt die Kasten, welche den
Schatz enthielten; neben den mit Gold und Silber gefüllten
Kasten lagen so viel Spangen und Silberperlen aufgestapelt,
daß man damit allein schon mehr als ein Pferd hätte

beladen können. Ein junger Mann in prächtigen Kleidern trat hinter dem Kasten hervor, grüßte und dankte für seine Erlösung, auch er war ein Königssohn, welchen ein Zauberer in einen Bären verwandelt und als Wächter seines Schatzes hingestellt hatte. »Dem Vater im Himmel, der euch hierher geführt hat, sei Dank!« — sagte der Königssohn. »Der alte Zauberer, der die Gestalt des dreiköpfigen Hundes angenommen hatte, hat jetzt keine Macht mehr über uns, weil ihm die beiden Köpfe, in denen seine stärkste Zauberkraft steckte, abgehauen sind. Jetzt wollen wir seinen Schatz unter einander theilen, und da wird einem Jeden von uns so viel zufallen, daß er genug hat.« Die Königstöchter gaben dem Edelfräulein von ihren Kleidern so viel es brauchte, dann wurde die Theilung des Schatzes vorgenommen, mit welcher sie über eine Woche zubrachten.

Als die Theilung beendigt war, kam der kleine alte Mann und freute sich, daß Alles so gut abgelaufen war. Dann sagte er: »Jetzt darf ich euch alle Geheimnisse enthüllen, die bis heute verborgen blieben. Du — so sprach er zu unserem jungen Manne — bist eben so gut ein Königssohn, wie die andern hier Königskinder sind. Böse Menschen stahlen dich als Kind aus der Behausung deiner Eltern, denn da du das einzige Kind warst, hofften sie durch diesen Frevel nach dem Tode des alten Königs sich der Herrschaft bemächtigen zu können. Ich war von deiner Geburt an dein Beschützer und trug stets Sorge, daß dir in dem Bauerhause nichts schlimmes widerfahre. Wiewohl dein Auge mich nicht sah, war ich doch Nacht und Tag um dich. Als du dann später auf die Wanderung gingst, wollte ich dein innerstes Herz erforschen, darum verwandelte ich mich in den verwundeten Mann, dem du im Walde zu Hülfe kamst, und schenkte dir das Strömlings-Schächtelchen, das nie leer werden durfte. In Hundsgestalt führte ich dich dann zu der geplünderten Dame und endlich in diese Schloßruine, wo das Glück deiner wartete. Jetzt wählt euch Jeder eine Lebensgefährtin nach eures Herzens Trieb, denn Reichthümer habt ihr ja mehr als genug.«

Darauf freite der aus dem erschlagenen Bären hervorgegangene Königssohn die eine und der in der Bauerhütte aufgewachsene Königssohn die andere Königstochter; des reichen Gutsherrn Tochter gab Herz und Hand dem Schmiedegesellen. Der als Findling aufgewachsene Königssohn schickte seinen Pflegeeltern die Hälfte seines Schatzes, so daß diese mit einem Male reiche Leute wurden, welche ihren Kindern und Kindeskindern ein großes Vermögen vererben konnten.

13. Wie sieben Schneider in den Türkenkrieg zogen.

Es lebten einmal in alten Zeiten sieben Schneider, denen das Nadeln zuwider geworden war: sie wollten höher hinaus. Von manchen tapferen Helden hatten sie erzählen hören und dann vernommen, daß im Türkenlande ein großer Krieg angebrochen sei und daß wackere Männer dahin gesucht würden. Bei dieser Nachricht schwoll unseren Männlein der Kamm, sie wollten zu Felde ziehen um sich die Sporen zu verdienen; und redeten darum untereinander wie folgt: »Wir stehen wohl auch unsern Mann! Bislang haben wir friedlich Löcher in's Zeug gestochen, gehen wir jetzt mit stärkerem Spieß des Feindes Leiber zu durchbohren!« Sie ließen sich nun einen langen Lanzenschaft aus dem stärksten Eichenholz machen, dann vom Schmiede ihre sieben Scheeren zusammenschweißen, zu einer Lanzenspitze zurechthämmern und an das Ende des Schafts festklopfen. Ehe sie sich auf den Weg machten, wurde geloost, wer von ihnen Obermann werden und als Führer[40] vorangehen solle. Als das Loos entschieden hatte, stellten sie sich in eine Reihe und nahmen gemeinschaftlich die schwere Lanze auf ihre Schultern, weil eben Einem die Last zu schwer geworden wäre. Der Erste, der durch's Loos gewählte Hauptmann, der die scharfe Spitze der Lanze trug, wurde Nasenmann genannt, weil seine Nase den Andern den Weg zeigen sollte. Die fünf Folgenden erhielten die Namen: Einkraftmann, Zweikraftmann, Dreikraftmann, Vierkraftmann und Fünfkraftmann, was freilich nicht bedeuten sollte, daß Einer von ihnen die Kraft von drei oder vier Männern gehabt hätte, sondern nur anzeigen, in welcher Reihenfolge sie marschiren müßten, damit gar keine

Irrung entstehen könnte. Der Siebente wurde Schwanzmann genannt, weil das hintere Ende des Lanzenschafts auf seiner Schulter lag; die Kraftmänner aber mußten auch noch abwechselnd den Brotsack tragen, der eine ein Drittel des Tages, der andere das zweite Drittel und so weiter bis zum sechsten. Ueberdies hatte Jeder ein Preßeisen in der Tasche, damit nicht auf offenem Felde der starke Wind sie vom Wege fortblasen könnte. Es versteht sich übrigens von selbst, daß die Männer alle eben so klug wie beherzt waren, da sie wohl sonst nicht gewagt hätten, eine so große Sache zu unternehmen, die ihnen auf jedem Schritte den Tod bringen konnte.

So zum Kriege gerüstet zogen alle sieben Männer an einem schönen Sommermorgen aus, nahmen zu rechter Zeit Frühstück und Mittagsmahl, ruhten dazwischen im Schatten der Gebüsche aus, eilten dann wieder weiter und wollten, wenn sie Jemandem begegneten, nach dem besten Wege in's Türkenland sich erkundigen. Als sie so über Feld gingen, sah der Nasenmann und sahen auch die Andern einen Bauerhof unweit der Straße, und es wurde sofort beschlossen zwei Männer auf Kundschaft auszuschicken, ob man da nicht noch Mundvorrath für die Reise bekommen könnte. Dreikraftmann und Fünfkraftmann gingen hin um nachzusehen. Als sie zurück kamen, erzählten sie den Andern, daß sie auf dem Hofe nichts weiter gefunden als drei Weiber und einige Kinder, von Männern nirgends eine Spur. Der Nasenmann sagte: »Kriegsleute müssen Muth haben, also gerade auf den Feind los, und wenn er noch so stark ist!« Die Männer stießen ein Freudengeschrei aus und stürmten auf den Bauerhof los. Als die Weiber die sieben Männer und die lange Lanze sahen, erschraken sie wohl im ersten Augenblick, aber ein Mütterchen, das natürlichen Scharfblick besaß, merkte sogleich, was für Männlein die Andringenden wären, und sagte deshalb zu den andern Weibern: »Diese Feinde jagen wir mit dem Besenstiel zum Hofe hinaus!« — nahm einen Besenstiel in die Hand, während ein andres Weib eine Mistgabel, ein drittes eine Brotschaufel ergriff und so stellten sie sich vor die Thür, den Feind erwartend. »Halt, Brüderchen!« rief der Nasenmann, die Klugheit muß zuweilen den übermäßigen Muth zügeln, sonst könnte es Unglück geben; wir haben nur eine Waffe, sie aber drei und viele Hunde sind endlich auch des Bären Tod. Kehren wir lieber um.« Die Andern fanden des Hauptmanns Rath lobenswerth und machten sich deshalb so rasch davon, als ob sie Feuer in den Taschen hätten. Als der Schwanzmann nach einiger Zeit es wagte, über die Schulter zurückzublicken, sah er, daß ihnen kein Feind mehr auf der Ferse sei; da hemmte man den Lauf und zog langsam weiter.

Am Abend gegen Sonnenuntergang flog ein Mistkäfer über die Kriegsmänner hin; sie hörten das Gesumme seiner Flügel, welches in der Abendstille so fürchterlich klang, daß die Männer schauderten. Der Nasenmann rief: »Brüderchen, der Feind kommt über uns, ich höre schon sein Dröhnen!« Mit diesen Worten ließ er die Lanzenspitze von der Schulter gleiten und lief mit Blitzesschnelle davon. Die Andern dachten: unser Leben ist auch nicht zäher als seines! warfen die Lanze von den Schultern und nahmen, wie ihr Hauptmann, die Flucht, der eine hierhin, der andere dorthin, wie es sich gerade traf. Der Nasenmann hatte eine leere Heuscheune gesehen und lief darauf zu, um eine Zufluchtsstätte zu finden; als er aber hineinsprang, bemerkte er nicht, daß ein Rechen am Boden lag, der, als sein Fuß unversehens die Pflöcke berührte, in die Höhe schnellte und mit dem Stiele gegen sein Gesicht schlug. »Habt Erbarmen, oder führt mich in's Gefängniß!« — bat Nasenmann — »aber laßt mich leben!« er hielt nämlich das Anprallen des Stiels für einen Schlag des Feindes. Nach einer Weile, als Alles um ihn her still blieb, glaubte er, der Feind habe sich zurückgezogen und wagte nun die Scheune zu verlassen. Inzwischen hatte nächtliches Dunkel sich über die Gegend gelagert, wo sollte er jetzt seine Gefährten auffinden? Sie zu rufen, wagte er nicht, denn auch die Feinde hätten seine Stimme hören können. Dieselbe Furcht verschloß den andern Männern den Mund, so daß keiner ein Zeichen zu geben wagte. Dreikraftmann, der in einen Strauch von wilden Rosen gerathen war, konnte jedoch das Stechen der Dornen nicht länger aushalten, sondern fing an bitterlich zu weinen und den Feind, von dessen Lanzenspitzen er sich gequält glaubte, um Gnade zu bitten. »Gnade, Gnade, lieben Leute! es wäre schon an einer Lanze übergenug, warum stecht ihr mich mit so vielen?« Als die Feinde aber nicht darauf hörten, nahm er Reißaus, bis er über den Schwanzmann stolperte und hinfiel, aber Beide wagten sich nicht weiter zu rühren, sondern dachten, wenn wir still bleiben, halten uns die Feinde für todt. So lagen Beide bis zum Morgen, wo sie erst beim Schein der Morgenröthe inne wurden, daß sie Freunde seien.

Da nun ringsum nirgends mehr eine Spur vom Feinde zu erblicken war, so riefen sie auch den Uebrigen zu, die dann auch einer nach dem andern herankamen. Keiner von Allen hatte soviel Schaden genommen, wie Dreikraftmann, dessen Körper an vielen Stellen zerkratzt war. Nasenmann sagte: »Ich weiß zwar nicht, wo ich verwundet bin, aber am Blutfluß merke ich, daß ich Schaden genommen habe, denn meine Hosen sind voll Blut.« Als man nachsah, fand sich, daß das Blut eine bräunlich-gelbe Farbe hatte und Vierkraftmann sagte: »Der Geruch ist übler, als der von Blut.« Nasenmann ging, seine Hose zu reinigen und dankte seinem Glücke, als er sah, daß er nirgends eine Wunde hatte. Darauf beschlossen die Männer einmüthig, von ihren ersten Kriegsdrangsalen zu Hause nichts zu sagen.

Als die Lanze wieder aufgefunden war, setzten sich Alle
nieder, um sich durch einen Imbiß zu stärken, ehe sie weiter
zögen. Da fiel es dem Nasenmann ein, die Kriegsleute zu
überzählen, um zu sehen, ob der zweimalige Zusammenstoß
Verluste gebracht habe? Es fand sich, daß ein Mann fehlte;
die Andern zählten ebenfalls, Jeder der Reihe nach, und
Keiner brachte mehr als sechs heraus, der siebente war
verschwunden. Sie zählten so: Ich bin ich, dann eins, zwei,
drei bis zum sechsten. Wer von ihnen nun aber verloren
gegangen war, konnte Niemand sagen. Endlich kam einem
von ihnen ein gescheidter Gedanke wie angeblasen. Er sah
am Boden einen kleinen Misthaufen und sagte zu den
Kameraden, wenn jeder seine Nase hineinsteckte, so könnte
man sehen, wie viel Löcher dadurch entstanden wären. Sie
thaten es und als man darauf die Nasenspuren nachzählte,
da fanden sich — o Freude — alle sieben; Niemand aber
konnte begreifen, woher der Irrthum gekommen, daß man
beim Zählen nur sechs herausgebracht.

Als sie weiter zogen, kamen sie an den Saum eines dichten
Waldes, in welchen ein schmaler Pfad hineinführte. Hier
wurde wieder Rath gepflogen, was besser wäre, auf diesem
Pfade gerade durch zu marschiren, oder den Wald in einer
weiten Entfernung zu umgehen. Allein da keiner vorher
wissen konnte, ob denn auch ein Weg um den Wald herum
führe, so wurde endlich einmüthig beschlossen, hindurch
zu gehen. Der schmale Pfad machte ihnen das
Weiterkommen sehr beschwerlich, da sie unaufhörlich
rechts und links mit den Händen die Zweige zur Seite
biegen mußten; sie konnten deshalb auch nicht weiter
sehen, als die Nase reichte. Ohne aber auf Hindernisse und
Dunkelheit zu achten, schritten sie muthig und tapfer
vorwärts, so daß sie nicht früher gewahr wurden, daß ein
Wolf mitten im Wege schlief, als bis Nasenmann schon

147

den Fuß erhoben hatte, um darauf zu treten. Als er nun so plötzlich die gräuliche Bestie zu seinen Füßen erblickte, rief er voll Schrecken: »Ein Seehund! ein Seehund[41]!« und sprang jäh zurück, so daß Einkraft-und Zweikraftmann auf ihre Hintermänner gedrängt wurden und die Männer sämmtlich zu Boden fielen, bis auf Schwanzmann, der glücklicher Weise aufrecht blieb, wodurch die Lanzenspitze auf den Wolf zu fallen kam. Gern hätten die Männer sämmtlich die Flucht ergriffen, wenn die vor Schrecken erstarrten Beine sie hätten tragen wollen, oder wenn der dichte Wald das Durchkommen gestattet hätte. Da also kein Entrinnen möglich war, so mußten sie nothgedrungen bleiben und ruhig warten, bis der Seehund einen nach dem andern verschlingen würde. Nasenmann, welcher am nächsten stand, wunderte sich, daß das Raubthier sich nicht vom Flecke rühre und klug wie er war, schloß er daraus sofort, daß ihre scharfe Lanze dasselbe im Schlafe getödtet habe. Als er näher trat und das Thier untersuchte, fand er es entseelt, was freilich nicht von einer durch die Männer ihm beigebrachten Wunde herrührte, sondern schon einige Tage vorher eingetreten war. Nasenmann's Freude über dieses unerwartete Glück war grenzenlos, als er aber über die Schulter blickte und seine Gefährten alle mit dem Gesicht auf dem Boden liegend fand, erschrak er von neuem, weil er glaubte, daß sie durch sein Zurückprallen sämmtlich vom Lanzenschaft durchbohrt seien, so daß sie daran stäken, wie Strömlinge an der Stange. Er hub dann so bitterlich an sein Herzweh zu klagen, daß der Wald ringsum von seinem Geschrei erscholl. Die Andern glaubten anfangs, daß er unter den Griffen des Thieres schreie und wagten deshalb nicht, sich vom Fleck zu rühren. Als aber das Geschrei andauerte, wurde ihnen soviel klar, daß doch aus dem Bauche des Thieres so lautes Schreien nicht an ihr Ohr dringen konnte. Die Dreisteren hoben die Köpfe etwas in die Höhe und lugten heimlich von unten herauf, um zu entdecken, warum denn ihr Hauptmann so schreie. Sobald sie inne wurden, daß der erschlagene Seehund weder Ohren noch Schwanz rührte, und Nasenmann unversehrt neben ihm stand, sprangen sie wie der Wind vom Boden auf und eilten, sich die seltsame Sache anzusehen. Niemand von ihnen war im Geringsten verletzt; daß sie niedergestürzt, war einzig und allein deshalb geschehen, damit des gräulichen Thieres Auge sie nicht erblicken sollte. Als sie nun zusammen das Unthier, wofür sie den Seehund gehalten, zu untersuchen begannen, wo und wie tief ihr Schlachtspeer in dasselbe eingedrungen sei, erstaunten sie wohl sehr darüber, daß an dem Thiere auch nicht die mindeste Spur einer Wunde sichtbar wurde. Dreikraftmann sagte: »Ein Seehund hat doch nicht mehr als zwei natürliche Oeffnungen, eine vorn, die andere hinten, jetzt seht nach, in welche von beiden ist unsere Lanze eingedrungen?« Fünfkraftmann war näher getreten und als er mit der Nase an den Seehund rührte, rief er: »Oho! Brüderchen! ihr seid auf dem Holzwege! Der Seehund ist schon längst krepirt, denn er stinkt!« »Ja,« sagte Dreikraftmann, »mir ist schon längst ein fauler Geruch, wie von einer sauer gewordenen Strömlingstonne, in die Nase gestiegen!«

Die Männer faßten nun einmüthig den klugen Beschluß, dem todten Seehund das Fell abzuziehen und dasselbe an der Lanze zu befestigen, damit alle Welt daraus ersähe, was für tapfere Thaten sie verrichtet hätten. Den Leichnam ließen sie im Walde liegen, indem sie sagten: »Hat er früher Rinder und Pferde gefressen, so mögen sie jetzt ihn fressen!«

Da nun aber der Abend hereinbrach und sie noch immer nicht wußten, wie weit der Wald sich noch erstrecken möchte, so mußten sie ihren Marsch beschleunigen, um vorwärts zu kommen. Nach einer Werst hörte der Wald auf und sie kamen an ein Feld, auf dem nichts weiter wuchs, als einiges Wachholdergebüsch. »Hier wollen wir zur Nacht bleiben«, sagte Nasenmann, »denn wir haben heute wie Männer uns gemüht und geplagt.« Während die Andern schliefen, sollte immer einer von ihnen abwechselnd Wache halten, damit ihnen kein Unheil über den Hals käme.

Mitten in der Nacht, als gerade Dreikraftmann auf Wache stand, vernahm er ein schauerliches Getöse, weshalb er sogleich seine Gefährten weckte. Die Männer spitzten alle die Ohren und von Zeit zu Zeit erscholl es: plumps! plumps! als ob Jemand einen schweren Stein aus einer Höhe zu Boden würfe. Einige hielten das Geräusch für so schlimm, daß es die Erde unter ihren Füßen erbeben mache. Was konnte das sein? Nasenmann fragte, ob einer sich getraue, dem Geräusche nachzugehen, um zu sehen, was es sei; aber keiner schien Lust zu haben, solch' ein Wagniß zu unternehmen. Endlich sagte Dreikraftmann, der manchmal verwickelte Fragen sehr scharfsinnig zu lösen wußte: »Ich glaube zu wissen, was das Geräusch zu bedeuten hat; des erschlagenen Seehundes Geist geht sicherlich als Gespenst[42] um.« Als aber das Geräusch immer näher kam, sagte Schwanzmann: »Mir fällt etwas ein, wie wir unseres Gespenstes am besten Herr werden können. Die Gespenster müssen sich vor wilden Thieren fürchten, ich wickele das Fell des erschlagenen Seehundes wie einen Pelz um mich und gehe auf allen Vieren dem Geräusch entgegen, dann jage ich das Ding gewiß in die Flucht.« Der Anschlag gefiel den Männern, und so wurde Schwanzmann in das Seehundsfell gewickelt, und damit er auch sonst nicht ohne Schutz gegen Gefahren bleibe, nahmen die Andern die Lanze auf die Schultern und gingen in einem Abstand von hundert Schritten hinter ihm her. Schwanzmann war noch nicht weit gekommen, da sah er auf dem Felde ein gräuliches fünffüßiges Thier, das hatte zwei lange Hörner und feurige Augen im Kopfe, die wie

Kerzen weithin leuchteten. Wunderlich war sein Gang, die beiden Vorderfüße hob es zugleich auf, als wären die Beine zusammengewachsen, die Mittelfüße traten einer nach dem andern einher, der fünfte Fuß aber schien dazu vorhanden zu sein, daß ihn das Thier wie einen Flügel bald links, bald rechts schwinge, wahrscheinlich um die Bewegung des schweren Körpers zu erleichtern. Den Kopf hielt das Thier am Boden und brauchte ihn wohl dazu, den Körper vorn zu stützen. Als unser Freund das Alles gesehen hatte, hielt er es für das Gescheidteste, so sacht als möglich zurück zu gehen, ehe das gräßliche Thier ihn erblicke. Als die Andern seinen Bericht gehört hatten, wurde sogleich beschlossen, das Weite zu suchen, damit das gräuliche Thier sie nicht fände. Hätte nicht die Furcht den Augen Schwanzmann's ein Blendwerk vorgemacht, so würde er ein Wesen gesehen haben, das weder ihm noch den Andern Angst erregt hätte, nämlich ein gekoppeltes Pferd, welches diese Nacht auf der Weide graste. Die vermeintlichen Hörner waren des Thieres Ohren, der Schwanz sein fünfter Fuß und die feurigen Augen hatte ihm die Furcht des Beschauers geschaffen.

Am folgenden Tage ging ihre Reise glücklich von Statten und es stieß ihnen weiter kein Hinderniß auf als ein kleiner See, an dessen Ufer sie gegen Abend gelangten. Vom hohen Ufer aus gesehen wogte der blaue See vor ihren Augen, als ob ein Windstoß über die Wasserfläche hin fahre. Die in den Türkenkrieg ziehenden Männer ließen sich am Ufer auf den Rasen nieder und hielten Rath, wie sie hinüber kommen sollten, da nirgends in der Nähe weder Boot noch Kahn zu sehen war. Hätten sie gewußt, daß ihr Sitz nichts weiter als ein Erdhaufen war und der vermeintliche See ein Flachsfeld, das gerade mit blauen Blüthen bedeckt war[43], so hätte ihnen das Rathschlagen weniger Kopfbrechen gekostet. Nasenmann sagte: »Hier hilft alles nichts, über den See müssen wir, wie sollten wir sonst nach Türkenland kommen. Hätte einer von uns die Stärke des Kalewsohnes, so könnte er uns mit Leichtigkeit über den See an's andere Ufer tragen; oder ist Jemand ein tüchtiger Schwimmer, der bringe die Andern der Reihe nach über den See auf's Trockne. Dreikraftmann sagte: »Hast du die Stärke, so sei der Kalewsohn und trage uns durch den See, oder bist du ein geschickter Schwimmer, so schwimm' und nimm uns mit.« Fünfkraftmann aber, der gerade hinter seinem Rücken stand, stieß ihn vom Ufer — oder richtiger gesprochen: vom Erdhaufen hinunter. Dreikraftmann erschrack anfangs nicht wenig, als er aber merkte, daß er mit der Nase auf trocknem Rasen lag, fühlte er alsbald wieder Muth in sich und rief aus: »wer ein wackerer Mann sein will, der komme mir nach!« Da stieß Nasenmann noch zwei Männer vom Ufer und die übrigen sprangen von freien Stücken hinunter. Außer einer kleinen Erschütterung verspürte Keiner weiteren Schaden, und Alle waren froh, daß das Wagestück gelungen war und das gefürchtete Wasser sie nicht naß gemacht hatte. Die Lanze aber hatten die Männer am Ufer vergessen und mußten nun zurück gehen um ihre Waffe zu holen, weil ein Krieger ohne Lanze ebensowenig weiter kommt, als ein Ackersmann ohne Pflug. Da der Abend angebrochen und eine geschützte Stelle zur Hand war, so wollten die Männer hier übernachten und nach gepflogener Berathung wurde ein Lager hergerichtet.

Als die Kriegsmänner sich eben schlafen legen wollten, drang der Feind auf sie ein, es war ein Bauer mit einem derben Knüttel auf der Schulter, der scheltend heran kam. »Ihr Lumpengesindel!« rief er, »habt ihr nicht anderswo Raum euch niederzulassen als auf meinem Flachsfelde! Wartet ihr Galgenschwengel! ich will euch den Rücken so blau schlagen wie die Flachsblüthen!« — Die Türkenbekämpfer aber dachten: besser Furcht als Reue! und ergriffen die Flucht; kaum daß sie noch so viel Zeit hatten, die Lanze mitzunehmen. Sie hätten sich wohl auch zur Wehr setzen können, aber der Feind war so plötzlich und mit so wildem Grimm auf sie eingestürmt, daß es ihnen nicht beikam den Kampf aufzunehmen. Erst nachdem sie einige Werst weit geflohen waren, fiel es ihnen ein, sich zur Wehr zu setzen, aber wo sollten sie jetzt den Feind hernehmen? Eben so gut hätten sie die Luft greifen können! »Wir hätten ihn ja kurz und klein schlagen können,« sagte Nasenmann — »wenn er uns nicht so unvermuthet über den Hals gekommen wäre.« Dreikraftmann sagte: »Und was für einen Knüttel führte er! Ich danke meinem Glücke, daß er nicht dazu kam, meinen Rücken zu messen, er hätte mir alle Knochen zu Brei geschlagen. Aber was meint ihr dazu, Kameraden, wenn wir morgen früh unsere Schritte wieder heimwärts lenkten? Wer Teufel weiß, wie weit das Türkenland noch sein mag und was für Unglück uns noch zustoßen kann ehe wir hinkommen?« Die Andern fanden sogleich, daß Dreikraftmann's Rath gut war. »Aber« — sagte Nasenmann: »den Weg, den wir gekommen sind, gehe ich nicht zurück, da würden wir wie die Mäuse der Katze in den Rachen laufen und unsere Haut zu Markte tragen, weil der Mann mit dem Knüttel nicht verfehlen würde uns durchzubläuen.« Alle mußten zugeben, daß Nasenmann Recht hatte, und nachdem sie über die halbe Nacht damit zugebracht hatte, die Sache nach allen Seiten hin zu erörtern, wurde einmüthig beschlossen auf einem andern Wege zurück zu kehren.

Da kamen sie denn nach einigen Tagen an das Ufer eines See's, in welchem wirklich Wasser floß, und also nicht blos ein blauer Schimmer der Oberfläche sie täuschte. »Das ist also der Peipus-See,« rief Vierkraftmann, der den Ort sogleich erkannte, »aber hier müssen wir sehr vorsichtig sein, weil hier ein gar gräuliches Unthier wohnen soll, ob

Vierfüßler, Vogel oder Fisch, kann ich nicht mit Sicherheit angeben, aber das habe ich aus alter Leute Mund vernommen, daß der Kalewsohn selber es nicht bezwungen hat.« Nasenmann stand eine Weile nachdenklich und sagte dann: »Wenn sich die Sache wirklich so verhält wie du sagst, so müssen wir ihm entgegenziehen und ihm das Garaus machen! Diese That wird uns mehr Ehre und Ruhm bringen als ein Kampf gegen die Türken.« — Als sie nun des Waldes ansichtig wurden, in welchem das Unthier seinen Aufenthalt haben sollte, da sank ihnen freilich wieder das Herz in die Hosen, was übrigens auch andern Wackeren begegnen kann; dennoch wollten sie die Heldenthat nicht aufgeben. »Wer kann wissen, ob wir mit dem Leben davon kommen,« sagte Nasenmann — »der Tod kümmert sich nicht um des Menschen Alter, sondern rafft dahin, wen er eben packt. Nun wollen wir aber nicht mit leerem Magen aus dieser Welt scheiden, darum ihr Brüderchen! setzen wir uns nieder und verzehren wir vor unserm Ende noch einmal unser Brot, vielleicht (hier stürzten ihm Thränen aus den Augen) ist es unsere letzte Mahlzeit.« Da wurde den Männern gar wehmüthig um's Herz, als sie ihres Anführers Betrübniß sahen und als sie daran dachten, daß wenn das heutige Brot gegessen sei, sie wohl kein neues mehr backen würden. Während sie sich so über den Tod unterhielten, versäumte doch keiner darüber sich satt zu essen, denn sie meinten, mit vollem Magen lasse es sich leichter sterben als mit leerem. Nach dem Essen begannen die Männer sich gegen den Feind zu rüsten, wobei es viel Hin- und Herreden gab. Nasenmann, der bis jetzt immer der erste gewesen war, meinte jetzt, er habe dieses Ehrenamt lange genug bekleidet und wünschte, daß ein Anderer an seine Stelle träte. Aber die Andern sträubten sich dagegen und sagten, es wäre nicht in der Ordnung, wenn sie sich vor ihren Vorgesetzten drängen wollten; Muth hätten sie genug, nur keinen Körper, der mit ihrem Muthe gleichen Schritt hielte.

Dreikraftmann meinte, ob es denn nicht das Beste wäre, wenn Einer für alle Andern stürbe und der Hauptmann dies auf sich nähme, aber Nasenmann schrie, daß der Wald wiederhallte: »So haben wir nicht gewettet! Wer einen guten Rath zu geben weiß, der hat auch die Pflicht, meine ich, selber diesem Rathe gemäß zu handeln!« Nachdem sie noch eine Zeit lang gezankt und hin und her gestritten hatten, so einigten sie sich endlich dahin, daß Alle gleichzeitig mit der Lanze auf den Feind eindringen sollten, nahmen die Lanze auf die Achseln und zogen in alter Weise dem Walde zu, wo das böse Unthier hauste. Bevor sie den Wald erreichten, mußten sie über ein Blachfeld, da war eine Dame vom Espenhain oder gerade heraus gesagt — ein Hase, der sich eben gesetzt hatte und seine langen Ohren emporstreckte. Dieser gräßliche Anblick erschreckte die Schneider dergestalt, daß sie sogleich still standen und sich beriethen, ob sie vorwärts gehen, gerade auf das gräßliche Unthier losstürmen und es mit ihrer langen scharfen Lanze durchbohren sollten, oder ob es nicht besser sei, die Flucht zu ergreifen, ehe das Thier über sie herfalle und Einen nach dem Andern hinunterschlucke. Da nun Schwanzmann der hinterste und durch sechs Mann vor sich geschützt war, so schwoll seine Verwegenheit so sehr an, daß er dem Nasenmann zurief: »Stoß den Feind nieder, wir helfen ja von hinten nach!« Aber Nasenmann erwiderte: »Du hast gut schwatzen, du bist durch Andere gedeckt, wärest du an meiner Stelle, so fiele das Herz dir wohl zwanzig Mal in die Hosen.« So haderten die Männer eine Weile; Einer gab immer dem Andern Schuld, daß man nicht gerade auf den Feind losgehe, Allen aber standen vor Furcht die Haare zu Berge wie die Schweinsborsten. Endlich aber rief Nasenmann: »Gehen wir denn, ihr Männer, gerade drauf los!« kniff die Augen zu und stürmte vorwärts, dabei schrie er aus Leibeskräften: »Hurjo! hurjo«! worauf der Hase nach dem Walde davonlief. Als Nasenmann nach dem Feinde blinzelte und seine Flucht sah, rief er vor Freude: »Er weicht schon, er weicht schon, er weicht schon! eben so gut könnte man die Luft greifen! Seht, Männer, seht! er läuft wie ein Hase! sollte es nicht gar ein Hase sein?« Dreikraftmann sagte: »Ich weiß nicht, Brüderchen, wo du deine Augen gelassen hast? das Thier hat die Größe eines Füllens!« Vierkraftmann wollte dies berichtigen und meinte, das Thier sei doch wohl so hoch wie ein Pferd, Fünfkraftmann sagte: »meinem Auge erscheint ein Ochs, mit diesem Thiere verglichen, kleiner als ein junger Hund.« Schwanzmann aber meinte, das Thier habe die Höhe eines Heuschobers. So konnten die Männer sich lange nicht einigen über die Größe des Thieres, das aber mußten sie zuletzt Alle einräumen, daß der Unhold auf den ersten Anblick allerdings einen Körper habe, wie ein Hase, jedoch um Vieles größer sei als ein Hirsch.

Als nun die Türkenlands-Kämpfer aus der eben beschriebenen Fährlichkeit Alle glücklich mit dem Leben und mit gesunden Gliedmaßen davon gekommen waren, wurde zur Stärkung ein Imbiß genommen; dann überlegten sie, was nun zunächst zu thun sei. Daß sie bislang auf ihrem Zuge mehr als genug wackere Thaten vollbracht, welche im Gedächtniß der Nachkommen fortleben würden, das fühlte Jeder von ihnen. Und ein Jeglicher war dessen froh, daß er an seinem Theile ein Mann gewesen sei, den keine Drangsal vom rechten Pfade hatte ablenken können.

Nach langem Rathschlagen wurde beschlossen, wie folgt: »Wer so viele Tage lang Hitze und Beschwerden ertragen, wie wir sieben, der hat ein volles Recht heimzukehren und fortan unter dem Schatten des Ehren- und Ruhmesbaums, welchen vereinte Tapferkeit gepflanzt, die Tage seines Alters zu verleben. Lanze und Seehundshaut aber sollen zu ewigem Gedächtniß an einem passenden Orte aufgehängt werden, den Nachkommen zur Schau, damit alle Schneider Kunde erhalten von den Thaten, welche ihre Vorväter auf der Welt verrichteten.«

Ob gegenwärtig noch Ueberbleibsel von dem berühmten Schlachtspeer und von der »Seehundshaut« vorhanden sind, weiß ich nicht mit Sicherheit anzugeben, was aber männiglich bekannt ist, das ist der Schneider Mu t h und Tapferkeit. Diese von ihren Vorfahren überkommenen Eigenschaften sind das Erbtheil aller Schneider und werden ihnen verbleiben bis an der Welt Ende.

14. Der Glücksrubel.

Einmal lebte ein wohlhabender Bauersmann, der hatte drei Söhne, von denen die beiden älteren ganz gescheidte Männer waren; nur der jüngste Sohn hatte sich von Kindheit auf etwas einfältig gezeigt, so daß er mit keinerlei Arbeit ordentlich zurecht kommen konnte. Als der Vater auf dem Todbette lag, redete er so zu seinen Söhnen: »Da meine Lebenstage sich, wie ich glaube, zu Ende neigen und ich von dieser Welt abgerufen werde, so sollt ihr die Erbschaft dergestalt theilen, daß die beiden älteren Brüder das Vermögen zu gleichen Theilen erhalten, und wenn sie wollen auch das Ackerland jeder zur Hälfte nehmen. Sollte Einer von Beiden wünschen, allein auf dem Hofe zu bleiben, so muß er dem andern Bruder so viel Geld auszahlen als das halbe Grundstück werth ist. Du, Peter, mein jüngster Sohn, taugst weder zum Hofherrn noch zu Anderer Knecht, darum mußt du auswandern und in der weiten Welt dein Glück versuchen. Deine Taufmutter schenkte am Tauftage einen alten Silberrubel, den sie Glücksgeld nannte und dir mitzugeben hieß, wenn du einmal das elterliche Haus verlassen solltest. Sie setzte hinzu: so lange mein Taufsohn den Glücksrubel in der Tasche hat, kann er allenthalben leicht durchkommen, weil Noth und Elend einem Glückskinde nichts anhaben können. Also nimm jetzt die Pathengabe und versuche wie du mit Hülfe derselben durchkommst.« — Am folgenden Tage gab der Vater den Geist auf. Die Söhne drückten ihm die Augen zu und begruben ihn. Da die beiden älteren Brüder noch Junggesellen waren, so blieben sie beisammen auf ihres Vaters Hofe. Sie hängten ihrem jüngeren Bruder einen Brotsack über die Schulter, der für einen Mann mindestens eine Woche lang Nahrung enthielt, und sagten: »Geh jetzt und suche den Glücksweg!« Peter ging pfeifend zur Pforte hinaus und schlug den Weg gen Morgen ein, indem er dachte: wenn die Sonne Morgens aufgeht, so giebt sie mir die Richtung an, so daß ich nicht zu fürchten brauche mich zu verirren. So lange er Vorrath im Brotsack fand, hatte er nicht die geringste Sorge, sondern zog singend und pfeifend dahin und kam immer weiter von Hause. Als er nach einigen Tagen wieder Mahlzeit hielt, fand er, daß der Sack nun leer war, das machte ihm aber weiter keine Noth, da er sich jetzt satt gegessen hatte. Als er am nächsten Morgen erwachte, fuhr er mit der Hand in den Brotsack — allein der war eben so leer wie sein Magen. Mit schwerem Herzen ging er eine Weile weiter, setzte sich dann nieder um zu verschnaufen und überlegte was er jetzt thun solle, um den knurrenden Magen zu beschwichtigen. Der Rubel stack zwar unberührt in seiner Tasche, aber was konnte ihm der hier helfen, wo Niemand in der Nähe war, dem er Brot hätte abkaufen können. Er lehnte das Haupt an einen Stein und streckte den Körper auf den Rasen, in der Hoffnung, daß ihm der Schlaf vielleicht Rath bringe. Als er erwachte, sah er einen fremden alten Mann neben sich sitzen, der einen langen weißen Bart aber nur ein Auge hatte. Dies Auge stand mitten auf der Stirn über der Nase; da wo sonst bei Menschen die Augen stehen, hatte der Alte zwei große Warzen, welche wie die Hörner eines Bocklamms aussahen. Drei große schwarze Hunde, immer einer größer als der andere, lagen dem Alten zu Füßen.

Der Alte betrachtete mit seinem einen Auge den Peter genau und fragte dann: »Bauer, hast du nicht Lust mir die Hunde abzukaufen? Ich lasse sie dir wohlfeil.« Peter erwiderte: »Ich habe selber nichts zu brocken noch zu beißen, was soll ich den Hunden geben?« Der Alte lachte und sagte: »Nun, damit würdest du schon zurecht kommen. Meine Hunde verlangen nichts von dir, sondern können dir noch obendrein Nahrung schaffen.« »Sind es denn etwa Jagdhunde,« fragte Peter, »die alle Tage Wild fangen und so ihrem Herrn den Braten bringen?« Der Alte erwiderte: »Meine Hunde sind besser als gewöhnliche Jagdhunde. Wenn du die Katze nicht im Sacke kaufen magst, so will ich dir gleich zeigen, welchen Nutzen diese Hunde ihrem Herrn bringen.« Er tippte dann dem kleinsten Hunde mit dem Finger auf den Kopf und befahl: »Lauf-hol-Essen!« Der Hund sprang auf und lief wie der Wind davon, so daß er bald verschwunden war. In weniger als einer halben Stunde kam er zurück, einen Handkorb im Maule. Unaussprechlich groß war Peters Freude, als er den Korb mit den schmackhaftesten Speisen gefüllt fand, Schweinefleisch, frische Fische, Würste und Kuchen. Er aß, daß ihm der Leib zu platzen drohte. Dann sagte der Alte: »Was übrig bleibt, mußt du den Hunden geben, weil der Korb jedesmal geleert werden muß und nicht der kleinste Bissen übrig bleiben darf. Petern that es zwar Leid, den Rest den Hunden zu geben, er wagte aber nicht sich dem Alten zu widersetzen, dem er es doch verdankte, daß er jetzt satt geworden war. Zaghaft sagte er dann: »Den kleinsten Hund da würde ich gern kaufen, wenn ich Geld genug hätte, aber mein Vermögen besteht im Ganzen aus einem Silberrubel; mehr habe ich nicht hinter Leib und Seele. Willst du den Hund um diesen Preis verkaufen, so wollen wir den Handel sogleich abschließen.« Der Alte war mit dem gebotenen Preis zufrieden, fügte aber hinzu: »Man darf diese Hunde niemals voneinander trennen, sonst würde für den Herrn wie für die Hunde Unheil entstehen. Wenn du nicht mehr Geld hast als einen Silberrubel, so verkaufe ich dir dafür den kleinsten Hund und schenke dir die beiden andern dazu. Du wirst mit deinem Kaufe gewiß zufrieden sein. Der erste Hund heißt, wie du gehört hast: Lauf-hol-Essen, der mittlere heißt: Reiß-nieder und der größte: Brich-Eisen! Sollte dir irgend etwas zustoßen, wobei du der Hunde bedürftest, so rufe nur denjenigen bei Namen, dessen Hülfe du gerade brauchst und dein Verlangen wird erfüllt werden. Wie dich der kleinste täglich mit Nahrung versorgt, so werden die beiden andern dich gegen den Feind schützen.« Dann rief er den Hunden zu: »Hier steht euer neuer Herr!« Die Hunde wedelten mit dem Schwanze und leckten Petern die Hand, als wollten sie zu erkennen geben, daß sie die Weisung verstanden hatten. Beim Abschiede berührte des Alten Finger die Stirn Peter's, es durchfuhr ihn plötzlich wie ein Blitz, aber in demselben Augenblicke war auch der Alte verschwunden, ob in die Luft zerflossen oder zu Staub verweht, das ist Peter'n niemals klar geworden. — Wunderbarer Weise schien es, als hätte des Alten Finger Petern und Alles was vor ihm lag, mit einem Male verwandelt — denn noch nie war ihm die Welt so schön erschienen wie jetzt, und zugleich war in ihn selbst ein anderer Geist eingezogen. Peter sprach zu sich selbst: »Bisher habe ich wie in einer dichten Nebelhülle gelebt, aus welcher ich heute in die Helle getreten bin.« Die Hunde sahen ihn klug an und wedelten mit den Schwänzen, als wollten sie dadurch andeuten: du hast Recht. Nachdem Peter eine Weile über den wunderbaren Vorfall nachgesonnen hatte, machte er sich auf, um seine Wanderung fortzusetzen. Als er am Abend zufällig in die Tasche griff, fand er seinen Rubel und konnte sich schlechterdings nicht erklären, wie das Geld dahin gekommen sei, weil er genau wußte, daß er den Rubel für den Hund dem Alten gegeben, und daß dieser das Geld vor seinen Augen in die Tasche gesteckt hatte. Wie konnte der Rubel von da zurückkommen? Lauf-hol-Essen hatte laut Befehl die Abendmahlzeit geholt, welche für den Herrn und seine Hunde hinreichte; eben so ging es am andern Morgen. Aber die närrische Geschichte mit dem Gelde wollte Petern nicht aus dem Kopfe, er nahm sich darum vor, der Sache auf den Grund zu kommen. Er tauschte seinen Rock gegen den besseren eines ihm begegnenden Mannes, und gab den Rubel als Aufgeld. Als er eine Meile weiter gegangen war, fand er seinen Rubel wieder in seiner Tasche. Jetzt erst merkte er, wie die Sache mit dem Rubel stand, der immer wieder in seines Herrn Tasche zurück schlüpfte, so oft er auch bei einem Handel ausgegeben wurde. Er kaufte sich nun alle Tage Kleider und sonstige Bedürfnisse, oder auch allerlei Tand, wie das die Reichen thun, gleichwohl blieb sein Pathengeschenk immer in seiner Tasche. Auf welche Weise der Rubel aus fremder Hand da hinein kam, das konnte sich der Besitzer freilich nicht erklären. Aber er dachte vergnügten Sinnes: ich könnte, wenn ich wollte, die ganze Welt durchstreifen, weil es mir nirgends an Nahrung und Geld gebräche.

Peter war nun schon eine geraume Zeit von einem Orte zum andern gezogen, als er eines Tages auf einen Wald zuschritt; die Hunde hoben die Nasen schnuppernd in die Höhe und sahen wieder auf ihren Herrn, als wollten sie sagen: hier ist etwas nicht geheuer, sieh dich vor! Peter ging weiter und sah, daß die Hunde immer unruhiger wurden, doch konnte er nichts Befremdliches entdecken. Da hörte er plötzlich von weitem das Geräusch von Rädern, wie wenn ein schweres Fuhrwerk Schritt für Schritt heraufkomme. Dann gewahrte er eine Kutsche mit vier schwarzen Pferden und es war als ob sie einen Leichenwagen zögen, denn die Kutsche war mit schwarzen Decken behangen und auch der Kutscher trug schwarze Kleider. Die Pferde ließen Köpfe und Ohren hängen, als empfänden auch sie Trauer. Als Peter in's Kutschenfenster hineinlugte, sah er eine junge bleiche Dame in schwarzen Trauerkleidern allein in der Kutsche sitzen; sie weinte bitterlich und wischte sich von Zeit zu Zeit mit einem feinen weißen Tuche die Thränen von den Wangen. Peter fragte den Kutscher, was die Sache zu bedeuten habe, erhielt aber keine Antwort. Da fuhr Peter ihn heftig an:

»Schlingel! willst du die Pferde anhalten und mir antworten? Sonst werde ich dir das Maul aufmachen, daß du reden lernst!« — Als der Kutscher den Mann und seine großen Hunde ansah, meinte er doch, daß hier nicht zu spaßen sei, hielt die Pferde an und berichtete, daß da im Walde ein gräuliches Ungeheuer hause, das halb wie ein ungeheurer Bär und halb wieder wie ein Vogel geformt sei, so daß es ebenso gut auf der Erde einherschreiten, als fliegen könne. Dieses gräuliche Unthier verschlinge ringsum im Königreiche eine große Menge Menschen und Thiere und würde schon längst das Land ganz von lebenden Wesen entblößt haben, wenn ihm nicht jedes Jahr an einem bestimmten Tage eine unschuldige Jungfrau zum Opfer geführt würde, welche das Thier augenblicklich herunterschlinge. Der König lasse zu diesem Behuf aus dem ganzen Reiche alle unschuldigen sechzehnjährigen Mädchen zusammenkommen und unter ihnen das Loos werfen, um zu entscheiden, an welche Unglückliche die Reihe zu sterben komme. Diesmal sei das Todesloos auf die einzige Tochter des Königs gefallen, welche jetzt dem Thiere zum Fraße gebracht werde. Obwohl der König und seine Unterthanen in tiefster Betrübniß seien, so könne Niemand der Sache abhelfen oder ihr eine andere Wendung geben, weil das Gelöbniß erfüllt werden müsse, ohne Rücksicht darauf, ob das Mädchen reich oder arm, hochgeboren oder gering sei.« Peter empfand inniges Mitleid, als er des Kutschers Erzählung vernommen hatte und die tiefe Traurigkeit der unglücklichen Königstochter sah. Er beschloß sogleich, die Jungfrau auf ihrem Todeswege zu begleiten. Da nun die Kutsche Schritt für Schritt weiter fuhr, folgte Peter mit seinen Hunden nach. Als sie endlich an einen hohen Berg kamen, der mitten im Walde stand, hielt der Kutscher die Pferde an und bat die Königstochter, auszusteigen, weil sie nun an die Grenze gekommen seien, welche Leben und Tod scheide. Ohne ein Wort zu verlieren, wie ein Lämmlein, stieg die schöne Königstochter aus der Kutsche und ging den Berg hinauf. Peter wollte sofort hinterdrein, aber der Kutscher rief: »Bauer! laß die Narrenspossen bleiben! Du kannst dein Leben eben so gut einbüßen, wie die Jungfrau und die Sache stände darum doch nicht besser.« Peter erwiderte zuversichtlich: »Das ist meine Sache und nicht die deinige!« und schritt kühn vorwärts. Die vom Weinen geschwollenen Augen der Königstochter blickten wie dankend auf ihn und die schwarzen Hunde wedelten fröhlich mit dem Schwanze, als wollten sie sagen: das ist braven Mannes Art! — Sie hatten noch nicht den dritten Theil des Berges erklettert, als plötzlich ein Brausen und Tosen sich erhob, als ob ein schweres Hagelwetter im Anzuge sei. Vom Kamme des Berges herab wälzte sich ein gräßliches Thier, dessen Oberleib bärenartig, aber viel höher war, als das größte Pferd; statt der Haare bedeckten Schuppen den Körper, zwei krumme Hörner standen am Kopfe und zwei lange Flügel am Rücken, fußlange Zähne wie Schweinshauer ragten aus dem Rachen hervor, an Vorder- und Hinterpfoten hatte es lange Klauen. Das gräßliche Raubthier mochte noch einige zwanzig Schritte von der Königstochter entfernt sein, als es seine lange Zunge herausstreckte, mit welcher es wie eine Schlange die Jungfrau erst stechen wollte, bevor es sie verschlang, aber in demselben Augenblicke rief Peter unerschrocken: »Beiß-nieder!« Als das Unthier die Stimme des Mannes hörte, funkelten seine Augen wie Feuer und sein Athem dampfte wie Badstubenbrodem, aber schon war der schwarze Hund, dem Befehle seines Herrn gehorchend, mit Blitzesschnelle herangesprungen und im Kampfe mit dem Ungeheuer begriffen. Sehr gewandt wußte der Hund sich vor des Thieres Rachen und Klauen zu wahren, sprang demselben zwischen den Beinen durch unter den Leib, grub sich mit den Zähnen ein und biß so lange, bis die Eingeweide aus dem Leibe heraushingen und des Hundes Zähne das Herz packten. Da fiel das gräuliche Thier mit der Wucht eines Felsens nieder, daß der ganze Berg unter seiner Last bebte und hauchte nach kurzer Zeit sein böses Leben aus. Der Hund aber, obwohl er zehnmal kleiner war, fraß das Unthier rein auf mit Haut und Haaren, so daß nichts weiter übrig blieb als die beiden Hörner und die vier langen Hauer. Diese Reste hob Peter auf und steckte sie in seinen Sack. Dann eilte er der Königstochter zu Hülfe, welcher Furcht und Schrecken die Besinnung geraubt hatten und die ohnmächtig da lag. Peter holte in seinem Hute aus der nahen Quelle kaltes Wasser und benetzte damit Stirn und Wangen der Jungfrau so lange, bis die Schwäche verging. Wie aus einem langen Schlafe erwachend, mußte sie sich eine Weile besinnen, was mit ihr geschehen sei, als sie aber das gräßliche Thier nicht mehr vorfand, hielt sie sich für gerettet, fiel vor ihrem Retter auf die Knie und dankte ihm unter Thränen mit liebreichen Worten. Dann bat sie ihn, sich mit ihr in die Kutsche zu setzen und zum Könige zu fahren, um seinen verdienten Lohn zu fordern, der ihm sicher nicht kärglich, sondern königlich würde gereicht werden. Peter dankte für das freundliche Anerbieten und erwiderte dann: »Ich bin noch jung und unerfahren, darum getraue ich mich noch nicht vor dem Könige zu erscheinen. Ich will mich erst noch länger in der Welt umsehen, und wenn der himmlische Vater mir Leben und Gesundheit giebt, da komme ich nach drei Jahren zurück.« So trennten sie sich. Die Königstochter setzte sich in die Kutsche und fuhr zu ihrem Vater zurück; Peter setzte seine Wanderung nach fremden Ländern fort.

Dem Kutscher aber kam ein böser Gedanke. Er hatte das Gespräch mit angehört, welches die Königstochter mit Petern geführt hatte und hielt es für gerathen, sich selber für den Retter der Königstochter auszugeben und den großen Lohn einzustreichen. Als sie nun im Waldesdickicht an eine

Stelle kamen, wo ein steiler Abhang eine tiefe Schlucht begrenzte, stieg er ab und sagte zur Königstochter: »Euer Erretter ist seine Straße gezogen und wird sicherlich niemals wiederkehren, um von euch und von eurem Vater den Lohn für seine That zu fordern. Ich glaube deshalb, daß es eure Pflicht wäre, mir diesen Lohn zu zahlen, weil ich den jungen Mann gedungen hatte, euch zu helfen, er wäre sonst nicht erschienen. Sagt also eurem Vater, wenn wir heim kommen, daß ich euch aus den Klauen des Unthiers gerettet und das Geschöpf der Hölle erschlagen habe, so daß es Keinem mehr ein Leid zufügen kann: dann wird mir der Lohn ausgezahlt.« Die Königstochter erwiderte: »Das wäre erstens eine offenbare Lüge und zweitens ein schweres Unrecht, wenn der Mann, der den Lohn verdient hat, ihn einbüßte und ein anderer ihn erhielte, der nichts gethan hat. Gott bewahre mich vor einer solchen Sünde!« Der Kutscher runzelte die Stirn und rief zornig: »Wohl, es sei denn, wie ihr selber wollt! Lebendig sollt ihr aus meiner Hand nicht mehr entkommen! Bereitet euch zum Tode!«

Die Königstochter fiel vor ihm auf die Knie nieder und bat um Barmherzigkeit, aber das Kieselherz des Bösewichtes kannte kein Erbarmen, vielmehr sagte er mit hartem Tone: »Wählet zwischen zwei Dingen — was ihr für besser haltet: entweder ihr sagt eurem Vater, daß ich das Unthier erschlagen habe, oder, wenn ihr diese Lüge nicht hervorbringen wollt, stürze ich euch den Abhang hinunter in die Tiefe, wo euch der Mund auf ewig geschlossen bleibt. Zu Hause sage ich, daß das Unthier euch verschlungen hat, wie alle anderen Jungfrauen vor euch, und damit ist die Sache aus.« Jetzt sah die Königstochter, daß hier weiter keine Hoffnung auf Befreiung war, wenn sie sich dem tückischen Kutscher länger widersetzte, darum versprach sie, ihrem Vater die Lüge vorzutragen, die ihr der Kutscher angegeben hatte, mußte aber erst mit einem schweren Eide betheuern, daß sie diese Lüge auch wirklich als Wahrheit aufrecht erhalten und keiner Seele mit einem Worte verrathen wolle, was sich heute begeben hatte. Starr vor Angst und Schrecken hatte die Königstochter des ruchlosen Mannes Geheiß erfüllt, aber je näher sie dem Vaterhause kam, desto schwerer wurde ihr das Herz. Sie konnte aber ihren Schwur nicht verletzen, sondern mußte den Kutscher als ihren Retter nennen. Grenzenlos war der Einwohnerschaft wie des Königs Freude, als die für todt beweinte Jungfrau lebendig und gesund zurückkam und zugleich die Nachricht brachte, daß das Unthier vernichtet sei und fortan Niemand mehr sich vor demselben zu fürchten brauche. Die Trauerkleider wurden jetzt abgethan und statt ihrer Freudengewänder angelegt. Der König fiel seiner Tochter weinend um den Hals und konnte lange kein Wort hervorbringen; als er endlich die Sprache wiederfand, dankte er dem Retter seiner Tochter und reichte ihm die Hand mit den Worten: »Dank und Preis dir, geehrter Mann! Du hast nicht nur mein einziges Kind aus dem Rachen des Todes befreit, sondern auch das ganze Reich aus des schlimmsten Feindes Gewalt erlöst. Für diese große Wohlthat will ich dich belohnen und dir meinen theuersten Schatz geben; du sollst meines Töchterchens Gemahl und mein Schwiegersohn werden. Da aber meine Tochter noch sehr jung ist, so kann die Hochzeit erst nach Jahresfrist stattfinden.« Darnach wurde der Kutscher auf's prächtigste gekleidet und zum höchsten Range erhoben, wo er denn Tag für Tag in großer Ehre und Herrlichkeit lebte, und seines früheren Standes, da er ein niederer Diener gewesen war, nicht mehr gedachte.

Anders ließ sich die Sache mit der Königstochter an, welche heftig erschrack, als sie vernahm, daß der Vater sie selbst dem Retter zum Lohne versprochen. Sie war sehr betrübt und vergoß oft heimlich Thränen. Weil aber ihre Zunge durch einen schweren Eid gebunden war, durfte sie Niemandem erzählen, wie es sich mit ihrer Rettung verhielt, noch weniger aber verlauten lassen, was ihr Herz Nacht und Tag quälte, daß sie nämlich nicht ihres geliebten wahren Erretters Lebensgefährtin werden konnte. Als das Jahr vorüber war, brachte sie gleich die Bitte vor, man möge noch ein Jahr mit der Hochzeit warten; das war freilich nicht nach dem Sinne des Bräutigams, er mußte sich aber fügen, da der König seiner Tochter die Bitte gewährte. Als aber nach Ablauf des zweiten Jahres die Tochter abermals mit der Bitte vor den Vater trat, die Frist hinauszuschieben, rief er aus: »Du undankbares Geschöpf! warum willst du diesen wackern Mann nicht heirathen, der dich aus dem Rachen des Unthiers erlöst und mein ganzes Königreich von einer schweren Geißel befreit hat!« Die Tochter war bleich geworden wie der Tod und war dem Vater zu Füßen gefallen: sie sagte nichts weiter als: »O wie glücklich wäre ich jetzt, wenn das Unthier mich heute vor zwei Jahren verschlungen hätte!« Diese, im Tone des Kummers gesprochenen Worte drangen dem Vater wie Feuerpfeile durch's Herz, er hob seine Tochter vom Boden auf, nahm sie auf seine Kniee und sagte: »Noch einmal, liebes Kind, zum letzten Male will ich deiner Bitte Gehör schenken, aber heute über's Jahr kann dich keine Macht länger vor der Hochzeit schützen; weil ich dich mit meinem Königswort deinem Retter zugesagt habe.« Die Tochter dankte für diesen neuen Beweis väterlicher Liebe und hoffte noch immer darauf, daß der theure Jüngling, der sie aus den Klauen des Todes errettet hatte, sein Versprechen halten und nach drei Jahren zurückkehren werde. Viel schneller als sie hoffte und dachte, schwand das dritte Jahr dahin, und ging zu Ende, ohne daß von des fremden Mannes Ankunft etwas verlautet hätte.

Die Königstochter wußte im Voraus, daß sie von ihrem Vater keine Verlängerung der Frist mehr erbitten dürfe, darum sah sie ruhig die Vorkehrungen zur Hochzeit mit an, weinte bisweilen in der Stille und flehte zu Gott um Hülfe. In der Nacht vor dem für die Hochzeit festgesetzten Tage träumte ihr, daß ein alter einäugiger Mann mit grauem Barte gekommen war um sie zu trösten. Der Alte hatte gesagt: »sei getrost und unverzagt! Einem höheren Auge kann Unrecht nie verborgen bleiben, wenn es sich auch menschlicher Kunde entzöge.« Beim Erwachen fühlte die Königstochter neue Kraft und Hoffnung im Busen.

Nun geschah es, daß an demselben Tage, wo die Hochzeit der Königstochter stattfand und die ganze Stadt deshalb im Festjubel war, daß ein fremder Mann mit drei schwarzen Hunden zum Thore hereinkam. Er erkundigte sich, warum wohl die Leute so sehr vergnügt seien und erhielt Bescheid, daß gerade die Hochzeit der Königstochter gefeiert werde und daß sie den Mann heirathe, der sie vor drei Jahren den Zähnen eines gräulichen Unthiers entrissen habe. Der Fremde fragte weiter: »Sagt mir doch, wo dieser Retter ist?« »Nun« — war die Antwort — »wo anders als in des Königs Hause, da der Bräutigam ja immer neben der Braut sitzt.« Da rief der Fremde zornig: »Laßt mich vor den König, ich will ihm klar machen, daß er seine Tochter einem verworfenen Betrüger überliefert. Laßt mich mit dem Könige reden!«

Die Wächter an der Pforte des Königshauses glaubten es mit einem Verrückten zu thun zu haben, darum nahmen sie ihn fest, legten ihm Fesseln an Hände und Füße und warfen ihn dann in ein mit eisernen Riegeln wohlverwahrtes Gefängniß, damit die Festfreude nicht durch einen Tollen gestört werde. Jetzt sah Peter ein, daß er die Sache wie ein Hitzkopf angefaßt hatte und bereute seine Leidenschaft, weil die Königstochter nun eines Andern Weib ward, während er im Kerker in Ketten sitzen mußte. Da hört er unter dem Fenster des Gefängnisses ein Kratzen und Hundegeheul und

170

denkt: meine treuen Hunde wollen zu mir, vielleicht kann ich mit ihrer Hülfe befreit werden. Zum Glücke fällt ihm ein, den dritten Hund zu Hülfe zu rufen und kaum hat er »Brich-Eisen!« herausgebracht, so hat auch schon das größte der schwarzen Thiere seine Pfoten an den Eisengittern des Fensters, welche unter der Kraft des Hundes wie altes Bandeisen brechen. Der Hund springt zum Fenster herein, zernagt seines Herrn Hand- und Fußfesseln, als wäre es Heedegarn, und springt dann wieder zum Fenster hinaus, Peter ihm nach. Da ihm so aus der Noth geholfen war, überlegt er was weiter zu thun ist, damit die Königstochter nicht das Opfer eines Frevels werde. Als er jetzt Hunger spürte, rief er den ersten Hund: »Lauf-hol-Essen!« Der Hund lief mit Windeseile und kam bald mit einem Handkorbe zurück; die Speisen darin waren mit einem feinen weißen Taschentuch bedeckt und ein goldener Ring war in den Zipfel des Tuches eingebunden; auf dem Ringe fand Peter den Namen der Königstochter eingegraben, und daraus schöpfte sein Herz wieder neue Hoffnung.

Die Sache mit dem Tuche und dem Ringe verhielt sich so. Der König saß mit seinen vornehmen Gästen bei Tafel, ihm zur Rechten seine Tochter und zur Linken der Bräutigam, der vormalige Kutscher, welcher heute durch die Trauung Schwiegersohn des Königs werden sollte. Da kommt ein schwarzer Hund, einen leeren Korb im Maule, in's Gemach gelaufen, gerade auf den Stuhl der Königstochter los, sieht die Jungfrau mit bittenden Augen an und leckt ihr die Hand, als wollte er sagen: thut ihr mir nicht auch Speise in den Korb? Die Hände der Königstochter geriethen vor Herzensfreude in ein leichtes Zittern, denn sie hatte den schönen Hund augenblicklich als den ihres Erretters wieder erkannt. Sie nahm darum vom Tische Fleisch und Fisch nebst süßem Gebäck und that Alles in den Korb; zugleich zog sie ihren Verlobungsring vom Finger, band ihn in einen

Zipfel ihres Tuches und bedeckte dann mit diesem den Korb. Der Hund ging mit dem Korbe davon; die Königstochter aber sagte dem Könige einige Worte heimlich in's Ohr, worauf sich der König von der Tafel erhob, die Tochter bei der Hand nahm und mit ihr in ein abgelegenes Zimmer ging, wohin nach kurzer Zeit auch der Prediger gerufen wurde. Diesen fragte der König, ob ein Eid bindend sei, den ein Mensch in Todesnoth gezwungener Weise geschworen habe, um dadurch sein Leben aus Mörderhand zu retten. Der Prediger erwiderte: »ein abgezwungener Eid, den ein Mensch wider sein besseres Wissen und Wollen schwört, hat weder nach göttlichen noch nach menschlichen Gesetzen Gültigkeit, weil ein solcher Eid eben nichts bedeutet.« Jetzt offenbarte die Königstochter ihr Geheimniß und erzählte ausführlich, was ihr heute vor drei Jahren im Walde begegnet war. Der König befahl einigen Dienern, die Spur des Hundes zu verfolgen und wenn möglich den Herrn desselben ausfindig zu machen. — Diesen Mann sollten sie dann augenblicklich vor den König führen. Nach kurzer Zeit war der Mann gefunden und mit seinen drei Hunden vor den König gebracht. Die Königstochter erkannte sogleich ihren Retter, fiel ihm dankbewegt um den Hals und sagte: »Heute rettet ihr mein Leben zum zweiten Male aus der Gewalt eines bösen Thieres! Tausend und aber tausend Dank für diese Liebe und Wohlthat!«

Der König begab sich nun mit seiner Tochter wieder zur Tafel und hieß Petern so lange warten, bis er ihn rufen lasse. An der Tafel warf der König die Frage auf: was für eine Strafe einem Menschen gebühre, der eines Andern wackere That verheimliche und dessen verdienten Lohn sich zueigne? — Der vormalige Kutscher dachte, ich will nun zeigen, was ich für ein tüchtiger Richter bin, und erwiderte auf des Königs Frage: »Ein solcher Uebelthäter verdiente nichts Besseres, als daß ihm ein Mühlstein um den Hals gebunden und er in die

172

Tiefe des Meeres versenkt würde.« Darauf sagte der König: »Sehr wohl, ein solcher Spruch soll denn auch gefällt werden!« und befahl den Fremden in den Saal zu rufen. Als nun Peter mit seinen drei schwarzen Hunden eintrat, wurde der Kutscher bleich wie eine getünchte Wand, fiel vor dem Könige auf die Kniee und bat um Gnade. Der König sagte: »Du ruchloser Frevler hast dir selbst das Urtheil gesprochen und sollst nun auch die Strafe erleiden, die du angegeben hast. Damit aber unser schönes Hochzeitsfest deinetwegen nicht gestört werde, sollst du so lange im Gefängniß sitzen, bis die Hochzeit meiner Tochter vorüber ist.« Darauf wurde der Kutscher hinausgeführt, in Ketten gelegt und in's Gefängniß geworfen. Jetzt nahm Peter seine Beweisstücke aus dem Sacke, nämlich des Unthiers Hörner und Hauer, worauf ein lautes Freudengeschrei aus dem Munde der Hochzeitsgäste erscholl. Der König befahl Petern sich neben ihn auf des Kutschers Stuhl zu setzen und ließ ihn noch an demselben Abende als seinen Schwiegersohn mit der Prinzessin trauen. Hauer und Zähne des Unthiers wurden zu ewigem Gedächtniß in die königliche Kirche gebracht.

Nach vier Wochen, als die Festlichkeiten beendet waren, erlitt der Kutscher die verdiente Strafe, die er selbst angegeben hatte. Eines Tages aber trat Peter ehrerbietig vor den König und sagte, als niederer Leute Kind sei er jetzt durch ein unerwartetes Glück zum vornehmen Manne geworden, allein er habe daheim noch zwei ältere Brüder und bitte deshalb den König um Erlaubniß, sie kommen zu lassen, damit er nicht allein in Glück und Freude lebe, sondern auch seinen Brüdern das Leben leicht machen könne. Der König willigte ein und ließ auf der Stelle Befehl ergehen, daß Peter's Brüder herkommen sollten. An dem Tage wo die Brüder kamen und Peter sie freundlich empfing, fing der größte der schwarzen Hunde an mit menschlicher Zunge zu reden und sagte: »Jetzt ist unsere Zeit um,

sintemal wir so lange bei dir bleiben mußten, bis wir sehen
würden, ob du dich in deinem Glücke der Brüder erinnern
würdest. Dem himmlischen Vater sei Dank! du hast wie ein
rechter Mann in allen Stücken deine Pflicht gethan.«
Plötzlich waren die Hunde in Schwäne verwandelt, hoben
ihre Flügel und zogen davon. Wohin? das hat bis auf den
heutigen Tag Niemand weder gehört noch gesehen.

Peter lebte als Königs Eidam in großer Ehre und Pracht,
und half seinen Brüdern, so daß sie auch mit der Zeit
wohlhabende Leute wurden. Den Glücksrubel schenkte er
seines ältesten Bruders erstem Sohne als Pathengeschenk mit
den Worten: »Zieht er einst als Jüngling von Hause, dann
gebt ihm das Pathengeschenk mit auf die Reise, er kann
damit ebensogut durch die Welt kommen, wie ich
durchgekommen bin und mein Glück gefunden habe.

15. Der närrische Ochsenverkauf.

Ein Bauer hatte drei Söhne: die beiden älteren waren klug genug, der dritte aber etwas schwer von Begriffen. Vor seinem Tode traf der Vater die Anordnung, daß die älteren Söhne mit einander den Bauerhof übernehmen und ihren jüngeren Bruder ernähren sollten, da dieser nicht viel Hoffnung gab, daß er sich selber würde ernähren können; der Vater sprach ihm daher auch kein größeres Erbtheil zu als einen jungen Pflugstier. Da nun aber der Besitzer desselben nichts zu pflügen hatte, so nahmen die älteren Brüder wechselweise der eine heute, der andere morgen, den Stier ihres jüngeren Bruders zum Pflügen. Es läßt sich denken, daß bei solchem täglichen Pflügen kein Ochs gedeiht, zumal wenn die Peitsche dem Pflüger und der Ochs einem Andern gehört. Da kommt eines Tages zufällig ein Fremder, sieht die Geschichte mit dem Ochsen und setzt dem jüngeren Bruder einen Floh[44] in's Ohr, indem er sagt: »Meinst du, daß der Ochs vor dem Pfluge gedeiht, wenn du ihn täglich fremden Händen überlässest? Sei kein Thor, nimm lieber deinen Ochsen, verkaufe ihn auf dem Markte und stecke das Geld in die Tasche, dann weißt du was du hast.« Der junge Mann sah ein, daß der Bauer Recht habe, nahm seinen Brüdern den Ochsen weg, fütterte ihn bis zum Herbst, band ihm dann einen Halfter an seinen Hörnern fest und machte sich auf, den Markt zu besuchen. Sein Weg führte durch einen großen Wald und ein schneidender Wind blies in die Wipfel, daß sie unaufhörlich hin und her schaukelten. Zwei dicht beisammen stehende Bäume streiften einander beim Hin- und Herschwanken und verursachten von Zeit zu Zeit ein Gequiek. Der Besitzer des Ochsens horcht auf, wieder trifft ein Quiek! sein Ohr, da fragt er: »Was? — fragst du nach meinem Ochsen?« Quiek!

tönt es vom Wipfel her zurück. Der Mann sagt: »Der Ochs ist mir feil; willst du den geforderten Preis zahlen, so nimm ihn.« Quiek! schallte es wieder von oben herab. Der Mann fragt weiter: »Willst du funfzig Rubel geben? so sind wir Handels einig!« Quiek! ist wieder die Antwort. »Gut,« sagt der Mann, »so sei es denn, willst du das Geld gleich zahlen?« — Die Windstöße hörten jetzt eine Weile auf, und darum blieb der Wald ruhig. »Oder vielleicht nach einem Jahre?« Quiek! erscholl zur Antwort. »Ganz wohl« spricht der Mann, »ich kann warten.« »Aber du Alter mußt Bürgschaft leisten, damit ich nicht um das Meinige komme,« so spricht er zu einem hohen Baumstumpf, der in seiner Nähe stand, »willst du?« Quiek! schallt es zur Antwort. »Mag es denn sein,« — spricht der Mann — »unser Handel ist abgemacht, heute über's Jahr komme ich, mein Geld zu heben, und du, Alterchen, gelobst mir dafür zu stehen, daß ich nicht um das Meinige komme!« Wiederum: Quiek! Der Mann bindet den verkauften Ochsen an den Stamm einer Kiefer, da er den Baum für den Käufer hält und kehrt dann nach Hause zurück. Die Brüder fragen, wo er den Ochsen gelassen hat. Er erwidert: »Ich habe den Ochsen für funfzig Rubel an einen Bauer verkauft.« Wo das Geld sei? »Das Geld wird mir heute über's Jahr ausgezahlt, so haben wir es abgemacht,« antwortet der jüngere Bruder. »Gewiß hast du dich von einem Schelm betrügen lassen, und wirst nicht einmal den Schwanz deines Ochsen wiedersehen, geschweige denn das Geld,« sagten die Brüder. Der jüngste aber entgegnet: »Das hat gar keine Gefahr. Es ist ein fester Handel und ich habe einen wackeren Bürgen, der aus eigener Tasche zahlt, wenn sich der Käufer weigern sollte. Das ist aber nicht zu befürchten, es sind beide ehrenwerthe Männer, sie haben keinen Kopeken herunter gehandelt, sondern ohne weiteres meinen Preis zugestanden.« Namen und Wohnort des Käufers und des Bürgen erfuhren jedoch die Brüder nicht und deßhalb besorgten sie nach wie vor, daß ein ruchloser Galgenstrick nebst seinem Helfershelfer ihren blödsinnigen Bruder betrogen habe. Dieser aber blieb dabei, daß er zur rechten Zeit sein Geld erhalten werde.

Nach Verlauf eines Jahres genau an dem Tage wo er vorigen Herbst seinen Ochsen verkauft hatte, macht er sich auf, um den Kaufpreis in Empfang zu nehmen. Die Luft war ruhig und konnte die Wipfel im Walde nicht in Bewegung bringen, darum war auch nirgends Gebrause noch Gequieke zu hören. Er geht weiter und findet den Ort, wo er voriges Jahr den Ochsen verkaufte, wieder — auch Käufer und Bürge standen auf demselben Flecke, aber der Ochs war nicht mehr zu sehen; vielleicht war er geschlachtet oder an einen Dritten verkauft. Der Mann fragt bei der Kiefer an: »Willst du mir jetzt meinen Ochsen bezahlen?« Die Kiefer läßt keine Silbe verlauten, auch auf die zweite und dritte Anfrage nicht. »Warte, Brüderchen!« ruft der Mann — »ich will dir den Mund öffnen!« rafft einen tüchtigen Prügel vom Boden und läßt damit solche Hiebe auf den Stamm der Kiefer regnen, daß der ganze Wald von dem Klatschen wiederhallt. Sieh da! der Bösewicht erträgt den Schmerz, sagt nichts und bezahlt auch nicht. »Auch gut« spricht der Mann. — »Der Bürge muß mir für die Schuld aufkommen und das Geld für den Ochsen hergeben.« »Du siehst, Alter, daß der Hund von Käufer nicht zahlen will, also mußt du mich laut Abmachung bezahlen. Gieb mir entweder den Ochsen wieder oder funfzig Rubel. Nun, was zauderst du noch? Der Mund war schneller im Versprechen als die Hand im Bezahlen!« — Der Stumpf konnte natürlich weder schwarz noch weiß reden, aber das setzte den Verkäufer in Feuer und Flammen. »Oho! ihr Bösewichter!« rief er zornig — »ich sehe, ihr seid beide Schurken!« So schimpfend schlug er auf den Stumpf los. Plötzlich stürzt der alte morsche Stumpf unter seinen wuchtigen Streichen krachend zu Boden. Aber, o Wunder! unter den Wurzeln kommt ein großer Geldtopf zum Vorschein, bis zum Rande mit Silbergeld angefüllt, das hier vor Alters, wer weiß wann, war vergraben worden. »Da seh' einer die Spitzbüberei«! ruft der Mann. »Der Käufer war ein Ehrenmann, der dir das Geld einhändigte und du wolltest es verleugnen und für dich behalten! Na, dafür hast du jetzt den gebührenden Lohn, da ich dich zu Boden geschlagen habe.« — Dann spricht er zur Kiefer: »Nimm's nicht übel, braver Mann, daß ich dir ohne Grund eine Tracht voll Prügel aufgeladen habe, aber du hast selbst die meiste Schuld, warum thatest du nicht zur rechten Zeit den Mund auf und sagtest mir, daß du ihm das Geld gabst, der uns jetzt Beide betrügen wollte.« Dann nahm er den Geldtopf auf die Schulter und machte sich auf den Heimweg. Die schwere Last zwang ihn, öfters auszuruhen. Unterwegs begegnet ihm der Prediger, der fragt: »Was trägst du so Schweres auf dem Nacken?« Der Mann erwidert: »Vorigen Herbst verkaufte ich einen Ochsen, der Kaufpreis ist mir heute ausgezahlt worden.« Darauf erzählt er umständlich, wie der Bürge ihn habe betrügen wollen, weßhalb er ihn auch zu Boden geschlagen habe. Der Prediger, der ihn als blödsinnig kannte, merkt bald wie die Sache mit dem Gelde eigentlich zugegangen ist, zugleich aber denkt er: hat der ein unverhofftes Glück gehabt, so kann er mir auch einen und den anderen Rubel verehren. »Gieb mir auch eine Handvoll von deinem Reichthum, Brüderchen, so hast du leichter zu tragen.« Der Mann wirft ihm eine Handvoll hin: »Da, nimm!« Da sagt der Prediger: »Gieb mir noch eine für meine Frau,« der Mann giebt sie, ebenso auch für die beiden Töchter, jeglicher ihr Theil. Da die Sache so glatt geht, denkt der Prediger, er könne auch für seinen Sohn betteln. »Unersättlicher Geizhals« ruft der Mann mit dem Gelde — »was lügst du? Du hast ja gar keinen Sohn! Meinst du vielleicht mir ebenso mitzuspielen wie der schuftige Bürge? Warte, ich will dir zeigen, wie man Betrügern lohnt!« Mit diesen Worten schlägt er dem Prediger mit dem Geldtopf

178

dermaßen vor den Kopf, daß der Topf zerbricht und der Prediger todt hinfällt. Unser Freund nimmt seinen Quersack von der Schulter, sammelt das Geld vom Boden auf und thut auch das hinein, welches er dem Prediger gegeben hatte; dann geht er nach Haus. Groß war am Abend das Erstaunen der älteren Brüder, als der von ihnen verspottete Ochsenverkäufer mit einem schweren Geldsack in's Zimmer trat, der lauter gutes Silber enthielt. Da erzählte er ihnen seine Begegnisse, und wie er erst den schurkischen Bürgen und danach den lügenhaften Prediger zu Boden geschlagen. Der letztere Fall weckte in den Brüdern die Besorgniß, daß sie mit verantwortlich gemacht werden könnten, sie gingen darum selbander fort, und brachten in der Dunkelheit des Predigers Leichnam heimlich nach Hause, wo sie ihn verbargen, um ihn bei erster Gelegenheit in aller Stille zu bestatten, damit die Leute der Sache nicht auf die Spur kommen und ihnen die That zuschreiben könnten. Aber ihr jüngster Bruder hatte ihren Gängen nachgespürt und den Ort entdeckt, wo sie den Prediger hingelegt hatten.

Als nun Frau und Töchter des Predigers sahen, daß derselbe spurlos verschwunden war, fürchteten sie, der alte Bursche (Teufel) möchte ihn geholt haben und wollten doch ein solches Gerücht nicht aufkommen lassen. — Sie sagten also, der Prediger sei ganz plötzlich verschieden, rüsteten einen prächtigen Begräbnißschmaus und legten statt des Todten Steine und Stroh in den Sarg. Die älteren Brüder, welche gemerkt hatten, daß der jüngste den todten Prediger hinter ihrem Rücken aufgefunden hatte, gruben in der Nacht ein Loch und legten den Todten hinein. Da aber dennoch zu befürchten war, daß ihres einfältigen Bruders Mund unnützes Zeug über sie schwatzen werde, so entschlossen sie sich einen Bock zu schlachten, der an derselben Stelle geborgen wurde, wo vorher der Todte gelegen hatte. Der Bock wurde mit einem weißen Leintuch bedeckt, dabei aber der Kopf dergestalt gelegt, daß der Bart ein wenig herausguckte.

Beide älteren Brüder waren zum Begräbniß des Predigers geladen, während der jüngste allein zu Hause blieb. Die Langeweile machte das Männlein verdrießlich: war er denn etwa schlechter als die anderen, daß er nicht zum Gastmahl geladen worden? Dann dachte er: haben sie mich nicht gebeten, so will ich ungebeten hingehen und ihnen zeigen, daß ich noch mehr Recht habe Theil zu nehmen als die Andern, weil ich ja doch die Veranlassung zu dem Gastmahl bin.

Als sich die Gäste nun eben um den Tisch setzten, trat er ein, und sagte: »Na, was soll denn das bedeuten? Ihr eßt und trinkt hier, mich aber vergeßt ihr einzuladen, der ich doch von Rechtswegen des Mahles Meister bin? Oder habt ihr vielleicht, oder haben meine Brüder den Prediger todt geschlagen? Keineswegs: denn ich versetzte ihm mit dem Geldtopfe einen Schlag an den Kopf für seine schamlose Habgier, da er mir durch Lügen mehr Geld abzwacken wollte als ihm ziemte. Erst gab ich ihm Geld, dann erhielt er für seine Frau und seine beiden Töchter je eine Handvoll für die vier, da wollte er auch noch für seinen Sohn haben. Ihr wißt aber so gut wie ich, daß so ein Sohn gar nicht vorhanden ist? Für diese unverschämte Lüge schlug ich ihm an den Kopf, obgleich ich nicht die Absicht hatte ihn todt zu schlagen, sondern nur für seine Habgier und Lüge zu züchtigen. Als meine Brüder ihn später nach Hause schafften, war er schon längst todt.«

So sprach der Blödsinnige der drei Brüder auf dem Leichenschmaus des Predigers. Obgleich nun die Leute wußten, daß er schwachköpfig war und daß man auf seine Reden nicht viel geben könne, so hielten es doch Einige für gut, die Sache näher zu prüfen. Die Brüder stellten Alles in

Abrede und straften ihres Bruders Reden Lügen. Dennoch begab man sich an den Ort, wo des Predigers Leichnam angeblich versteckt war, um nachzusehen. Der jüngste Bruder ging selber als Führer mit und zwar dahin, wo, wie er wußte, die Brüder den Todten versteckt hatten. Als man dort angekommen war, fand sich in der That ein todter in ein weißes Leintuch gehüllter Körper, dessen weißer Bart unter der Hülle hervorragte. Da rief der Führer ganz vergnügt: »Nun seht ihr jetzt? Sie haben den Alten schon mit dem Laken zugedeckt, aber der Bart guckt doch heraus. Nehmt das Laken fort, so werdet ihr den Prediger finden, den ich zu Boden schlug und werdet inne werden, daß mir von Rechtswegen der erste Platz an der Gasttafel gebührt!« Man zog die Decke vom Todten weg und fand einen — geschlachteten Bock, dem Hörner und Bart noch nicht abgeschnitten waren. Jetzt merkten die Männer, daß der Narr sie — mit oder ohne Absicht — angeführt hatte, gingen zum Leichenschmause zurück und das Gerede vom Todtschlag verstummte. So kam es, daß die Sache mit dem im Wald gefundenen Schatz wie auch mit der Tödtung des Predigers bis auf den heutigen Tag nicht aufgeklärt worden ist.

16. Der mildherzige Holzhacker[45].

Vor Zeiten ging ein Mann in den Wald, Bäume zu fällen. Er kam zur Birke und wollte sie umhauen; als die Birke die Axt sah, flehte sie kläglich: »Laß mich leben! Ich bin noch jung und habe eine Schaar von Kleinen hinter mir, die um meinen Tod weinen würden.« Der Mann ließ sich erbitten und kam zur Eiche; er wollte die Eiche umhauen. Als die Eiche die Axt sah, flehte sie kläglich: »Laß mich noch leben! ich bin noch frisch und stark, meine Eicheln sind alle noch unreif und taugen nicht zur Saat. Wo sollen die kommenden Geschlechter den Eichwald hernehmen, wenn meine Eicheln zu Grunde gehen?« Der Mann ließ sich erbitten und kam zur Esche, sie umzuhauen. Als die Esche die Axt sah, flehte sie kläglich: »Laß mich noch leben! Ich bin noch jung und habe erst gestern ein junges Weib gefreit, was soll aus der Armen werden, wenn ich falle?« Der Mann ließ sich erbitten und kam zum Ahorn, den er umhauen wollte. Der Ahorn aber flehte kläglich: »Laß mich noch leben, meine Kinder sind noch klein, alle noch unerzogen, was soll aus ihnen werden, wenn ich umgehauen werde?« Der Mann ließ sich erbitten und kam zur Erle, die er nun umhauen wollte. Als die Erle die Axt sah, flehte sie kläglich: »Laß mich leben! ich habe gerade meinen weißen Ueberzug[46] und muß viele kleine Geschöpfchen mit meinem Safte ernähren, was soll aus ihnen werden, wenn ich umgehauen werde?« Der Mann ließ sich erbitten und kam zur Espe; er wollte die Espe umhauen. Die Espe aber flehte kläglich: »Laß mich leben! Der Schöpfer hat mich geschaffen, daß ich mit meinen Blättern im Winde raschle und Nachts die Frevler auf ihrem bösen Wege schrecke. Was sollte aus der Welt werden, wenn ich umgehauen würde?« Der Mann ließ sich erbitten, kam zum Faulbaum und wollte ihn umhauen. Als der Faulbaum die Axt sah, flehte er kläglich: »Laß mich leben! Ich bin noch in Blüthe und muß der Nachtigall Schatten geben, daß sie auf meinen Zweigen singe. Wo fänden denn die Leute schönen Vogelsang, wenn die gefiederten Sänger unser Land verließen, weil ich umgehauen werde?« Der Mann ließ sich erbitten und kam zur Eberesche; er wollte die Eberesche umhauen. Die Eberesche aber flehte kläglich: »Laß mich leben! Ich stehe jetzt eben in der Blüthe, aus ihr sollen die Beerentrauben entstehen, die im Herbst und im Winter den Vögeln Atzung geben müssen. Was sollte aus den armen Thierchen werden, wenn ich umgehauen würde?« Der Mann ließ sich erbitten und dachte bei sich: wenn mit dem Laubholze nichts anzufangen ist, so will ich mein Heil beim Nadelholze versuchen. Er kam zur Fichte und wollte sie umhauen. Als die Fichte die Axt sah, fing sie gleich an kläglich zu bitten: »Laß mich leben! Ich bin noch jung und kräftig und muß Zweige treiben, um Sommers und Winters zu grünen den Menschen zur Lust. Wo sollten sie ein schattiges Obdach finden, wenn ich umgehauen würde?« Der Mann ließ sich erbitten, kam zur Kiefer und wollte die Kiefer umhauen. Aber als die Kiefer die Axt sah, flehte sie kläglich: »Laß mich leben! Ich bin noch jung und kräftig und muß mit der Fichte zusammen ohne Unterlaß grünen; es wäre Schade, wenn ich umgehauen würde.« — Der Mann ließ sich erbitten, kam zum Wachholder und wollte ihn umhauen. Der Wachholder aber flehte kläglich: »Laß mich leben! Ich bin der allergrößte Schatz des Waldes und ein Segenspender für Alle, weil man mich gegen neun und neunzig Krankheiten brauchen kann. Was sollte aus Menschen und Thieren werden, wenn ich umgehauen würde?«

Der Mann läßt sich auf dem Rasen nieder und denkt bei sich: Die Sache kommt mir höchst wunderbar vor, jeder Baum hat seine Zunge und hat Bittreden auf der Zunge, mit denen er gegen seine Zerstörung sich sträubt; was soll ich machen, wenn ich nirgends mehr Bäume finde, die sich ruhig umhauen lassen? Mein Herz kann ihren Bitten nicht widerstehen. Hätte ich kein Weib daheim, so ginge ich mit leeren Händen zurück. Da tritt aus der Tiefe des Waldes her ein alter Mann mit langem grauem Barte, angethan mit einem Hemde von Birkenrinde und einem Rocke von Fichtenrinde[47] vor unseren Freund hin und fragt: »Was sitzest du denn so mißmuthig da auf dem Grase? hat dir Jemand etwas Böses zugefügt?« Der Gefragte erwidert: »Wie sollte ich nicht mißmuthig sein? Ich nahm heute Morgen meine Axt, ging in den Wald und wollte Nutzholz fällen, um es nach Hause zu führen, aber o Wunder! da finde ich plötzlich den ganzen Wald belebt, jeder Baum hat seinen Verstand im Kopfe und seine Zunge im Munde, und weiß sich mit Bitten zu wahren. In mir ist kein Tropfen Blut, der ihrem Flehen zu widerstehen vermöchte. Werde aus mir was da wolle, ich kann lebende Bäume nicht zerstören.« Der Alte sieht ihn mit freudevollen Blicken an und spricht: »Ich danke dir, Bauer, daß du deine Ohren vor dem Flehen meiner Kinder nicht verschlossen hast; dir soll aus dieser Mildherzigkeit kein Schade erwachsen; ich will sie dir vergelten und Sorge tragen, daß es dir in's Künftige an nichts gebreche. Die nicht vergossenen Blutstropfen meiner Kinder sollen dir Glück bringen; nicht blos an Brenn- und Nutzholz soll es dir niemals fehlen, sondern auch in anderen Dingen soll Segen in dein Haus kommen, so daß du fortan nichts weiter zu thun haben wirst, als kund zu geben was dein Herz begehrt. Nur mußt du dich hüten, daß deine Wünsche das Maß nicht überschreiten, und auch deiner Frau und deinen Kindern schärfe ein, daß sie ausschweifende Wünsche bezähmen müssen; ihre Wünsche dürfen sich nicht über das Mögliche hinaus erstrecken. Es würde sich sonst das erwartete Glück in Unglück verkehren. Da, nimm diese Goldruthe und hüte sie wie deinen Augapfel!« Mit diesen Worten gab er dem Manne eine Goldruthe, die einige Spannen lang und so dick wie eine Stricknadel war, und gab dazu die Belehrung: »Wenn du ein Haus aufführen oder sonst eine nothwendige Arbeit vollbringen willst, so geh an einen Ameisenhaufen und schwinge deine Ruthe dreimal gegen denselben, schlage aber nicht hinein, um den kleinen Geschöpfen nicht zu schaden. Dabei befiehl ihnen, was sie thun sollen und du findest den nächsten Morgen die Arbeit gethan, wie du sie gewünscht hattest. Begehrst du Speise, so nöthige mit der Ruthe den Grapen, daß er dir bereite, was du wünschest. Willst du zur Speise noch Naschwerk, so zeige die Goldruthe den Bienen und heiße sie an die Arbeit gehen, und sie werden dir mehr Honigwaben bringen, als du sammat deinem Hausgesinde verzehren kannst. Willst du Saft, so gebiete der Birke und dem Ahorn, sie werden dein Gebot alsbald erfüllen. Die Erle wird dir Milch geben, der Wachholder Gesundheit bringen, wenn du sie in dieser Art dazu anhältst. Fisch-und Fleischgerichte wird dir der Grapen alle Tage kochen, ohne daß du erst etwas Lebendes zu tödten brauchtest. Willst du Leinewand, seidene oder wollene Kleider, so gebiete den Spinnen, sie werden dir Zeuge weben ganz wie du sie wünschest. Dergestalt wird es dir künftighin an nichts fehlen, sondern du wirst Alles zur Genüge haben, zum Lohn dafür, daß du auf die Bitten meiner Kinder hörtest und sie am Leben ließest. Ich bin des Waldes Vater[48], den der Schöpfer zum Herrscher über die Bäume verordnet hat.« Darauf nahm der Alte Abschied und verschwand vor des Mannes Augen.

Der Mann aber hatte eine schlimme Frau, die ihm schon auf dem Hofe belfernd wie ein böser Hund entgegen kam, als sie den Mann mit leeren Händen aus dem Walde zurückkommen sah. »Wo bleibt das Holz, welches du bringen solltest?« schrie das Weib; der Mann erwiderte ruhig: »es bleibt im Walde und wächst.« Zornig fuhr das Weib ihn an: »O hätten doch alle Birkenreiser sich zu Ruthenbündeln zusammengebunden und dein träges Fell gegerbt.« Der Mann schwang heimlich die Goldruthe und sprach, ohne daß die Frau es hörte: »Der Wunsch erfülle sich an dir!« Da fing das Weib plötzlich an zu schreien: »Ai, ai! ai, ai! o wie weh! ai, ai! das geht durch Mark und Bein! ai, ai! Gnade, Gnade!« So schreiend sprang sie von einem Ort zum andern, und faßte bald hier, bald dort nach ihrem Leibe, als hätte ein schmerzhafter Ruthenstreich die Stelle getroffen. Als der Mann glaubte, daß es genug der Strafe sei, gab er der Goldruthe den entsprechenden Befehl. An diesem ersten Versuche erkannte er, was für ein herrliches Geschenk der Waldesvater ihm gemacht hatte, da ihm in der Glücksruthe zugleich eine Zuchtruthe für seine Frau geworden war. — Er hatte auf seinem Hofe eine alte halb verfallene Klete, und wollte darum noch selbigen Tages die Kraft der Ameisen im Häuserbau erproben. So ging er an den Ameisenhaufen heran, schwang dreimal die Goldruthe und rief: »Macht mir eine neue Klete auf dem Hofe!« Als er am andern Morgen aufstand, fand er die Klete fertig. Wer konnte wohl jetzt glücklicher sein als unser Freund? Die Bereitung der Speise machte ihm nicht die geringste Sorge; was das Herz begehrte, das kochte der Kessel sobald es ihm befohlen war, trug es auch täglich selber auf den Tisch, so daß die Hausleute nichts weiter zu thun hatten als zu essen. Spinnen webten ihnen Zeuge, Maulwürfe pflügten ihre Aecker, Ameisen streuten den Samen aus und ernteten im Herbste das Korn vom Felde, so daß es der Menschenhand nirgends bedurfte. Wenn die Kinnladen des bösen Weibes einmal zu arg klapperten oder dem Manne etwas Schlimmes anwünschten, so mußte es der Hausdrache jedesmal selber erleiden, weil die Goldruthe ihre Schuldigkeit that. Hier seufzt gewiß mancher Ehemann: O! hätte ich doch eine solche Goldruthe!

Der Besitzer der Goldruthe hatte seine Lebenstage im Glücke beendigt, weil er sich niemals Dinge gewünscht hatte, welche die Grenzen der Möglichkeit überschritten. Vor seinem Tode vererbte er die Goldruthe seinen Kindern, gab ihnen dieselbe Unterweisung, die er vom Waldesvater erhalten hatte und warnte sie vor unmöglichen Wünschen. Die Kinder richteten sich danach und brachten ihr Leben nicht minder glücklich zu. In der dritten Generation aber geschah es, daß die Ruthe in den Besitz eines Mannes kam, der, ohne sich an die Warnung seiner Eltern zu kehren, viele unnütze Dinge wünschte und deßhalb die Goldruthe zwecklos bemühte; indeß entstand zunächst aus diesen Wünschen noch kein Schade, weil die gewünschten Dinge doch wenigstens möglich waren. Der übermüthige Mann gab sich aber damit nicht zufrieden sondern vermaß sich, um die Kraft der Ruthe auf die Probe zu stellen, Unmögliches zu wünschen. So hatte er eines Tages der Goldruthe geboten, die Sonne vom Himmel herunter zu holen, damit er einmal seinen Rücken ganz dicht an der Sonne wärmen könne. Die Ruthe wollte zwar ihres Herrn Befehl ausführen, da aber das Herunterkommen der Sonne ein unmögliches Ding ist, so sandte der Schöpfer dem Wünschenden so flammende Strahlen aus der Sonne herab, daß er sammt allen Gebäuden verbrannte, ohne daß auch eine Spur davon zurück blieb. Ob nun die Glücksruthe im Feuer geschmolzen ist oder nicht — Niemand weiß jetzt Ort und Stelle anzugeben, wo man sie zu suchen hätte. Auch glaubt man, daß die heißen Sonnenstrahlen, welche an diesem unglücklichen Tage herabschossen, die Bäume im Walde dermaßen in Schrecken versetzt hatten, daß ihre Zungen gebunden blieben und Niemand später ein Wort mehr aus ihrem Munde vernommen hat.

17. Die nächtlichen Kirchengänger.

Meines Großvaters Vetter lebte als junger Mensch in einem
Bauerhofe unweit der Kirche, die im Winter nicht ganz zwei
Werst entfernt war, weil der Weg dann über den gefrorenen
Morast führte. An einem Weihnachts-Samstag-Abend legten
sich die Bewohner des Hofes zeitig schlafen, weil sie am
ersten Festtag in der Morgenfrühe aufstehen und zur Kirche
gehen wollten, wo an diesem Tage der Gottesdienst bei
Kerzenschein gehalten wurde. Der Hofbesitzer erwachte von
Allen zuerst, ging hinaus um nach dem Wetter zu sehen,
und gewahrte, daß die Kirchenfenster schon im Lichterglanz
strahlten. Als er wieder in's Gemach trat, weckte er die Leute
aus dem Schlafe: »Steht auf, wir haben zu lange gesäumt;
die Lichter in der Kirche sind schon angezündet.« Da
brannte es den Leuten unter den Sohlen, alle sprangen vom
Lager auf, wuschen sich, und zogen sich an; die Jüngeren
machten sich dann zu Fuße auf, während die Andern die
Pferde anspannten und ihnen nachfuhren. Das Nebelwetter
gönnte ihnen nicht viel Sternenlicht — aber die von
Kerzenlicht erhellte Kirche stand da wie eine geschmückte
Jungfrau, und war ihnen ein leuchtender Wegweiser. Als sie
näher kamen, tönte ihnen der Gesang der in der Kirche
Befindlichen entgegen; derselbe schien aber etwas
Fremdartiges zu haben. Die Kirchenthüren standen weit
offen und die Kirche schien gedrängt voll von Menschen,
dennoch war nicht ein einziges Gespann in der Nähe zu
sehen. Die Männer schritten nun voran, in der Hoffnung,
doch in dem Gedränge noch irgendwo Platz zu finden — die
Weiber gingen hinterdrein. Als die Männer eben an die
Kirchenthür gekommen waren und den Fuß über die
Schwelle setzen wollten, verstummte der Gesang und die
Lichter erloschen plötzlich, sodaß die Kirche mit einem Male

stockfinster war[49]. Ein fremder Mann kam ihnen an der Kirchenthür entgegen und sagte: »Ihr mit geweihtem Wasser getauften Leute habt hier jetzt nichts zu schaffen! jetzt ist unsere Kirchenzeit; euer Gottesdienst beginnt erst am Morgen!« — Die Leute sahen einander an und wußten nicht was sie von dem wunderlichen Vorfall halten sollten; da wurde die Kirchenthür von innen geschlossen und jetzt war kein besserer Rath als wieder nach Hause zu gehen, weil weder Prediger noch Küster schon Feuer auf dem Heerde hatten. Der fremde Mann aber nahm meines Großvaters Vetter bei der Hand, führte ihn einige Dutzend Schritte von den Andern abseits hinter eine Kirchenecke und flüsterte ihm zu: »Komm drei Tage vor Johannis-Samstag um Mitternacht hierher, so will ich dir den Weg zum Glücke zeigen; aber laß gegen Niemand das Geringste von meiner Einladung verlauten, sonst könntest du zu Schaden kommen.« Mit diesen Worten war er auch verschwunden. Beim Nachhausegehen fiel der Nebel und der Himmel klärte sich auf, so daß die Sterne schimmerten, und am Stande derselben erkannten die Männer, daß Mitternacht angebrochen sei, was auch der Hahnenschrei ankündigte, der ihnen vom Hause her entgegen tönte. Die Aelteren legten sich noch einmal zu Bette, während das junge Volk wach blieb, um den Anbruch des Tages zu erwarten. Erst nach einigen Stunden war die rechte Kirchenzeit angebrochen und man machte sich von Neuem auf. Die Leute erzählten später dem einen und dem andern ihrer Bekannten von dem Kirchgange in der Weihnachtsnacht, so daß sich die Sache herum sprach und zuletzt auch dem Geistlichen zu Ohren kam. Der Geistliche ließ die Männer zu sich berufen, fragte sie genau über den Vorfall aus und verbot ihnen dann weiter davon zu reden, da ihr vermeintlicher Kirchgang in der Weihnachtsnacht nichts weiter gewesen sein könne als ein lebhafter Traum. Obgleich nun die Männer ihrerseits das klare Bewußtsein hatten, daß sie wirklich zur Kirche gegangen waren und mit wachen Augen die Sache erlebt hatten, so mochten sie doch nicht länger mit ihrem Prediger streiten, sondern versprachen zu schweigen. Aber was half das jetzt noch, da das Gerücht schon nach allen Seiten hin ausgesprengt war und sich von Tag zu Tage weiter verbreitete. Eben so gut kannst du die Luft greifen, als das einmal losgelassene Gerede der Leute wieder bannen.

Meines Großvaters Vetter war anfangs fest entschlossen den ihm angegebenen Glückspfad aufzusuchen, allein je näher die Zeit heranrückte, desto mehr sank ihm der Muth. Konnte er doch nicht darüber in's Klare kommen, wer der Einladende oder wer die nächtlichen Kirchengänger gewesen, und wie weit ein Christenmensch ihnen trauen durfte? Ja, wäre es ihm vergönnt gewesen, mit einem andern zuverlässigen Manne sich zu berathen, wer weiß ob seine Zweifel nicht geschwunden wären, aber daß ihm der fremde Mann eingeschärft hatte, die Sache geheim zu halten, machte ihm eben die meiste Pein. Er hatte sich schon mit dem Gedanken vertraut gemacht, von dem Versuche abzustehen, als vierzehn Tage vor Johanni sich etwas Unerwartetes zutrug, was ihn wieder anderen Sinnes machte. Als er nämlich eines Abends nach Sonnenuntergang nach Hause ging, fand er ein fremdes altes Mütterchen am Wege sitzen. Der Mann grüßte und wollte vorübergehen, aber die Alte fragte ihn, weßhalb er denn in so tiefen Gedanken sei, daß er wie im halben Traume einhergehe. — Unser Freund getraute sich nicht die Frage der Alten zu beantworten, weil er die Wahrheit nicht sagen konnte und nicht lügen wollte. Die Alte schien indeß seine Gedanken zu errathen, als sie fragte: »Willst du mir nicht deine Hand zeigen, Söhnchen, damit ich sehe was dein Herz drückt und ich dir einen guten Rath geben kann?« — Der Mann stand unschlüssig und wußte nicht ob

191

er das Verlangen der Alten erfüllen sollte oder nicht. Die Alte
aber fuhr freundlich fort: »Fürchte nichts! ich will ja nicht
in schlimmer Absicht deine Hand besehen; ich wünsche nur
dein Glück und das kannst du wahrlich brauchen, weil du
noch jung und unerfahren bist und die größere Hälfte
deines Lebens noch vor dir hast. Prophezeiung künftiger
Geschicke kann dem Menschen bisweilen von Nutzen sein;
sollte ich in deiner Handfläche etwas finden, was besser
verborgen bliebe, so werde ich's dir verschweigen.« »Nein,
nein! Goldmütterchen!« rief meines Großvaters Vetter,
»verkünde mir Alles, es sei gut oder schlimm, ich werde
nicht vor dem erschrecken was mir auferlegt ist!« und damit
reichte er der Alten die Hand zur Besichtigung. Die Alte
setzte ihre Brille auf die Nase und begann in seiner Hand zu
lesen. Die Züge mußten wohl etwas verworren sein, denn
erst nach geraumer Zeit gab sie dem Wartenden folgenden
Bescheid: »Du bist ein ausgemachtes Glückskind, dir steht
ein großes Glück nahe bevor, wenn du gescheidt genug bist,
das Glück so bei den Hörnern zu packen, daß es dir nicht
mehr entrinnen kann. Deine Besorgniß wegen des
unbekannten Mannes ist grundlos, du kannst ihm dreist
vertrauen, weil er dein Glück wünscht und keinen Vortheil
für sich sucht. Geh ohne Furcht dahin, wohin du gerufen
wirst, Böses hast du dort nicht zu fürchten. Nur dein
eigenes Herz kann dir einen Streich spielen; hüte dich vor
Bedenken und Zweifeln und erfülle zuversichtlich, was
weisere Leute dir anrathen. Aber wenn du einmal auf die
Freite gehst, dann mache deine Augen auf, sonst stürzest du
in's Unglück. Ein glattes Ei hat oft einen faulen Kern und
deine Ehestandslinien laufen etwas verworren. Durch
Vorsicht kannst du dich aus allen Schlingen lösen. Mehr
darf ich dir heute nicht sagen, aber wenn wir einmal wieder
zusammentreffen sollten, wirst du mir sicher für meine
Anleitung danken.« — Der Mann griff in seine Tasche, und
wollte einige Kopeken heraus nehmen, um sie der Alten für

ihre Mühe zu geben, aber die Alte verstand die Bewegung und rief abwehrend: »Biete mir kein Geld an, ich nehme es von Niemandem; ich verkünde alle meine Sprüche den Leuten umsonst, weil ihr Glück meine höchste Belohnung ist.« Sie erhob sich, nahm Abschied und ging so raschen Schrittes von dannen, wie ein junges Mädchen, so daß sie wie der Blitz verschwunden schien. Obgleich nun meines Großvaters Vetter die ganze Geschichte mehr für Spaß als Ernst nahm, so fühlte er sich doch bedeutend erleichtert, es war ihm, als ob ihm ein Stein vom Herzen gefallen wäre, und er war nun fest entschlossen, den gewiesenen Glücksweg aufzusuchen.

Drei Tage vor Johannis-Samstag schlug er spät Abends den Weg zur Kirche ein, damit er um Mitternacht anlange; je näher er kam, desto unruhiger schlug ihm das Herz, es war wie wenn ihm Jemand in's Ohr riefe: »du bist nicht auf dem rechten Wege.« Auch hätte nicht viel gefehlt, daß er wieder umgekehrt wäre. Da erhob sich ein schöner Gesang in den Lüften und er vernahm die Worte:

»Weiche nicht vom Weg des Glückes,
Fürchte nichts und bange nimmer!
Dich beschirmen Schutzesgeister.
Deiner warten Glückesloose:
Weiche nicht vom Weg des Glückes.«

Durch diesen Gesang fühlte er seinen Muth wachsen, ging rascheren Schrittes weiter und kam bald an die Kirchenthür, welche geschlossen war. Von der linken Seite kam hinter einer Kirchenecke ein fremder Mann hervor und sagte: »Vortrefflich, daß du meinem Rufe gefolgt bist; ich habe schon eine Weile gewartet und fürchtete, du würdest nicht mehr kommen und es würde mir unmöglich werden, weiter mit dir zu reden. Unser nächtlicher Weihnachts-Kirchgang[50] findet immer nach je sieben Jahren statt; meist zu einer Zeit, wo alle Menschen noch schlafen, weshalb ich auch bis jetzt noch Niemanden gefunden habe, dem ich den Glücksweg hätte zeigen können. Meine Zeit ist kurz, die Eule ruft mich beim Hahnenschrei nach Hause. Gieb genau Acht auf das was ich dich lehre, merke dir jedes Wort und handle nach meiner Anweisung. Auf eurem Heuschlag ist eine kleine Erhöhung, welche die Leute den Grabhügel nennen; da wachsen drei Wachholderbüsche, und unter dem mittleren liegt ein unermeßlicher uralter Schatz vergraben: du kannst ihn heben, wenn du dich mit den Hütern des Schatzes abzufinden weißt, und zu dem Ende genau so verfährst, wie ich dir jetzt sagen will. Verschaffe dir drei schwarze Thiere, ein befiedertes und zwei behaarte, schlachte sie den Hütern der Geldgrube und trage Sorge, daß von dem Sühnungsblut kein Tropfen verloren gehe, vielmehr Alles den Hütern zufließe und ihr Herz für dich erweiche. Dann schabe von deiner Brustspange etwas feinen Silberstaub auf das Blut, damit der Silberglanz über dem Rasen sich mit demjenigen unter dem Rasen begegne und dadurch den Weg zeige. Darauf schneide von dem Wachholderbusch eine drei Spannen lange Ruthe, tunke die Spitze derselben drei Mal in das Opferblut auf dem Rasen und schreite neun Mal von Morgen gegen Abend um den Wachholderbusch herum; nach jedem Umgange aber schlage drei Mal mit der Ruthe auf den unter dem Busche befindlichen Rasen und bei jedem Schlage rufe: Igrek! Beim neunten Umgange wird von unten her Geldgeklapper an dein Ohr schlagen, und wenn der Gang beendigt ist, so wird dir Silberglanz entgegen schimmern. Dann kniee nieder, lege den Mund an den Rasen und rufe neun Mal Igrek! so fängt der Kessel an sich zu heben. Warte dann ruhig bis er heraufsteigt. Ehe dies geschieht, wird dir manches Unheimliche zu Gesichte kommen, wovor du dich nicht zu fürchten noch zu erschrecken brauchst, weil diese Dinge dir nichts Böses zufügen können, wenn du muthig bleibst. Sie haben weder Körper noch Seele, sondern sind leere Schattenbilder, hervorgerufen um den Muth eines Mannes zu prüfen, ob dieser auch das Glück verdient, daß ihm der Schatz ausgeliefert werde. Solltest du bei ihrem Anblick die mindeste Furcht zeigen, so kannst du dir nur getrost die Hände waschen, weil dann doch von dem Schatze nichts hineinkommen wird. Am Abend des Johannis-Samstags, wenn ringsum die Feuer brennen und die Leute sich beim Scheine derselben belustigen[51], mußt du mit den drei schwarzen Thieren an die Geldgrube gehen. Den dritten Theil des gefundenen Geldes mußt du unter die Armen vertheilen, weil du an dem Uebrigen noch ganz genug behältst.« Diese Belehrung wiederholte der fremde Mann Wort für Wort drei Mal, damit sie sich unserm Freunde einprägen und ein Versehen nicht vorkommen sollte. Als beim dritten Male eben das letzte Wort aus seinem Munde gekommen war, verkündete des Küsters Hahn Mitternacht und alsbald war der Sprechende den Augen des Hörenden entschwunden, als wäre er weggeblasen. Ob er in die Luft gefahren oder in den Boden gesunken war, darüber konnte der Zeuge keine sichere Auskunft geben.

Meines Großvaters Vetter machte sich am folgenden Tage auf, um die drei bezeichneten Thiere zu suchen, fand auch glücklich einen schwarzen Hahn und eben solchen Hund auf dem Nachbardorfe und fing in der Nacht einen Maulwurf; diese Thiere hielt und fütterte er zu Hause, bis die Zeit gekommen war, zur Geldgrube zu gehen. Am Abend des Johannis-Samstags, als die Sonne untergegangen war und alle Leute aus dem Dorf zum Johannisfeuer gegangen waren, steckte er den Maulwurf in den Sack, nahm den schwarzen Hahn unter den Arm, band dem schwarzen Hunde einen Strick um den Hals, damit er nicht davon liefe und ging dann in aller Stille fort, um auf dem Glückswege dem Schatze nachzuspüren. In der hellen Sommernacht waren alle Gegenstände deutlich sichtbar. Um Mitternacht begann er seine Arbeit angewiesener Maßen, schlachtete erst den Hahn, dann den Maulwurf und endlich den Hund, trug Sorge, daß auch der letzte Blutstropfen auf den ihm bezeichneten Rasenfleck floß, schabte von seiner Brustspange Silberstaub und schüttete ihn auf das Blut, und schnitt dann eine drei Spannen lange Wachholderruthe aus dem Busch, tunkte die Spitze derselben dreimal in den blutigen Rasen und begann darauf den neunmaligen gegen Morgen gewendeten Umgang; schlug auch bei jedem Gange dreimal auf den Rasen unter dem Busche und rief bei jedem Schlage: »Igrek!« Beim achten Gange schlug Geklapper von Geld an sein Ohr und beim neunten schimmerte ihm Silberglanz in's Auge. Da warf er sich nach dem neunten Gange auf dem Rasen auf die Knie und rief neunmal in den Boden hinein: »Igrek.« Plötzlich stieg unter dem Wachholderbusche ein feuerrother Hahn mit goldenem Kamme auf, schlug mit den Flügeln, krähte und flog davon. Hinter dem Hahn her schleuderte der Boden dem Manne ein

196

Külimit[52] Silbergeld vor die Füße. Dann erschien eine feuerrothe Katze mit langen Goldkrallen unter dem Wachholderbusch, miaute und rannte davon, hinter ihr spie die Erdöffnung abermals ein Külimit Silbergeld dem Manne vor die Füße, was sein Herz mit Freude erfüllte. Darauf erhob sich ein feuerrother Hund mit goldenem Kopf und Schwanz aus dem Busche, bellte ein paar Mal und lief davon; mehrere Külimit Silberrubel flogen hinter ihm her aus dem Boden dem Manne vor die Füße. In derselben Weise kamen der Reihe nach ein feuerrother Fuchs mit goldenem Schwanz, ein feuerrother Wolf mit zwei goldenen Köpfen, ein feuerrother Bär mit drei goldenen Köpfen aus dem Busche und hinter jeglichem Thiere wurde eine immer größere Masse Geld auf den Rasen geschleudert, hinter dem Bären fielen nach des Mannes Schätzung ein Paar Loof (Scheffel) vor ihm nieder, wodurch denn der Haufe schon die Höhe eines kleinen Heuschobers (»Sade«) erreichte. Nach dem Verschwinden des Bären erhob sich ein Gebrause und Getöse unter dem Busche, als ob funfzig Schmiede-Bälge arbeiteten. Dann aber kam aus dem Gebüsche hervor ein schauerlicher großer Kopf zum Vorschein, der halb menschliche halb thierische Bildung zeigte: das Geschöpf hatte neun fußlange goldene Hörner am Kopfe und zwei ellenlange goldene Hauer im Maule. Noch schauerlicher als die Gestalt waren die Feuerfunken die wie von glühendem Eisen aus Maul und Nasenlöchern sprühten und das Getöse verursachten. Der Mann glaubte, die Funken müßten ihn jeden Augenblick verbrennen und als jetzt das Ungethüm immer höher heraufstieg und dabei den Kopf gegen ihn wandte, ließ ihm das Entsetzen nicht mehr Zeit, sich des fremden Mannes Vorschrift in's Gedächtniß zu rufen. Vielmehr ergriff meines Großvaters Vetter die Flucht, wobei ihm die Haare am ganzen Leibe wie Borsten in die Höhe starrten. Auf der Flucht spürte er noch eine Weile des Gespenstes feurigen Athem im Nacken und dankte seinem

Glücke, daß die Beine ihn nur weiter trugen. Auch hatte er nicht Zeit rückwärts zu sehen, da der Feind ihm unaufhörlich auf den Fersen saß und ihm jeden Augenblick das Garaus machen konnte. So rannte er aus Leibeskräften, daß ihm die Brust zu springen drohte, bis er endlich seinen Hof erreichte, wo er wie todt niederfiel. Erst am Morgen weckten ihn die Sonnenstrahlen — ob aus dem Schlafe oder der Ohnmacht, wer konnte es wissen? Der Kopf war ihm schwer und betäubt, so daß eine geraume Zeit verging, ehe er sich von dem nächtlichen Begegniß klare Rechenschaft geben konnte. Dann aber war es sein erstes Geschäft, aus der Klete drei sechslofige Säcke zu nehmen und damit zu dem Hügel zu gehen, um das in der Nacht auf den Rasen geschleuderte Geld zu sammeln, ehe Andere ihm zuvorkämen. Da fand er wohl alle drei Wachholderbüsche an der alten Stelle, auch die Leichname der drei geschlachteten Thiere und die Wachholderruthe, aber weder Geld noch die leiseste Spur davon, daß in der Nacht ein Geldhaufen auf dem Rasen gelegen hatte. Auch war nicht das geringste Merkmal von der Oeffnung vorhanden, zu welcher die Thiere und das Geld herausgekommen waren. Hätten nicht die Leichname der geschlachteten Thiere bekräftigt, was in der Nacht geschehen war, so hätte man das Ganze für einen Traum halten können. Sicher war das Geld wieder unter die Erde zurückgewandert, wo es vielleicht noch bis heute auf einen kühneren Mann wartet, der vor schauerlichen Schattenbildern nicht die Flucht ergreift, sondern den Schatz hebt.

Wie es mit der zweiten Vorhersagung der Alten später geworden, ob sie wahr oder falsch gewesen, davon weiß ich nichts zu berichten. Wiewohl der Vetter meines Großvaters von seinem Schatzhebungs-Versuche oftmals sprach, so ließ er doch nie ein Wort von seiner Freite und dem was ihm hiebei begegnete, verlauten. Möglich, daß ihm auf seiner ehemaligen Laufbahn Manches in die Quere kam, was er Andern nicht mittheilen mochte, indem er es vorzog sein Kreuz in Geduld allein zu tragen.

———————————————

18. Des Schützen abhanden gekommenes Glück.

Es war einmal ein ebenso geschickter als glücklicher Schütze, der niemals ohne reiche Beute aus dem Walde zurück kam, mochte es Sommer oder Winter sein. Was er in Schußweite zu Gesicht bekam, Vogel oder Vierfüßler, das hatte er schon so gut wie in der Tasche, denn nie traf seine Ladung in's Blaue, sondern gerade in das Thier hinein, welches er tödten wollte. Mit einem Male aber, ich weiß nicht wer ihm den bösen Streich gespielt hatte, war des Schützen voriges Glück dahin; Vögel und Vierfüßler ergriffen die Flucht schon in weiter Entfernung und kam er einmal einem Thiere so nahe, daß seine Flinte es erreichen konnte, so ging der Schuß jedes Mal in's Blaue. Der Schütze merkte bald, daß es mit seiner Flinte nicht mehr mit rechten Dingen zuging; er reinigte und besprach die Flinte auf alle Art, grub sie drei Tage lang unter der Thürschwelle ein, über welche die Frauenzimmer schritten[53], aber kein Kunststück wollte anschlagen. So war er nun über eine Woche kreuz und quer im Walde umhergestreift, hatte täglich manchen Schuß verpufft, aber weder Schwanz noch Horn, weder Feder noch Wolle in die Jagdtasche geschafft.

Mißmuthig ging er eines Abends, als er aus dem Walde kam, in die Schenke, und wollte seine üble Laune durch einen Schluck Branntwein vertreiben, aber auch der Branntwein mundete ihm nicht. Da stopfte er sich seine Pfeife, legte Feuer darauf und setzte sich an den Tisch um zu schmauchen. Als er zufällig die Augen aufschlug, sah er im Winkel am Ende des Tisches einen fremden Mann sitzen, der weder eine Pfeife im Munde noch einen Bierkrug vor sich stehen hatte, sondern nur mit einem Stück Kreide kleine

Striche auf den Tisch zog, die er dann und wann zählte, worauf er sie wieder auswischte und neue hinmalte, als hätte er Gott weiß was für große Kosten zusammen zu rechnen. Als ein Theil des Abends so hingegangen war, ließ sich der Schütze einen Krug Bier geben, womit er zuweilen die trockne Kehle anfeuchtete; indeß sprach er kein Wort, sondern vertrieb sich die Zeit mit seinen Gedanken, wie der Andere mit dem Zusammenzählen seiner Striche. Jetzt trat der Schenkwirth aus seiner Kammer und fragte: »Ihr Leute, begehrt ihr noch etwas von mir oder wollt ihr zur Nacht hier bleiben? wo nicht, so brecht auf, ich will den Krug zuschließen und mich schlafen legen.« Der Schütze erwiderte: »Brüderchen, laß mich nur noch meine Pfeife stopfen und anzünden, dann gehe ich nach Haus.« Als er damit fertig war, nahm er seine Flinte aus der Ecke, grüßte und verließ das Zimmer. Ohne ein Wort zu sagen folgte ihm der Fremde, der ihn, wie er draußen im Mondschein bemerkte, um mehr als Kopfeslänge überragte und auf einem Fuße etwas hinkte. Als der Schütze eine Strecke gegangen war, sah er daß der Fremde denselben Weg genommen hatte, blieb stehen und fragte: »Haben wir Beide vielleicht einen Weg?« Der Fremde erwiderte: »Wohl möglich! mein Weg geht überall hin, wo er Fußtapfen vorfindet, mögen sie rechts oder links führen.« Der Schütze sagte: »Mein Weg geht gerade nach Haus.« Lachend versetzte der Fremde: »Gleichviel, so begleite ich dich ein Stück Weges, denn mein Haus ist immer da, wohin ich gerade komme.« Im Weitergehen fragte der Schütze, was das für Striche gewesen seien, die sein Begleiter den ganzen Abend auf den Tisch gezogen und zusammen gezählt habe. Der Fremde antwortete kurz: »Die Geschäfte des heutigen Tages, ich fand daß noch eins mangelt und muß darum eilen, vor Mitternacht noch einen Fisch zu fangen.« »So seid ihr also ein Fischer?« fragte der Schütze. Der Fremde erwiderte: »Je nachdem es sich trifft, bin ich ein Fischer, ein Vogelfänger oder was sonst von mir verlangt wird. Es ist mein Loos, daß ich immer in anderer Leute Dienst meine Schuhe vertragen muß. Aber sage mir, Gesell, warum bist du so verdrießlich, daß dir in der Schenke weder Branntwein noch Bier schmecken wollte?« Der Schütze erzählte ihm sein Mißgeschick; seine Flinte müsse verhext sein, da weder Vögel noch Vierfüßler mehr in Schußweite kommen wollten, und wäre dies auch einmal der Fall, so gehe der Schuß jedesmal fehl. Als der Fremde das Unglück des Schützen vernommen hatte, sagte er: »Wer deine Flinte verzaubert hat, mag wohl zu verschlagen sein, als daß deine Mittel etwas gegen ihn ausrichten könnten. Hier ist kein anderer Rath als bei dem alten Wirthe Hülfe zu suchen, der allein helfen kann.« Der Schütze fragte: »Wer ist der alte Wirth und wo wohnt er? ich höre zum ersten Mal von ihm.« Der Fremde erwiderte: »Wer er ist und wo er wohnt, das kann ich dir nicht mit Sicherheit sagen, aber ich will dir angeben, wo du mit ihm zusammenkommen und ihm deine Noth klagen kannst. Uebermorgen, Donnerstag Abend, ist der Mond gerade voll. Geh kurz vor Mitternacht an einen Kreuzweg, pfeife drei Mal und warte bis er kommt; die Flinte nimm gleich mit. So wie diese jetzt beschaffen ist, kann sie kein Geschöpf tödten, und wenn du die Mündung auch dicht daran brächtest. Ich will mich Spaßes halber fünf Schritte vor dir hinstellen, lade die Flinte scharf und ziele auf mich, nach dem Kopfe, dem Herzen, dem Bauche oder wohin du selber willst, du wirst mir keinen Schaden zufügen.« »Aber wenn ich dir nun doch Schaden thue?« fragte der Schütze. »Nun, dann ist es meine Schuld,« sagte der Fremde — »und du bist nicht verantwortlich dafür. Mache dein Zeichen an der Kugel, damit du sie wieder erkennest.« Der Schütze lud seine Flinte mit einer Wolfskugel, auf die er mit den Zähnen ein Zeichen machte und stampfte dann die in einen Fettlappen eingewickelte Patrone fest. Er dachte bei sich selber: einen Nebenmenschen

Spaßes halber zu tödten, das wäre wohl Sünde, aber ich will ihm einen Denkzettel geben, daß ihm die Lust vergehen soll, ferner solche Possen zu treiben. Ich will ihm die Kugel in seinen linken Schenkel schicken, sein linker Fuß hinkt ja doch schon. So denkend zielte er auf des Fremden Schenkel, eine Spanne hoch über der Kniescheibe, so daß die Kugel am Knochen vorbei durch das weiche Fleisch gehen mußte. Der Fremde stand fünf Schritt weit unbeweglich. Die Flinte knallte — der Fremde aber trat ihm lachend entgegen und sagte: »Da, nimm deine Kugel!« und gab sie dem Schützen zurück. Dieser erkannte sofort die von ihm bezeichnete Kugel und sah, daß weder der Mann noch sein Kleid Schaden genommen hatten. »Hole Dieser und Jener meine Flinte und dich mit!« ruft der Schütze zornig. »Ihr seid entweder beide verhext oder der alte Bursche steckt in euch!« Der Fremde erwidert lachend: »ich habe dir schon vorhin gesagt, daß deine Flinte, wie sie jetzt beschaffen ist, keinem lebenden Wesen schaden kann, sie bedarf eines klügeren Arztes, der das kann, was du mit deinen Künsten nicht zu Wege bringst. Geh und suche, wie ich dir angegeben habe, übermorgen Abend Hülfe beim alten Wirthe.« Während sie noch weiter mit einander sprachen, waren sie an die Dorfgasse gekommen und trennten sich dort ohne Abschied, indem der Schütze am Zaunwege hin in's Dorf hinein ging, während der Fremde auf der Außenseite des Zauns vom Dorfe sich entfernte. Der Schütze hörte noch, wie der Fremde vor sich sagte: »Jetzt ist meine Zahl für heute voll.«

Am folgenden Tage, Donnerstag Abends, ging der Schütze der erhaltenen Anweisung gemäß an den Kreuzweg, um das ihm abhanden gekommene Glück wieder zu finden; zwar fröstelte ihm das Herz ein wenig, doch pfiff er dreimal und wartete dann was weiter geschehen würde. Von Norden her hörte er ein Brausen, als ob ein Hagelwetter im Anzuge sei, dann leuchtete es dreimal wie ein Blitz vor seinen Augen und ein kleiner alter Mann mit rothem Barte stand vor ihm. Wie der dahin gekommen war, ob aus der Luft heruntergeworfen oder aus dem Erdboden herauf gehoben, das konnte der Schütze nicht sagen, weil er eben die Ankunft des Alten gar nicht bemerkt hatte. Der Alte fragte: »Was willst du von mir, daß du mich hergepfiffen hast?« Der Schütze erzählte ihm alles von Anfang bis zu Ende, wie ihm die Flinte verhext sei, so daß weder Vierfüßler noch Vögel ihr nahe kämen, und falls auch einmal ein Thier in Schußweite komme, der Schuß jedesmal fehl gehe. Der Alte sagte: »Wenn ich dir das abhanden gekommene Glück wieder schaffen soll, so müssen wir erst darüber einig werden, wie lange ich dir dienen soll?« Der Schütze erwiderte: »So lange ich lebe.« »Ganz wohl« — sagte der Alte — »das Glück will ich dir wieder schaffen, aber sieh dich vor, daß großes Glück dich nicht übermüthig mache«[54]. Dann griff er in seinen Schultersack, nahm eine Hand voll Birkenkätzchen heraus, die er dem Schützen gab, und sagte: »Nähe zu Hause ein kleines Säckchen und stecke die Kätzchen da hinein. Gehst du in den Wald um Vögel oder Vierfüßler zu schießen, so stecke das Säckchen mit den Kätzchen in die Tasche oder in den Busen, dann wirst du jedesmal soviel Thiere erlegen wie du willst, auch wird es dem Walde nie an Wild mangeln. Was du heute erlegt hast, das ist morgen wieder ersetzt, aber hüte dich, den größesten Vogel oder Vierfüßler, der den andern immer als Führer voran ist, niederzuschießen, sonst würdest du das Glück und zugleich dein Leben einbüßen. Jetzt gieb mir zur Besiegelung des Vertrages drei Tropfen von deinem Blute!«[55] Als der Schütze das hörte, erschrak er und stand da, zweifelnd was er thun sollte. Der Alte, der seine Gedanken wohl errieth, sagte: »Thue was du willst, es ist ja hier von keinerlei Zwang die Rede, wir schließen einen gütlichen Vertrag. Willst du, wie es in letzter Zeit immer der

Fall war, ohne Beute nach Hause kehren, so weigere das Blut, wenn du aber Lust hast durch die Beute des Waldes zum reichen Manne zu werden, so mußt du mir zur Besiegelung des Vertrages die verlangten Blutstropfen geben.« Der Schütze nahm seine Passelnadel[56] von der Hutkrämpe, stach damit in den Ringfinger der linken Hand und drückte drei Tropfen Blut heraus, mit denen der Alte ein Stück Birkenrinde benetzte, das er alsdann in die Tasche steckte. Darauf blies er drei Mal auf die Flinte des Schützen und sagte mit vergnügter Miene: »Jetzt sind wir miteinander im Reinen, deine Flinte ist entzaubert und erlegt was dir vor die Faust kommt. Eine Flintenkugel schenke ich dir noch in den Kauf, du kannst damit dem Verzauberer deiner Flinte den verdienten Lohn zahlen. Schieße diese Kugel ab wohin du willst, und nenne dabei die Körperstelle, in welche sie eindringen soll, so geht sie dahin und wäre das Ziel auch Dutzende von Meilen von dir entfernt.« Der Schütze nahm die Kugel mit Dank an und wollte sich mit einem »Gott befohlen« verabschieden, allein der Alte legte ihm die Hand auf den Mund und hieß ihm schweigen. In demselben Augenblicke war er dem Schützen ebenso wunderbar aus dem Gesichte entschwunden, als er vorher erschienen war. Der Schütze wandte seine Schritte heimwärts und wollte am folgenden Tage versuchen, ob die Versprechungen des Alten sich als wahr oder falsch erweisen würden. Erfüllt sich das Versprechen, dachte der Schütze, so habe ich einen wahren Glückshandel gemacht, nur ist es schade, daß ich dem Alten drei Blutstropfen verpfändete. Vielleicht findet sich mit der Zeit Rath zu einer Aenderung des Vertrags, oder ich ziehe mich durch List aus der Schlinge.

Als er nach Hause kam, warf er sich in seinen Kleidern auf's Bett um ein paar Stunden zu ruhen; am Morgen früh wollte er in den Wald und versuchen, ob die an der Flinte gemachte Kur angeschlagen habe. Ruhiger Schlaf kam die ganze

Nacht nicht in sein Auge; so oft ihm die Lider zufallen wollten, wurden sie immer wieder durch Bilder von Vogelschwärmen und Thierheerden aufgerissen, welche lärmend an ihm vorüberzogen. Mit anbrechender Morgenröthe sprang er vom Lager auf, lud seine Flinte, steckte die Glückskätzchen in die Hosentasche, band die Jagdtasche um und wollte ohne Frühstück von Hause gehn; erst auf der Schwelle fiel es ihm ein einige Bissen zur Vogeltäuschung[57] zu sich zu nehmen. Als er in den Wald kam, stieß ihm ein Schwarm Birkhühner auf, dessen Führer größer war als ein Auerhahn. Diesen ließ der Schütze unversehrt, er zielte in die Mitte des Schwarms; die Flinte knallte und sechs Birkhühner auf einmal fielen auf den einen Schuß vor ihm nieder. »Habe Dank! alter Patron!« ruft der Schütze — »ich sehe, daß du Wort gehalten und dein Versprechen wahr gemacht hast.« Da fällt ihm die Kugel ein, welche er in den Kauf erhalten hatte um den Verzauberer der Flinte damit zu züchtigen; er denkt: ich will dem Frevler seinen verdienten Lohn geben und dafür sorgen, daß er sich in's Künftige nicht so leicht soll an meine Flinte machen können. Er ladet die Flinte, legt die Kugel drauf und sagt: »Dem feindlichen Hexenmeister durch beide Schienbeine!« worauf er den Schuß abfeuert. Da er nun für heute keine Lust mehr hat, Vögel zu schießen, so hebt er seine sechs Birkhühner vom Boden auf und macht sich auf den Heimweg. Als er in's Freie kommt, steigt ein Flug Feldhühner dicht vor ihm auf, wiederum ein größeres an ihrer Spitze. Der Schütze denkt: Schade, daß ich die Flinte nicht wieder lud, sonst hätte ich hier abermals mein Glück versuchen können. Gerade als ob sie seine Gedanken errathen hätten, ließen sich die Vögel ein paar hundert Schritt weit von ihm nieder. Er ladet die Flinte und geht ihnen nach. Die Vögel fliegen wieder auf, der Schütze läßt den Anführer vorüber fliegen, feuert in den Schwarm hinein und siehe! ein Dutzend Feldhühner fällt zu Boden. »Oho!«

— ruft der Schütze — »wenn die Sache so fortgeht, so darf ich bald nicht anders in den Wald kommen als mit Wagen und Pferden, um die erbeutete Ladung Vögel in die Stadt zu führen.«

Und wirklich ging die Sache so glücklich weiter; er schickte alle Woche eine volle Ladung Vögel zur Stadt auf den Markt, und dennoch schienen sie dadurch in den Wäldern nicht weniger zu werden, vielmehr kam es dem Schützen vor, als ob sie um so mehr zunähmen, je mehr er ihrer vertilgte. Diese leichte Hantierung, die mehr einem Spiele glich, machte den Schützen sorglos, und mit der Sorglosigkeit stellte sich die Leidenschaft für den Branntwein ein, so daß er sich meistentheils in den Schenken umhertrieb und selten Abends nach Hause kam, ohne daß es ihm vor den Augen flimmerte. Im trunkenen Muthe hatte er aber zuweilen gegen die Anderen mit seinem Vertrage geprahlt, so daß sich das Gerücht verbreitete, daß der Schütze habe seine Seele dem alten Burschen verkauft. Eines Abends trat der Schütze bei hellem Mondschein aus dem Kruge, die geladene Flinte auf der Schulter, und stieß im Freien auf einen Trupp Füchse, deren Anführer eine Strecke weit voraus lief und so schön war, daß der erhitzte Schütze nicht mehr Zeit fand, sich der Bedingungen des Vertrags zu erinnern, welche ihm verboten das größte Thier niederzuschießen. Er riß die Flinte an die Wange, zielte und gab dem großen Fuchse eine volle Ladung. Augenblicklich fiel — nicht der auf's Korn genommene Fuchs, sondern statt desselben der Schütze selber todt zu Boden. Am andern Morgen wurde sein Leichnam etwa eine Werst weit vom Dorfe auf dem Felde gefunden: die Flintenkugel war ihm durch's Herz gegangen. Daß er sich nicht absichtlich selber getödtet hatte, konnte man daraus abnehmen, daß die Flinte eine Strecke weit von ihm gefunden wurde, und ihre Mündung von ihm abgekehrt war. Die Dorfbewohner trugen ihn nach Hause und gingen daran einen Sarg zu zimmern; dabei wurden sie öfter einer schwarzen Katze ansichtig, welche keiner von ihnen früher jemals erblickt hatte. Der Todte lag auf dem Tische mit einem weißen Laken bedeckt. Als der Sarg fertig war und man den Leichnam hineinlegen wollte, hatten die Männer einen neuen Schrecken. Als sie nämlich das Laken abnahmen, fand sich der Todte nicht mehr, sondern ein Bund Stroh lag statt desselben auf dem Tische und zugleich mit dem Todten war auch die große schwarze Katze verschwunden, welche Niemand Anders sein konnte, als der alte Bursch selber. Später wurde es ruchbar, daß einem nahe wohnenden Zauberer, der lange auf dem Siechbette gelegen hatte, beide Beine vom Knie an lahm geworden waren, daß der Mann nicht anders als auf zwei Krücken gehen konnte. Diesem Manne hatte sicher die im Walde abgeschossene Strafkugel des Schützen die Beine untauglich gemacht, zum Lohn dafür, daß er dessen Flinte verhext hatte.

Diese Erzählung macht offenbar, daß wer dem Bösen Blut giebt, ihm auch seine Seele verkauft; oder anders ausgedrückt: »Gieb dem Teufel die Fingerspitze und er packt deine ganze Hand.«

---

19. Der aus Gefahr erlöste Königssohn wird der Retter seines Bruders.

In den Tagen der Vorzeit war ein junger König schwer erkrankt, weshalb nach allen Seiten hin Boten ausgesandt wurden um Aerzte zu holen. Obwohl nun Beschwörer und Zauberer in großer Anzahl zusammen kamen, so konnte doch keiner von ihnen des Königs Krankheit heilen. Endlich wurde ein berühmter Zauberer aus Nordland geholt, der mit kundigem Blicke des Königs Krankheit gleich erkannte, daß nämlich seine Arme vom Finger bis zum Ellenbogen von goldfarbigem und seine Beine von der Zehe bis zum Knie von silberfarbigem, der Leib aber von indigoblauem Glase sei. Der Zauberer sagte: »Gegen dieses Siechthum helfen keine Mittel, keine Kräuter, sondern der König muß eine junge Gattin freien, so wird er in dreien Tagen gesund. Die Gattin muß aber nach Farbe und Ansehn zur Krankheit des Königs passen, sonst ist keine Heilung möglich.« Der König gab nun Befehle, im ganzen Reiche nach einer solchen Jungfrau, die seine Heilung bewirken könnte, zu suchen. Nach einigen Tagen ergab sich, daß eines Kriegshauptmanns jüngste Tochter den Arzt machen könne, weil das Mädchen hellgelbes goldenes Haar, schneeweiße silberfarbene Haut und blaue Augen habe. Als die Jungfrau vor den König geführt wurde, rief dieser aus seinem Bette: »Ich fühle es, diese Arznei wird mich gesund machen!« sprang aus dem Bette und befahl alsbald die Hochzeit zuzurüsten, die auch noch an demselben Tage gehalten wurde. Am Abend, ehe das junge Paar zu Bette ging, trat eine alte Frau, die aus der Hand wahrsagte, vor die junge Königin, und bat um Erlaubniß aus der Hand derselben zu prophezeien. Nach einer Weile sagte die Alte: »Nach kurzen Glückstagen erwarten euch lange Leidenstage um einer bösen Schwester willen, aber Gott läßt euch endlich aus eurem Sohne den Retter erstehen. Ihr werdet in drei Wochenbetten zwölf Söhne gebären.« Mit diesen Worten verschwand die Alte vor den Augen der Königin, als wäre sie in Luft zerflossen. Die ältere Schwester aber, welche selber gewünscht hatte des Königs Gemahlin zu werden, haßte diese um ihres Glückes willen und nahm sich im Stillen vor, ihrer jüngeren Schwester Schaden zuzufügen.

Die junge Königin brachte im ersten Wochenbette sechs Söhne auf einmal zur Welt, lauter muntere und gesunde Kinder. Der König war gerade damals, als seine Gemahlin in die Wochen kam, von Hause abwesend, darum wurde ein Diener abgeschickt, der dem Könige die Botschaft bringen, und ein anderer, der den Kindern eine Amme suchen sollte. Die ältere Schwester der Königin dang nun um hohen Preis eine Hexenmeisterin, welche die Kinder verderben oder heimlich bei Seite schaffen sollte, so daß der König deshalb einen Haß auf seine Gemahlin werfen müßte. Die Hexenmeisterin verwandelte sich in ein junges Weib und kam wie von Ungefähr dem die Amme suchenden Diener entgegen, zu dem sie so sprach: »Ich bin schon öfter Amme bei Kindern hochgeborner Deutschen und vornehmer Leute gewesen, führt mich also nur zur Frau Königin, weil sie nirgends eine bessere Amme finden kann.« So wurde das böse Geschöpf zur Königin geführt, deren Seele keine Ahnung davon hatte, daß ihre Schwester dieses Weib zu einer Frevelthat gedungen hatte.

Nachts, als die Königin schlief, nahm die alte Hexe heimlich die sechs Knaben aus der Wiege, übergab sie dem »alten Burschen« und legte sechs junge Hunde an die Stelle der Kinder. Als der König nach Hause kam und diese jungen Hunde sah, welche seine Gemahlin, wie man ihm sagte, zur Welt gebracht habe, entbrannte er in heißem Zorne, so daß er befahl: die Gemahlin sammt den jungen Hunden um's

Leben zu bringen. Da aber die Königin ein frommes und mildherziges Menschenkind war, so begaben sich die Unterthanen in Masse zum Könige, um seine Verzeihung zu erbitten: »Um einer einzigen Schuld willen dürfe man doch einen Menschen nicht gleich mit dem Tode strafen!« Der König gab ihrer Bitte Gehör und verzieh seiner Gattin für dies Mal.

Aber schon im nächsten Wochenbette sollte eine neue Schuld auf die arme Frau fallen. Zum Unglück traf es sich, daß der König wiederum in fremden Landen war, als für seine Gemahlin die Zeit der Niederkunft herannahte. Die Königin brachte drei gesunde Knaben zur Welt, und als man ging den Kindern eine Amme zu suchen, kam die Hexenmeisterin wieder des Weges daher und bot sich zur Amme an. Damit die Königin sie nicht erkennen und abweisen sollte, hatte sie eine andere Gestalt angenommen. Dennoch sträubte sich das Herz der Mutter sie zuzulassen, und sie mußte sich halb mit Gewalt als Amme aufdrängen. In der Nacht, als die Mutter schlief, ging die Vertauschung der Kinder ganz wie das erste Mal vor sich: die drei Knaben wurden dem alten Burschen übergeben und statt ihrer drei junge Hunde in die Wiege gesetzt. Als der König heimkehrt, läßt er die Hunde tödten und will auch seiner Gemahlin das Todesurtheil sprechen. Da hebt die Königin unter bitteren Thränen an zu flehen: »Meine Seele ist rein von Schuld, wenn ich auch nicht begreife, wie es mit der wunderbaren Begebenheit zugeht! Ich sah mit meinen Augen, wie ich das erste Mal sechs und das zweite Mal drei gesunde Knaben zur Welt brachte, an deren Stelle nachher junge Hunde in der Wiege gefunden wurden.« Die ganze Dienerschaft bezeugte die Wahrheit dieser Aussage und bat einstimmig um Gnade. Sie sagten: Bei einem so wunderbaren Ereigniß muß das irdische Gericht auch ein zweites Mal verzeihen, weil Gott allein das Geheimniß durchschauen kann. Sollte aber die

Sache zum dritten Male vorkommen, dann dürft ihr eurer Gemahlin weiter keine Gnade angedeihen lassen, sie muß dann für ihre Schuld büßen.« Der König gab der Bitte seiner Frau und seiner Unterthanen abermals Gehör und verzieh.

Im dritten Wochenbette brachte die Königin wiederum drei Knaben zur Welt. Die Geburt erfolgte um Mitternacht und da das Gemach dunkel war, so nahm die Wöchnerin heimlich einen Knaben und versteckte ihn in den Bettkissen, so daß keines Menschen Seele von diesem Kinde eine Ahnung hatte. Diejenigen, welche eine Amme suchten, stießen wie das erste und zweite Mal auf die Hexenmeisterin, die ihnen aus dem Walde entgegenkam, und nahmen sie an. Nächtlicher Weile vertauschte nun die Amme die beiden Knaben gegen junge Hunde und brachte die Knaben dem »alten Burschen«. Als der König die Hunde erblickte, entbrannte sein Zorn und er befahl sie sogleich zu tödten. Da holte die Königin ihren versteckt gehaltenen Sohn hervor und sagte: »Alle Kinder die ich geboren habe, glichen diesem. Welche Gewalt sie verwandelt hat, ist mir unbekannt.« Aber der König fuhr zornig auf: »Wenn mir eilf Knaben zu Schanden geworden sind, so verlohnt es sich nicht um dieses einzigen willen die Mutter am Leben zu lassen. Besser sie wird sammt dem Kinde umgebracht, damit mir nicht abermals ein solcher Verdruß entstehe!« Darauf ließ er die Richter zusammenkommen und fragte sie um ihre Meinung, welche Todesart über die Frau zu verhängen sei. Die Richter gaben diesen Bescheid: »Es ist schrecklich ein menschliches Wesen zu verbrennen, nicht minder schrecklich, ihm einen Strick um den Hals zu legen und es am Galgen aufzuhängen, noch entsetzlicher aber, es mit dem Schwerte hinzurichten. Machen wir lieber ein eisernes Bette mit hohen Kanten, legen Mutter und Sohn hinein und lassen Beide in diesem Bette auf's Meer hinausbringen und sie dort in die Fluth stürzen.« Dieser Rath gefiel dem Könige, er ließ ein eisernes Bett machen, Mutter und Sohn hineinlegen und sie auf einem Schiffe weit in's Meer hinausbringen. Als die unglücklichen Geschöpfe in ihrem eisernen Bette vom Schiffe in's Meer geworfen wurden, ereignete sich das Wunder, daß das Bett nicht auf den Grund sank, sondern wie ein leichtes Kissen auf den Wellen schwamm. Gottes Gnade wollte sie schützen, damit nicht schuldlose Geschöpfe durch böser Menschen Tücke umkämen.

Der Königssohn wuchs im eisernen Bette auf dem Meere zusehends, und hatte nach sieben Wochen schon ganz die Gestalt und das Ansehn eines Erwachsenen. Die Schiffsleute hatten ihnen, ehe sie zurückfuhren, einen Brotsack und ein Milchfäßchen[58] zugeworfen, welche Mutter und Sohn wunderbarer Weise ernährten — denn obwohl sie jeden Tag davon zehrten, ging doch weder Speise noch Trank zu Ende. Als der Königssohn nach sieben Wochen zu einem jungen Manne herangewachsen war, sagte er eines Tages zu seiner Mutter: »Mutter, ich möchte die Glieder strecken!« Die Königin erwiderte: »Thu' es noch nicht, lieber Sohn, es würde sonst die Fußwand des Bettes sich lösen, wir würden in's Meer fallen und dort unser Ende finden.«

Aber der Königssohn sagte nach einigen Tagen wiederum: »Mutter, ich möchte die Glieder strecken, weil mir die Füße und Waden von dem ewigen Krummliegen weh thun!« Die Mutter wehrte es mit den Worten: »Lieber Sohn, strecke die Glieder noch nicht, es könnte großes Unglück über uns bringen.« Da rief der Sohn zum dritten Male mit Wehgeschrei: »Ich habe große Angst im Herzen und starke Schmerzen in allen Gliedern und kann diese Einsperrung nicht länger aushalten. Ich will die Beine ausstrecken, komme was da wolle!« Die Mutter erwiderte: »Gleichviel! wo der Tod ist, da ist auch das Grab. Strecke deine Glieder soviel du willst, damit du die lange Pein los wirst!« Da streckte der

Königssohn seine Beine kräftig gegen das Fußende des eisernen Bettes, so daß die Wand krachend herausfiel. Dennoch aber sanken sie nicht auf den Grund, sondern fanden sich auf dem Trocknen, auf einer kleinen Insel. Die Königin schlüpfte aus dem Bette, fiel auf die Knie und dankte dem himmlischen Vater für die wunderbare Rettung.

Der Königssohn entfernte sich vom Ufer um nachzusehen, ob er irgendwo auf der Insel eine Nahrung fände, mit welcher sie ihr Leben fristen könnten. Er war eine Strecke Weges gegangen, da kam ihm aus dem Dickicht des Waldes ein kleiner alter Mann mit grauem Barte entgegen und bot ihm einen Feuerstahl. »Was soll ich damit machen, Goldväterchen?« fragte der Königssohn. »Ich habe weder ein Aschenloch noch sonst eine passende Stelle, wo ich den Feuerstahl hinlegen könnte.« Der Alte drückte ihm den Stahl halb mit Gewalt in die Hand und sagte: »Schlage mit diesem Stahle an einem beliebigen Orte Feuer, dann wirst du vollauf zu essen und zu trinken haben, soviel dein Herz nur begehrt.« Der Königssohn ging mit der unnützen Gabe zu seiner Mutter zurück, die ihn sogleich fragte: »Sage mir, wo hast du diesen Feuerstahl her? Du hast ihn doch nicht frevelnd Jemandem entwendet?« Der Sohn erwiderte sich gleichsam entschuldigend in bittendem Tone: »Werde nicht böse, lieb Mütterchen, ein fremder Alter, mit dem ich zufällig im Walde zusammentraf, steckte mir den Feuerstahl mit Gewalt in die Hand. Auch sagte er: wenn du mit diesem Feuerstahl Feuer anschlägst, so werdet ihr zu essen und zu trinken bekommen.« — Wenn nun auch weder Mutter noch Sohn die geringste Hoffnung darauf hatten, so wollte doch der Sohn Spaßes halber den Versuch machen. Und sieh einmal! wie die Funken aus dem Steine sprangen, stand ein Tisch mit Speisen und Getränken vor ihnen, so daß sie sich nun vor Hunger nicht mehr zu fürchten brauchten.

Am folgenden Tage schlenderte der Königssohn wieder im

Walde umher und abermals begegnete ihm der graubärtige Alte, der wie ein Specht an einem hohen Baume herunter kletterte, denn er hatte an Fingern und Zehen scharfe Krallen wie eine Katze. Der Alte bot ihm eine Axt; der Königssohn wollte sie zwar nicht nehmen, aber der Alte sagte ernsthaft: »Sei nicht thöricht! sondern nimm was ich dir aus gutem Herzen gebe!« Dann drückte er ihm das scharfe Werkzeug mit Gewalt in die Hand und fügte hinzu: »Trage die Axt heim und nöthige sie, dir ein Wohnhaus zu zimmern, dann wirst du alsbald ein Obdach haben.« Der Königssohn brachte die Axt heim und die Mutter erkundigte sich sogleich wieder, ob sie nicht fremdes Eigenthum und gestohlen sei. Als der Sohn ihr mittheilte, wie er zu der Axt gekommen sei, fühlte sich die Mutter beruhigt. Darauf schaffte der Sohn durch den Feuerstahl Brot und sonstige Speise auf den Tisch und sie sättigten sich wie Tags zuvor. Nach dem Essen befahl er der Axt: »Zimmere uns ein neues Wohnhaus!« und sofort stand ein hübsches neues Haus vor ihnen, als wäre es aus dem Boden aufgeschossen. Mutter und Sohn traten über die Schwelle und nahmen darin ihren Aufenthalt.

Nach einigen Tagen zeigte sich auf der Höhe der See ein Schiff. Der Königssohn ging dicht an's Ufer, ließ ein weißes Tuch flattern um den Schiffsleuten ein Zeichen zu geben und winkte ihnen heranzusegeln; dann kaufte er ihnen die ganze reiche Schiffsladung ab und ließ sie an's Land bringen. Die Axt ließ, auf Geheiß ihres Herrn, unablässig Haus an Haus sich reihen, so daß in kurzer Zeit eine Stadt daraus wurde. Der Königssohn aber ließ das Schiff mit Korn füllen und sandte es dann zurück in die Heimath. — Als er darauf wieder im Walde umherstrich, begegnete ihm der kleine Alte mit dem langen grauen Barte. Der Alte sagte: »Eine Stadt hast du nun wohl fertig, aber Einwohner fehlen der Stadt. Da, nimm diesen Ebereschenzweig[59], geh morgen früh an einen Ameisenhaufen, klopfe dreimal mit der Ruthe darauf und rufe: »schaffet Leute für meine Stadt!« so werden Einwohner genug in die neue Stadt kommen. Der Königssohn that am andern Morgen was der Alte ihm geheißen und fand, als er zurück kam, alle Häuser der Stadt mit Einwohnern angefüllt, denen der Feuerstahl das tägliche Brot schaffte.

Als der Schiffer an's Land gestiegen war, ging er sofort zum Könige und erzählte ihm die wunderbare Begebenheit, wie er an eine wüste Insel gekommen sei, auf welcher bis dahin kein lebendes Wesen zu finden gewesen, während jetzt am Ufer eine prächtige Stadt stehe, deren Eigenthümer ihm die Schiffsladung abgekauft, und das Schiff mit Korn beladen zurückgesandt habe. »Mein geringer Verstand kann es nicht begreifen,« — so schloß der Schiffer seine Erzählung — »wie die Stadt so plötzlich dahin gekommen ist.« — Der König erwiderte: »Ich muß selber hin, um dieses Wunder zu sehen.« Er hatte sich aber mittlerweile des Kriegsobersten älteste Tochter zur Gemahlin erkoren und diese sagte jetzt, als sie des Königs Worte hörte: »Es ist nicht nöthig, daß ihr dahin geht; nöthiger ist es durch drei Königreiche in das Land zu fahren, wo ein prächtiger Brunnen mit goldener Bekleidung und silbernem Schwengel steht, eben dort ist auch eine goldene Maurerkelle und eine andere silberne daneben.«

Zum Glück hatte der Königssohn diese Rede mit angehört, denn er hatte sich mit des Alten Hülfe in einen kleinen Floh verwandelt[60] und saß in des Königs Gemach am Fenster, wo Niemand ihn bemerkte. Als er der Königin Rede hörte, dachte er: »O! stände doch dieser Brunnen vor meiner Stadt, dann käme der König gewiß um ihn anzusehen.« Als er aber heim kam, fand er auch wirklich einen solchen Brunnen schon vor der Stadt; eine Katze lief an der goldenen Brunnensäule hinauf und bat um Gnade, dann kam sie herunter und bat selbst um den Tod.

Nach diesem geschah es wieder, daß ein anderer Schiffer mit seinem Schiffe sich der Insel näherte. Der Königssohn rief ihn an's Ufer, kaufte ihm die ganze Schiffsladung ab und ließ das Schiff mit Korn füllen. Als der Schiffer nach Hause kam, ging er sofort zum Könige, ihm den wunderbaren Vorfall zu melden. Als er über die Schwelle trat, bemerkte er nicht, daß der Königssohn in Gestalt einer Fliege ihm in den Busen geschlüpft war. Der Schiffer erzählte dem Könige, wie er auf einer wüsten Insel plötzlich eine sehr schöne Stelle gefunden, wo eine herrliche Stadt stehe, deren Häuser von Gold und Silber glänzen, und am Thore stehe ein prächtiger Goldbrunnen, der im Sonnenschein funkele. Da verlangte es den König selbst hinzugehen, um das Wunder mit eigenen Augen zu sehen, aber die Königin that sogleich Einspruch: »Ihr braucht nicht dahin zu gehen, viel nöthiger wäre es durch vier Königreiche zu fahren, dahin wo die schönen Heuschläge liegen; das Heu schichtet sich selber ohne daß Jemand zu mähen oder zu harken braucht, thut sich selber auf den Boden und kommt auch wieder herunter, so daß es gar keiner Arbeiter bedarf, weder zum Aufspeichern noch zum Herunterwerfen. Und es sollen dort drei Könige mit einander Krieg führen; der eine von ihnen ist gewaltig, der andere noch viel gewaltiger und der dritte giebt vollends seine Macht nicht aus den Händen. Es thäte wohl Noth, dieses Kriegsgewühl mit anzusehn.«

Der Königssohn dachte in seinem Sinn: Wenn dergleichen bei meiner Stadt sich fände, so käme der König gewiß hin, sich das Wunder zu besehen. So wie ihm dieser Gedanke durch den Kopf fuhr, hatte sich auch Alles schon so gefügt, denn der graubärtige Alte hatte es bewirkt.

Jetzt zeigte sich nach einigen Tagen abermals ein Schiff auf hoher See, der Königssohn lockte es wieder an seine Küste, kaufte die ganze Ladung, füllte das Schiff mit Korn bis zum Rande und sandte es zurück. Sich selbst aber verwandelte er in eine Stecknadel und that sich in des Schiffers Rock. Als der Schiffer nach Hause kam, eilte er zum Könige und erzählte von all' den Wundern auf der wüsten Insel. »Dort sind« — sagte der Schiffer — »so wunderbare Dinge, wie sie sicherlich nirgends sonst in der Welt gefunden werden, gold- und silberfarbene Häuser, allerlei Goldbrunnen und Heuschläge, welche selber das Heu mähen, aufnehmen, auf den Boden bringen und vom Boden wieder herunterwerfen, ohne daß Hülfe von Menschenhand erforderlich ist. Ueberdies bekriegen sich dort unaufhörlich drei Könige, die einander nicht bezwingen können.« Da erwachte in des Königs Brust ein heftiges Verlangen dahin zu gehen und mit eigenen Augen diese Wunderdinge zu schauen. Die Königin aber sagte, als sie seine Absicht vernahm: »Dahin zu gehen thut nicht Noth, sondern vielmehr durch fünf Königreiche zu fahren, wo die elf Männer am Tische sitzen, deren Arme bis zum Ellenbogen goldfarben und deren Beine bis zum Knie silberfarben sind[61]; diese Dinge sind viel wunderbarer.« Dennoch nahm sich der König vor, zur Insel zu fahren um das zu sehen, wovon die Schiffsleute ihm erzählt hatten. Die Königin aber widersetzte sich hartnäckig und wollte den König nicht ziehen lassen; dagegen sagte der König: »Bis heute habe ich zweimal auf euren Widerspruch gehört, aber länger habe ich nicht Lust nach eurer Pfeife zu tanzen, sondern will nun das dritte Mal meinen Willen durchsetzen. Uebrigens sind ja alle eure Angaben falsch gewesen; ich bin überall hingegangen, wohin ihr mich gehen hießet, habe aber nirgends auch nur eine Nagelspitze von den gerühmten Wunderdingen gefunden.«

Als der Königssohn diese Rede vernommen, eilte er nach Hause und erzählte seiner Mutter was er gehört hatte und fragte wo jene elf Männer wohl sein könnten. Die Königin muthmaßte sogleich, wie es sich mit den elf Männern verhalte, deßwegen buk sie drei Kuchen; zwei derselben knetete sie mit Milch aus ihrer Brust, in den Teig des dritten aber that sie Gift. Dann unterwies sie ihren Sohn folgendermaßen: »Verfüge dich in Gestalt einer Stecknadel auf die Schwelle der Thür, wo die elf Männer zu Tische sitzen, und warte bis der Hausherr aus der andern Kammer kommt und sich oben am Tische niedersetzt. Wenn sie nun im Begriff sind die Mahlzeit zu beginnen, dann verwandle dich in einen Mann und tritt zu ihnen ein, grüße sie ehrerbietig und biete ihnen deine Kuchen als Gastbrot an. Den Kuchen mit dem Gifte reiche dem Hausherrn ganz, die beiden andern brich in elf Theile, lege jeglichem ein Stück auf den Tisch und lade sie ein, das Gastbrot zu essen.« Der Sohn vollführte Alles wie die Mutter ihm aufgetragen hatte. Der Hausherr aß zuerst von seinem Kuchen, aber sowie er einen Bissen hinunter geschluckt hatte, barst er mitten von einander[62]. Die jungen Männer erschracken sehr und fragten einander: was hat dieser schlimme Vorfall zu bedeuten? Der Königssohn aber forderte sie auf, nur dreist zu essen. Doch keiner hatte den Muth von dem Kuchen zu kosten, vielmehr sagten sie: »Iß du zuerst, so wollen wir dann auch essen.« Er nahm jetzt ein Stück von dem Kuchen, aß und die andern aßen nach ihm. Nach dem Essen bat er seine Brüder sich zu Gast. Die Brüder fragten: »Auf welche Weise sollen wir gehen? In Gestalt von Pferden oder in menschlicher Bildung?«

Er aber unterwies sie: »Laßt uns als Tauben dahin fliegen.« So geschah es auch und binnen kurzer Zeit langten sie an.

Am andern Tage nun kam auch der König zur Insel um die Wunderdinge zu schauen, von denen er vernommen, und er fand sie alle ganz so wie man ihm berichtet hatte. Zuletzt trat er auch in das Haus, in welchem seine verstoßene Frau wohnte, die ihm schon auf der Schwelle freundlich grüßend entgegenkam. Der König aber erschrak im ersten Augenblicke heftig und wußte nicht was er von der Sache denken sollte, ob ein Schattenbild der Frau oder ob sie selber leibhaft vor ihm stehe. Da sagte die Frau mit holdseliger Rede: »Hier stehen meine zwölf Söhne so wie ich sie zur Welt gebracht habe, und nicht als die jungen Hunde, welche euch gezeigt wurden.« Jetzt kam auch der wunderthätige Alte und erklärte dem Könige umständlich, wie sich Alles begeben und wer die Kinder vertauscht habe.

Am andern Morgen fuhr der König mit seiner Frau und seinen zwölf Söhnen heim, versteckte sie aber an einem verborgenen Orte und ließ sämmtliche Oberrichter zusammenkommen, auch seine gegenwärtige Gemahlin mußte unter ihnen Platz nehmen. Dann erzählte der König, was neuerdings einen geringen Mann betroffen habe, welches Unrecht man ihm zugefügt habe und daß ein naher Blutsverwandter als der Hauptschuldige da stehe. Noch ehe die Richter den Mund öffnen konnten, rief die Königin mit zorniger Stimme: »Einem solchen Uebelthäter gebührt kein besserer Lohn, als daß man ihn in eine große Tonne legt, welche inwendig mit eisernen Stacheln versehen sein muß, und daß man die Tonne so lange rollt, bis die scharfen Stacheln ihm das Fleisch von den Knochen herunter gerissen haben und er unter großen Schmerzen den Geist aufgiebt. Seine Helfershelfer müssen von Pferden auseinander gerissen und ihre Glieder auf's Rad geflochten werden.« Die Richter billigten einstimmig den Ausspruch der Königin.

»Sehr wohl!« sprach der König, befahl die Thüren zu öffnen und die Abgesperrten aus ihrem Versteck zu holen. Als aber nun die frühere Gemahlin des Königs mit ihren Söhnen eintrat, da wurde die zweite Frau todtenbleich; dann warf sie sich dem Könige zu Füßen und bat um Gnade. Der König erwiderte mit strengem Antlitz:

»Nicht ich, sondern ihr selbst habt das Urtheil gesprochen; euer Wille geschehe!«

Als darauf die ruchlose Frau sammt der Hexenmeisterin den über sie verhängten Tod erlitten hatte, nahm der König seine erste Gemahlin wieder zu sich, blieb aber nicht da wohnen, sondern begab sich mit ihr und seinen Söhnen in die neue Inselstadt, die in jeder Hinsicht viel prächtiger war als sein bisheriger Wohnort.

20. Localsagen.

a. Warum Reval niemals fertig werden darf.

Jeden Herbst ein Mal steigt in finsterer Mitternacht ein
kleines graues Männlein aus dem oberen See, geht den Berg
hinunter an das Stadtthor und fragt den Thorwächter: »Ist
die Stadt schon fertig oder giebt es dort noch etwas zu
bauen?« In großen Städten pflegt es nun so zu sein, daß die
Bauarbeit selten feiert, denn wenn auch keine neuen
Gebäude aufgeführt werden, so giebt es doch aller Orten an
den alten zu bessern und zu flicken und Sonstiges zu thun,
so daß kaum eine Zeit eintritt, wo alle Werkleute ruhen.
Sollte aber auch einmal alle Arbeit still stehen, so darf man
doch das dem Seemännlein nicht verrathen. Deßhalb ist von
der Obrigkeit wegen allen Thorwächtern strenger Befehl
gegeben, auf die Frage des alten grauen Männleins jedes Mal
zu antworten: »Die Stadt ist noch lange nicht fertig, viele
Gebäude sind erst zur Hälfte aufgeführt, und es kann noch
manches liebe Jahr währen, bis alle Arbeiten zu Stande
gekommen sind.« Das fremde alte Männlein schüttelt dann
zornig den Kopf, murmelt etwas in den Bart, was der
Wächter nicht versteht, dreht sich rasch um und geht zum
oberen See zurück, wo sein bleibender Aufenthalt ist. —
Sollte ihm auf seine Frage jemals die Antwort gegeben
werden, daß es in der fertig gewordenen Stadt nichts mehr
zu bauen gebe, so würde Reval zur selbigen Stunde ein Ende
nehmen, weil der obere See mit seiner ganzen Wassermasse
vom Laaksberge herab in's Thal stürzen und die Stadt,
sammt Allem was darinnen ist, ersäufen würde[63].

b. Der Gerbleder-Verkäufer.

>»Um Mitternacht der Thorwart fragt:
Wer reitet gespenstig durch die Stadt?«

In alter Zeit erblickte man am Laaksberge in mondhellen
Nächten oftmals einen gepanzerten Mann auf hohem
weißen Rosse, der ein Bündel gegerbten Leders unter dem
Arme trug, welches er den Wanderern, auf die er stieß, zum
Kauf anbot. Aber Niemand mochte die angebotene Waare
kaufen, weil ein widriger Geruch wie von Menschen daran
haftete, der die Käufer abschreckte. Eines Nachts kam ein
kleiner alter Mann mit einem Ziegenbarte des Weges und
fragte: »Was für einen Preis verlangst du für deine Felle,
Brüderchen?« Der Gepanzerte erwiderte: »Die Ruhe im
Grabe, die mir bis jetzt nicht gegönnt war.« Der Alte
forschte weiter, um welcher Schuld willen der stattliche
Reiter die Grabesruhe nicht finde und wer ihn zwinge hier
allnächtlich umherzureiten. Der Gepanzerte gab zur
Antwort: »Ich war zu meiner Zeit ein berühmter
Kriegsmann, mit Namen Pontus; ich ließ den im Kriege
Gefallenen die Häute abziehen, sie gerben und dann statt
thierischer Felle verwenden, so daß in meinem Hause keine
anderen Ledersachen zu finden waren als solche, die aus
gegerbter Menschenhaut gemacht waren. Die Stiefel die ich
anhabe, Wamms und Hosen, die ich unter dem Panzer trage,
ebenso der Sattel, die Zügel und alles andere Riemenwerk,
was du hier siehst, sind aus gegerbten Menschenhäuten
gemacht. Vor meinem Tode blieb noch eine Menge von dem
gegerbten Leder übrig, weil ich ja nun keinerlei Ledergeräth
mehr brauchen konnte. Als ich an die Pforten jener Welt
kam und eben eintreten wollte, rief der Thorwächter: »Halt!
dich darf ich nicht eher einlassen, als bis du das noch
unverarbeitete Menschenleder verkauft hast und da es dir
nicht gestattet ist, bei Tage das Grab zu verlassen, so mußt
du dir bei nächtlicher Weile Käufer suchen. Reite drum

immer von Mitternacht bis zum Hahnenschrei in der Nähe des Laaksberges[64] umher, bis du Jemanden findest, der dir die gegerbten Häute abnimmt.« Obgleich ich nun schon zwei Generationen hindurch den Leuten meine Waare angeboten habe, so wollte sie doch Niemand kaufen, weil ihr ein widriger Geruch wie von Menschen anhafte.« »Nun« — erwiderte der Alte — »um dieses Fehlers willen werde ich deine Waare nicht verschmähen. Wenn du dafür keinen höheren Preis forderst, als die Erlösung von dem nächtlichen Reiten, so wollen wir den Handel durch Handschlag fest machen. Steige vom Pferde und komm mit mir.« — Pontus freute sich daß er einen Käufer gefunden hatte, nahm sein Bündel und ging mit dem Alten. Aber der Käufer brachte ihn geraden Wegs in die Hölle. Als der Alte an die Schwelle kam, nahm er seine wahre Gestalt an — Hörner am Kopfe und einen Schwanz hinten — stieß den Pontus hinein und rief mit gräulicher Stimme: »Ihr von Pontus geschundenen Männer, tretet her!« Da kamen schaarenweis Männer ohne Haut heran, welche sämmtlich die Hülle für ihr blutiges Fleisch zurückforderten. Der alte Höllenwirth aber sagte zähnefletschend: »Zieht ihm die Haut vom Leibe und reckt sie alle Tage so lange aus bis ihr genug habt, um euer Fleisch und Bein damit zu bedecken.«

c. Das Fräulein von Borkholm[65].

»Welch' hellen Schein hat auf dem Teich
Der Wächter Nachts gesehen?
Ist Volksgedächtniß wohl so reich,
daß wir die Mär' verstehen?«

Von einem wunderbaren Feuerschein, der fast allmitternächtlich auf dem Borkholmer Teiche zu sehen war, wußten die Leute der Umgegend in alter Zeit viel zu erzählen, wie sie es von den Wächtern vernommen hatten.

225

Das Feuerchen schoß wie eine brennende Kerze plötzlich aus dem Wasser in die Höhe und erlosch wieder nach Verlauf einer Stunde. Wiewohl aber dieses Teichfeuer schon von Alters her den Leuten eine bekannte Sache war und viele Menschen dasselbe mit eigenen Augen gesehen hatten, so wußte doch Niemand genauer anzugeben, wie es sich mit der Sache eigentlich verhielt. Endlich fand sich im Kirchspiel Halljal ein Alter, der in dieser Beziehung nähere Auskunft geben konnte. Seine Aussage lautete so: Viele hundert Jahre vor der Russenzeit lebte in dem festen Schlosse Borkholm ein tapferer Ritter, der als lediger Mann die Haushaltung mit seiner jungen Schwester führte. Der Ritter mußte als Kriegsmann häufig abwesend sein, und so kam es, daß die Schwester mit einem jungen Manne eine Freundschaft schloß, die weiter führte als Beide voraussehen mochten. Als das Fräulein ihres Zustandes so weit inne wurde, daß sie einsah, der Frauenhaube nicht mehr entrathen zu können, entschloß sie sich das geschehene Unglück ihrem Bruder zu bekennen. Sie kam eines Tages in seine Kammer, warf sich ihm zu Füßen, gestand ihren Fehltritt, und bat um Erlaubniß sich mit dem jungen Manne trauen zu lassen. Der Bruder stieß sie voller Wuth mit dem Fuße fort wie einen Hund, ließ den Verführer seiner Schwester rufen, hieb ihm mit dem Schwerte den Kopf ab, so daß das Blut das Fräulein bespritzte, welches vor Entsetzen in Ohnmacht fiel. Dann befahl der Ritter, mitten im Teiche ein Loch in's Eis zu hauen, schleppte selber seine Schwester bei den Haaren dahin und stieß sie lebendig kopfüber unter's Eis; er selbst hielt so lange am Rande des Loches Wache, bis das unglückliche Geschöpf rettungslos verloren war.

Da aber das unglückliche Fräulein unbußfertig einen gewaltsamen Tod hatte erleiden und ohne den Segen der Kirche in ihr nasses Grab sinken müssen, so konnte auch ihre Seele darin keine Ruhe finden, sondern der ruhelose

Geist mußte allnächtlich als Licht auf dem Teiche schimmern. — Als dem Prediger diese Erzählung des alten Mannes zu Ohren gekommen war, begab er sich eines Tages auf einem Kahne an die Stelle des Teiches, wo der nächtliche Feuerschein aufzusteigen pflegte, segnete die Grabstätte mit den üblichen Worten ein und verrichtete ein langes Gebet, wodurch die Seele des Fräuleins der ewigen Ruhe theilhaftig ward. Späterhin hat keines Menschen Auge mehr auf dem Borkholmer Teiche nächtliches Leuchten gesehn.

d. Der winselnde Fußknöchel.

»Was erregt sein schrilles Schreien,
Was erweckt die Klagelaute?«
Kalewipoeg (Einl. 131 u. 132)

Wenn man aus dem Jõmper'schen Dorfe Aruküla nach der St. Kathrinenkirche[66] geht, so führt der Weg durch eine Schlucht, wo vormals, wie sich alte Leute noch deutlich erinnern, bei nächtlicher Weile oftmals ein Winseln gehört wurde, welches wie die Klage eines gequälten Geschöpfes klang. Mancher Vorübergehende hatte auch in mondheller Nacht einen kreiselförmig sich drehenden Gegenstand wahrgenommen, von dem das Gewinsel etwa herrühren konnte. Bei Tage fand sich am Orte nichts weiter als ein menschlicher Fußknöchel, der unbeweglich da stand. Niemand wußte mit Bestimmtheit zu sagen, ob der Fußknöchel mit dem nächtlichen Winseln und Drehen etwas gemein habe oder nicht. Nun hatte aber ein beherzter junger Mann aus dem Dorfe Aruküla keine Ruhe, bis er Klarheit in die Sache brächte. Er war schon einige Male stehen geblieben, wenn die Andern erschreckt davon eilten, und da hatte er gesehen, daß allerdings die Drehung des Fußknöchels das Gewinsel hervorbrachte, weshalb er im Stillen den Vorsatz faßte, der Sache völlig auf den Grund zu kommen.

In einer mondhellen Nacht machte er sich zur Schlucht auf, hörte schon von weitem das Gewinsel und sah, als er näher kam, die wunderliche Drehung des Fußknöchels. Er beobachtete eine Zeitlang den närrischen Wirbeltanz und überzeugte sich, daß das Winseln tatsächlich von der schnellen Umdrehung herrührte. Da sprang er hinzu und packte mit beiden Händen den Knöchel, der darin noch zappelte, als wollte er dem dreisten Manne mit aller Gewalt entschlüpfen. Aber des starken Mannes Lederhandschuhe, in denen eiserne Finger steckten, ließen den eingefangenen Gegenstand nicht so leicht wieder los. Allmählich hörte das Zappeln des Knöchels auf und plötzlich stand ein fremder Mann, wie vom Himmel gefallen, vor unserm Freunde. Der Fremde sprach: »Habe tausend Dank für diese Wohlthat, daß du kamst mich von der langen Pein zu erlösen, in welcher meine arme Seele bis heute keine Ruhe finden konnte. Wohl kamen Leute genug vorbei, aber keiner hatte den Muth den tanzenden Knochen in die Hand zu nehmen, wie du gethan hast, wackerer Mann. Besorge nun weiter Alles was ich dir angeben werde, damit meine müde Seele einmal zur Ruhe komme, dann sollst du einen fürstlichen Lohn für deine Mühe erhalten. Morgen früh, wenn die Morgenröthe heraufsteigt, grabe da wo wir jetzt stehen, ein Grab von sieben Fuß Tiefe und sechs Fuß Länge, lege den Knochen auf den Grund desselben an das östliche Ende und dann geh' und bitte den Prediger her, daß er mit Gebet und den bei Bestattungen üblichen Segenssprüchen diesen Knochen begrabe, so werde ich aus meiner Pein erlöst und finde die ewige Ruhe. Ich war zu meiner Zeit ein reicher und großer König in Schwedenland. Uebermuth trieb mich an, dieses Land mit Krieg zu überziehen, wo sehr viel unschuldiges Blut meinetwegen vergossen wurde; deßhalb mußte ich zur Strafe meiner Sünden im Schlachtgewühl an dieser Stelle ein unglückliches Ende finden. Der größte Theil des Heeres fiel an diesem Tage mit mir, was verschont blieb, ergriff die Flucht, so daß Niemand Zeit behielt, sich um die Todten zu kümmern. Die Feinde plünderten mich kapp und kahl und ließen mich nackt liegen wie einen Hund. Darnach fraßen wilde Thiere meinen Leichnam, so daß nichts übrig blieb als bloß dieser Fußknöchel, der hier zum Winseln festgebannt wurde, bis sich Jemand über ihn erbarmen würde, so daß dann der Knochen eine Grabstätte und meine Seele Erlösung von der Sündenqual fände. Wenn der Fußknöchel nun so wie es sich gebührt bestattet und eingesegnet ist, und der Prediger drei Schaufeln Erde auf denselben geworfen hat, so schütte das Grab noch nicht mit Erde zu, sondern warte bis der Prediger nach Hause gegangen ist. Dann höhle den östlichen Rand des Grabes noch einen halben Fuß tiefer aus, so findest du den Lohn für deine Mühe. Von dem vorgefundenen Gelde bezahle dem Prediger 25 Thaler für die Beerdigung, funfzig Thaler laß unter die Kirchenarmen vertheilen, und was dann noch übrig bleibt ist Alles dein, und du kannst damit machen was du willst.« Mit diesen Worten war der Fremde eben so wunderbar verschwunden, wie er gekommen war.

Unser Freund steckte einen Pflock in den Boden um die Stelle zu bezeichnen, wo er das Grab graben sollte, ging dann nach Haus um eine Schaufel zu holen und war mit Anbruch der Morgenröthe schon an der Arbeit. Der Fußknöchel lag neben dem Pflocke wie er hingelegt worden war, ohne sich zu rühren. Um Mittag war das Grab fertig geworden, der Mann legte den Fußknöchel hinein und ging dann um den Prediger herzubitten, dem er sein nächtliches Erlebniß von Anfang bis zu Ende erzählte; doch ließ er nichts von dem Lohn für das Begräbniß verlauten, weil er ja selbst noch nicht wußte, ob er etwas finden würde, und nicht mit leeren Versprechungen zum Lügner werden wollte. Der Prediger wunderte sich wohl gar sehr über das, was er von dem Manne hörte, doch sträubte er sich weiter nicht, sondern ging mit ihm, um den ruhelosen Menschenknochen nach christlicher Weise zu begraben. Als der Prediger nach ertheiltem Segensspruch sich entfernt hatte, grub der Mann laut Vorschrift das Grab um einen halben Fuß tiefer aus, da stieß er auf einen großen kupfernen Deckel. Als er den Deckel aufbrach, fand er einen vier Zuber großen kupfernen Kessel, der bis an den Rand mit schwedischen Thalern angefüllt war. Er versuchte den Kessel mittels einer Stange hinaufzuheben, es war aber ganz unmöglich: drum stand er von der vergeblichen Arbeit ab, zog seinen Rock aus, breitete ihn auf den Boden, und that Mal auf Mal soviel Geld darauf, als er auf dem Rücken davontragen konnte. Die fortgebrachten Geldhaufen schüttete er etwas weiter ab unter's Gebüsch, bis der Kessel gänzlich geleert war; auf dem Grunde hatte er noch fast ein halbes Külimit an purem Golde gefunden. Den leeren Kessel ließ er an Ort und Stelle, füllte das Grab mit Erde auf, glättete die Oberfläche und ging dann um aus dem Dorfe ein Pferd zur Fortbringung des Schatzes zu holen. Das Pferd hatte aber zweimal schwer zu ziehen, um alles Geld fortzubringen. Jetzt zahlte der glückliche Finder dem Prediger den Begräbnißlohn und händigte ihm auch funfzig Thaler ein mit der Bitte, sie gleichmäßig unter die Armen des Kirchspiels zu vertheilen. Nach einigen Tagen kaufte er sich zwei starke Pferde und einen mit Eisen beschlagenen Wagen, lud das Geld darauf und zog aus seinem Orte weg. Wohin? Das hat später Niemand vernommen; man meint aber, daß er übers Meer, sei es nach Finnland oder nach Schweden gezogen war, weil die gefundenen Thaler sämmtlich königlich schwedisches Gepräge hatten und dort mehr werth sind als hier zu Lande.

Nach dieser Zeit hat keines Menschen Ohr mehr in der

Schlucht das Winseln des Fußknöchels gehört, welches, ehe derselbe begraben wurde, noch mein Großvater, wenn er vorbeiging, manches Mal vernommen hat.

e. Der von der Stelle gerückte See.

»Zeige, Seelein uns'ren Schritten,
Deines alten Standes Grenzen.«

Wenn man von dem Städtchen Werro[67] nach Pleskau[68] zu geht, so liegt hinter dem siebenten Werstpfahl links von der Landstraße in einer tiefen engen Schlucht ein kleiner See zwischen Kieshügeln. Eine halbe Werst weiter wenn man hinter der Senkung wieder bergauf kommt, liegt ebenfalls links vom Wege eine kleine runde von Kieshügeln eingefaßte Schlucht, welche an ihrem Nordrande deutlich erkennen lassen, daß Wasserwellen einst hier durchgeflossen sind und die Hügelwand niedergerissen haben. Gegen Südost wächst jetzt am Abhange der Schlucht ein hübsches Birkenwäldchen, und es werden in demselben ein paar kleine Bauerhöfe sichtbar, jenseits welcher am Rande des Waldes vor einigen Jahrzehnten ein Schulhaus aufgeführt worden ist. An den hier beschriebenen Ort führen uns alte Sagenspuren, von denen wir Nachstehendes melden wollen, wie es der Volksmund erzählt.

Vor einigen hundert Jahren lag in der eben bezeichneten Schlucht ein kleiner See mit klarem silberfarbigem Wasser zwischen grünen Ufern; wo jetzt der Birkenwald steht, erhob sich auf der Steile des Ufers ein prächtiger Eichwald, in dessen Schatten ein einzelner schöner Bauerhof lag, dessen Aussehn schon von weitem einen wohlhabenden Wirth verrieth. An Stelle der umliegenden Höfe, welche jetzt zu beiden Seiten der Straße hie und da dem Wanderer sich zeigen, stand in alter Zeit ein ausgedehnter Laubwald. Aber kehren wir jetzt zu dem kleinen See zurück, in dessen Fläche beim Sonnenschein Eichwald und Bauerhof sich spiegeln und dessen Wellen selten gekräuselt sind, weil ihn zwischen seinen hohen Ufern das Spiel von Wind und Wetter wenig berührte. Die Bewohner des Hofes holten täglich aus dem See das nöthige Trink- und Kochwasser und im heißen Sommer erfrischten sie ihre erschlafften Glieder im See. — Der höchste und herrlichste Schatz des Hofes aber war des Wirths einzige Tochter, die wie ein Kleeblümchen[69] mit fünf kräftigen Brüdern zusammen aufwuchs und auf's schönste erblühte, so daß weit und breit kein Mädchen zu finden war, das ihr gleich kam. Ihr frommes unschuldiges Herz glich auch darin einer Blume, daß sie selbst nicht wußte, welche Freude sie durch ihren Liebreiz den Andern, besonders jungen Männern, machte. Freier meldeten sich oft genug und von allen Seiten, aber sie hatte gar kein Verlangen sich so früh das Ehejoch auf den Nacken legen zu lassen. »Zum Heirathen habe ich noch Zeit genug« sprach sie lachend zu ihren Eltern und Brüdern, wenn die Freier nach vergeblicher Werbung wieder davon ritten.

Eines Tages geschah es, daß ein junger Ritter von vornehmer Geburt auf dem Wege von Schloß Kirumpä nach Schloß Neuhausen[70] am Hofe vorbei ritt, und die schöne Jungfrau am Ufer des Sees erblickte. Dieser Anblick weckte in seinem Herzen ein solches Verlangen, daß er fortan Nacht und Tag das Mädchen nicht mehr aus dem Sinne bringen konnte. Als er deßhalb nirgends Ruhe fand, schlug er unter dem Vorwande verschiedener Geschäfte oftmals den Weg zum Bauerhofe ein, wo denn der Wirth und dessen Söhne sich wohl mit ihm unterhielten, das Mädchen ihm aber niemals zu Gesicht kam. Da diese List also nicht anschlug, so nahm der junge Ritter zu einem andern Mittel seine Zuflucht. Er schlich Tage lang heimlich um den See herum, bis er einmal den Augenblick fand, mit der Jungfrau allein zu reden und ihr seines Herzens Wünsche kund zu thun.

Obwohl nun die Jungfrau nicht die geringste Liebe für ihn fühlte, so wagte sie doch nicht den ungestümen vornehmen Jüngling rundweg abzuweisen, der, wenn er sich so verschmäht sah, ihren Eltern und Brüdern viel Böses zufügen konnte. Nothgedrungen mußte sie also die Liebeswerbung des Ritters ertragen, wiewohl sie ihm nicht die geringste Annäherung gestattete, welche ihre jungfräuliche Ehre hätte beleidigen können. Als die Eltern und Brüder die Festigkeit des Mädchens sahen, hatten sie auch nichts mehr dagegen, daß der vornehme Fremde fast täglich auf ihren Hof kam; er hoffte wohl doch noch einen Augenblick zu erhaschen, wo er das Mädchen in seine Liebesnetze verstricken könnte. Auf des Ritters Flehen gab die Jungfrau stets die Antwort: »Geehrter Herr! zu eurer Gemahlin taugt meines Gleichen nicht, denn ihr seid ein hochstehender Deutscher, ich nur eine geringe Bauerntochter, und euer Kebsweib zu werden habe ich nicht die mindeste Lust. Es wäre darum nach meinem Dafürhalten das Beste, daß ihr mich vergässet und zu euren Standesgenossen zurückkehrtet.«

Eines Tages saßen sie wieder beisammen am Ufer unter einer mächtigen Eiche, als der Ritter ihr das alte Lied von seiner heißen Liebe wieder in die Ohren sang und versicherte, er würde, wenn es möglich wäre, lieber zehn Mal sein Leben hingeben als sich vom Liebchen trennen. Das Mädchen flehte dagegen: »Spottet meiner nicht länger! ich darf und will euren Betheuerungen nicht glauben; es ist eine Laune, die euch angeflogen ist und ebenso wieder verfliegen wird. Mit euch Freundschaft zu halten widerstrebt meiner Seele. Ihr könnt nimmer Macht über mich gewinnen, denn ich kann euch der Wahrheit gemäß sagen, eher lasse ich mir das Leben nehmen, als meine Ehre beschimpfen. Zwischen uns darf nicht länger Freundschaft sein.« Der Ritter erwiderte: »So gewiß wie dieser klare See vor uns seinen Platz nicht

verlieren oder von hier an eine andere Stelle rücken kann, —
eben so gewiß soll meine Liebe zu dir ewig unveränderlich
bleiben.« —

Auf diese Weise hatte er noch bis in den Abend hinein das
Mädchen an sich zu ziehen gesucht, bis er endlich
unmuthig nach Hause ging, erzürnt über sich selbst und
das Mädchen, daß die Sache nicht besser abgelaufen war.

Nicht gering war am andern Morgen der Schrecken und das
Erstaunen auf dem Bauerhofe, als die Leute beim Aufstehen
vor die Thür tretend den See nicht mehr vorfanden, sondern
an Stelle desselben nur Schlamm und Schmutz auf feuchtem
Sandgrund. Das Mädchen hob, der gestrigen Betheuerung
des jungen Mannes gedenkend, die Augen gen Himmel, da
der alte Vater (der Himmelsvater) ihr ein so deutliches
Zeichen gegeben. Der Ritter aber wagte seitdem nicht mehr
seinen Fuß auf den Seehof zu setzen, wo die Macht des
Himmels seine Betheuerungen so zu Schanden gemacht
hatte.

f. Die Kaufmannstochter von Narva.

In der Stadt Narva war vor Zeiten großer Reichthum, und
derselbe wurde durch den Handel mit der Kunglainsel[71]
und mit andern Ländern jenseits des Meeres von Jahr zu
Jahr größer. Man erzählt, daß jeden Sommer Hunderte von
fremden Kauffahrern aus allen Gegenden in den Hafen von
Narva einliefen, um ausländische Waaren zu bringen und
dafür die Erzeugnisse unseres Landes zu holen. Von Narva
aus nahmen die Waaren dann eine doppelte Richtung: ein
Theil wurde nach Dorpat verführt, der andere, größere über
Pleskau nach Rußland; deshalb mußten die Fahrzeuge der
narvaschen Kaufleute im Sommer ununterbrochen auf dem
Flusse und auf dem Peipus schiffen, während im Winter die
Frachtfuhren über's Eis zogen.

Zu der Zeit, wovon die Rede ist, besaß ein Kaufmann in Narva ein so bedeutendes Vermögen, daß die großen Kellergewölbe unter seinem Hause von der Diele bis zur Decke mit Tonnen Goldes und Silbers angefüllt waren. Aber Gott hatte dem reichen Manne nur eine einzige Tochter gegeben, die all das Geld nach ihrer Eltern Tode erben sollte. Es läßt sich leicht denken, daß es ihr an Freiern nicht fehlte, weil reiche Mädchen damals ebenso hoch im Preise standen und ebenso gesucht waren wie heutzutage. Die Bewerber um die Hand der reichen Kaufmannstochter strömten aus allen Landen herbei, darunter auch Söhne vornehmer Leute, aber keines Einzigen Branntwein[72] wurde angenommen. Wie es nicht selten geschieht, daß in Heirathsangelegenheiten reiche wie arme Mädchen ganz anders denken und ganz andere Wünsche hegen als ihre Eltern, so war's auch hier der Fall. Während die Eltern einen reichen oder doch einen vornehmen Schwiegersohn wollten, hatte sich ihr Töchterchen in der Stille einen Liebsten erwählt, der weder einen großen Namen noch Reichthümer noch sonst Etwas besaß, was ihn über die Andern hätte erheben können: gleichwohl liebte ihn das reiche Mädchen von ganzem Herzen und war fest entschlossen, entweder dieses Jünglings Gattin zu werden, oder als alte Jungfer hinter ihren Geldkisten zu verwelken. Zwar wußte sie so gut wie ihr Geliebter, daß die reichen Eltern einem so lumpigen Freier ihr einziges Kind nicht geben würden; allein die Liebenden hofften zuversichtlich, daß irgend ein unvorhergesehener Glücksfall ihnen zu Hülfe kommen werde.

Da segelte eines Tages ein stolzer junger Schwedenkönig in den Hafen von Narva ein, stieg aus dem Schiffe und begab sich geradeswegs in die Wohnung des reichen Kaufmanns — wie die Leute meinten, um Geld zu borgen. Aber nach einigen Stunden war es in der ganzen Stadt bekannt, daß der junge König des reichen Kaufmanns Schwiegersohn werden sollte. Der hochgeborne stolze Freier war von den Eltern sogleich mit solcher Freude empfangen worden, daß es ihnen gar nicht eingefallen war, vor Annahme seines Branntweins erst ihre Tochter zu fragen, ob sie diesen Bräutigam auch wolle. Das Sträuben und Weinen der Tochter wurde als kindische Thorheit verlacht, und ohne darauf Rücksicht zu nehmen, verlobten die Eltern ihr Kind dem Könige; die Hochzeit sollte binnen einer Woche gefeiert werden.

Einige Tage vor der Hochzeit hatte des Königs Braut noch einmal eine heimliche Zusammenkunft mit ihrem früheren Geliebten, dem sie einen kostbaren goldenen Ring zum ewigen Andenken schenkte und zugleich betheuerte, wenn kein anderer Retter käme, so sollte der Tod sie von dem Schwedenkönige befreien. Drohungen dieser Art hatte sie schon zuvor ihren Eltern gegenüber wiederholt verlauten lassen, aber man glaubte nicht daran und machte sich nicht das Geringste daraus.

Die Hochzeit wurde festlich begangen, aber in das Herz der jungen neuvermählten Frau drang keine Freude, vielmehr war sie anzusehen wie eine Blume, die im Sonnenbrande verdorrt. Als nun der König gleich nach der Hochzeit zu Schiffe gehen und mit seiner Gemahlin nach der Heimath segeln wollte, fiel die junge Frau einmal über das andere in Ohnmacht, also daß sie halbtodt aufs Schiff getragen wurde. Am andern Tage, als das Schiff schon auf hoher See schwamm, legte die junge Frau dieselben Festkleider an, in denen sie getraut worden war, und verlangte aufs Verdeck, um frische Luft zu schöpfen. Der König führte sie selbst die Treppe hinauf; oben ging sie einige Mal auf und nieder und stürzte sich alsdann plötzlich, ehe Jemand es hindern konnte, über Bord.

Wohl empfanden die Eltern bitteren Schmerz, als sie die Nachricht von dem unglücklichen Ende ihrer Tochter erhielten, aber was konnte das jetzt helfen? Den Todten kann all' unsere Reue nicht wieder in's Leben zurückrufen.

Man erzählt, daß noch gegenwärtig, wenn der Wind von Schweden her kommt und die Wogen peitscht, mitten im Brausen des Sturms ein feines Ohr das Klagen und Weinen der jungen Königsfrau vernehmen kann.

g. Wo Narva's früherer Reichthum liegt.

In den Tagen, als Narva noch eine reiche Stadt war, zog einst von Rußland oder von Polen her der grimmige Feind mit großer Heeresmacht heran, um die Stadt einzunehmen und auszuplündern. Zum Glück erhielten die Bewohner einige Tage vorher durch ihre Spione Nachricht, so daß sie noch Zeit hatten, den größten Theil ihres Goldes und Silbers zusammenzuraffen und in der Mündung des Flusses unweit der See zu versenken. Darauf wurden die Thore geschlossen und die Schanzen besetzt. Mit Proviant war die Stadt so reichlich versehen, daß eine Hungersnoth nicht zu besorgen stand; die festen Mauern und Werke rings um die Stadt, der tiefe, breite Fluß einerseits und die mit Wasser gefüllten Wallgräben andrerseits wehrten den Feind ab, so daß er nicht eindringen konnte. Er belagerte die Stadt bis zum Herbst, mußte aber dann unverrichteter Sache abziehen. Nach dem Abzuge des Feindes hatten die Bürger der Stadt nichts Eiligeres zu thun, als an die Mündung des Flusses zu gehen, um ihren Schatz aus seinem Versteck heraufzuholen. Unglücklicher Weise aber hatten sie ihn zu nahe am Meere auf den Grund des Flusses gesenkt; die heftigen Stürme hatten oftmals die Tiefe aufgewühlt und die Geldfässer gegen einander geschüttelt und zerbrochen, der vom Meere ausgeworfene Sand aber hatte später Alles bedeckt und festgelegt, so daß man nur wenig von dem versenkten Gelde wieder erlangte. Der größte Theil dieses Schatzes der Vorzeit ruht bis zum heutigen Tage auf dem Grunde des Flusses und des Meeres, und Niemand weiß, welchem Glückskinde er einmal in die Hände fallen wird.

h.[73] Das Mädchen von Waskjalasild[74].

Vor Zeiten ging einmal an einem freundlichen stillen Sommerabend ein frommes Mädchen, sich in einem Bache unweit Waskjalasild zu baden, um die von der Hitze des Tages ermatteten Glieder zu stärken. Der Himmel war klar, die Luft wehte lind und aus dem nahen Erlengebüsch ertönte die Nachtigall. Der Mond stieg am Horizonte auf und blickte liebreich auf des Mädchens Kopfband, ihr hellgelbes Haar und ihre rothen Wangen. Der Jungfrau Herz war unschuldig, keusch und rein wie Quellwasser, das durchsichtig ist bis auf den Grund. Plötzlich fühlte sie in ihrem fröhlichem Herzen ein unbekanntes Sehnen sich regen, so daß sie ihren Blick nicht mehr vom Antlitz des Mondes wegwenden konnte. Weil sie nun so fromm, keusch und unschuldig war, so gewann der Mond sie lieb, und nahm sich vor, ihr die geheime Sehnsucht und das Verlangen ihres Herzens zu stillen. Aber die fromme Maid trug nur den einen Wunsch im Herzen, den sie nicht laut werden zu lassen wagte: aus dieser Welt zu scheiden und am hohen Himmel ewig bei dem Monde zu leben. Der Mond errieth auch die unausgesprochenen Gedanken ihres Herzens.

Die Luft des lieblichen Abends war wiederum mild und still, die Nachtigall flötete im Erlengebüsch durch die Nacht, der Mond schaute in den Grund des Baches von Waskjalasild hinab, aber nicht mehr einsam wie vorher; der Jungfrau liebes Gesichtchen schaute mit ihm in den Bach durch die

Wellen hindurch in die Tiefe und blieb von der Zeit an bis auf den heutigen Tag immer neben dem Monde sichtbar. Dort am hohen Firmament zu wohnen hat das Mägdlein jetzt ihre Freude und Genüge und hegt den Wunsch, daß auch andere Mädchen mit ihr dieses Glückes theilhaftig werden könnten. Freundlich blickt deshalb ihr Auge in mondheller Nacht von oben auf die Erde herab und lockt schmeichelnd die staubgeborenen Schwestern zu sich zu Gaste. Da aber nicht eine von ihnen so fromm, keusch und unschuldig ist wie sie, so kann auch keine zu ihr hinauf in den Mond kommen. Das Mondmägdlein wendet drum von Zeit zu Zeit ihre Augen trauernd ab und bedeckt ihr Antlitz mit einem schwarzen Tuche. Gleichwohl giebt sie deswegen die Hoffnung nicht auf, vielmehr hofft sie immer noch, es werde sich künftig einmal unter ihren irdischen Schwestern eine finden, die so fromm, keusch und unschuldig sei, daß der Mond sie zu sich rufen könne, um des glückseligen Lebens theilhaftig zu werden. Darum wendet die Mondjungfrau von Zeit zu Zeit mit wachsender Hoffnung ihre Augen zur Erde nieder, mit freundlichem Lächeln und unverhülltem Antlitz, wie an dem seligen Abend, wo sie zum ersten Male vom hohen Himmel herab in den Bach von Waskjalasild hinunter schaute. Aber auch die besten und verständigsten der staubgeborenen Mädchen sind nicht ohne Fehl, und weichen, ehe man sich's versieht, vom rechten Pfade ab, und keine von ihnen ist so fromm, keusch und unschuldig, daß sie des Mondes Gefährtin werden könnte. Wenn das fromme Mondmädchen dessen inne wird, so bemächtigt sich ihrer der Unmuth von Neuem und sie verhüllt ihr Gesicht abermals mit dem schwarzen Trauertuche.

i. Emmujärw und Wirtsjärw[75] (Muttersee und Pfützensee).

Nachdem Altvaters Güte dem Menschengeschlecht hier zu Lande Wohnsitze bereitet, den Boden gesegnet, daß er ihnen Frucht bringe, die Wälder mit Vögeln und Vierfüßern angefüllt hatte, schuf er auch einen See mit klarem, kaltem und erquickendem Wasser, aus welchem die Menschen sich jederzeit einen stärkenden Trunk holen konnten. Am hohen Ufer des Sees wuchsen grüne Eichen- und Lindenwälder, in deren Schatten die schönsten Blumen blühten, während in den Wipfeln der Bäume Morgens und Abends Vogelsang ertönte, so daß eitel Wonne und Jubel das Menschenherz erfüllen mußte. Solch' ein glückliches Loos hatte Altvater's Wille seinen Kindern bereitet. Aber dies Glück war nicht von langer Dauer, denn die Menschen wurden übermüthig, thaten was ihr böses Herz ihnen eingab und wurden endlich so verderbt, daß Altvater länger kein Wohlgefallen an ihnen haben konnte; die Ohren sausten ihm, da er immerfort von ihrer Bosheit hören mußte. Da sprach Altvater eines Tages: »Ich will meine entarteten Kinder für ihre Ruchlosigkeit züchtigen und zwar dadurch, daß ich das erquickende Wasser mit sammt dem See ihnen entziehe, vielleicht daß die Qual des Durstes sie bessert und allmählich auf den rechten Weg zurückführt. Und siehe! eines Tages stieg im Süden eine schwarze drohende Gewitterwolke auf, und zog näher und näher, bis sie über dem See stand, wo sie gleichsam ausruhte und ihren Rand säulenartig zum See hinabstreckte. Plötzlich begann das Wasser des Sees zu zischen und zu steigen und sich so lange aufzublähen, bis es, die Wolkensäule berührend, mit ihr sich vereinigte: dergestalt verschwand in wenig Augenblicken alles Wasser aus dem See bis auf den letzten Tropfen.

Die schwarze Gewitterwolke schwebte mit ihrer Ladung weiter und entschwand vor Abend den Blicken der Zuschauer. Das vormalige Becken des Sees war leer und es war nur ein sumpfiger Schlamm für Frösche zurückgeblieben; aber auch diesen trockneten nach einigen Tagen die Sonnenstrahlen und der Wind aus. Jetzt erhob sich groß Geschrei und Wehklagen unter den Leuten: der Durst quälte sie, weil sie nirgend mehr ein anderes Trinkwasser fanden, als was der Regen in Vertiefungen des Bodens sich ansammeln ließ. Allmählich füllten zwar Regenschauer und die Schneeschmelzen des Frühlings den früheren Raum des Emmujärw wieder bis zum Rande, aber es war weiches Pfützenwasser, was weder den Durst hinlänglich stillte noch den Körper zu erquicken vermochte. Die Leute legten dem See wie zum Schimpfe den Namen Wirtsjärw (Pfützensee) bei und dieser Name ist ihm auch bis auf den heutigen Tag geblieben. Die schönen hohen Ufer mit den grünen Laubholzwaldungen und den blühenden Blumen sind aus der Umgebung des See's längst verschwunden; an ihrer Stelle bildeten sich Moräste, in denen nicht viel Andres wächst, als einige kränkliche Kiefern.

Als späterhin des Durstes Pein die frevelnden Menschen etwas gebessert hatte und ihre Klagen und Bitten mit jedem Tage wehevoller zu Altvaters Ohr emporstiegen, erweichte er sein Herz und erbarmte sich ihrer wiederum. Gleichwohl wurde ihnen der frühere See nicht wieder zurückgegeben, sondern Altvater ließ überall schmale unterirdische Rinnsale entstehen, goß das vormalige Wasser des Emmujärw hinein und befahl zugleich dem Wasser so zu fließen, daß es hie und da aus dem Boden hervorsprudele, damit die Menschen ihren Durst löschen könnten. Damit aber die unterirdischen Wasseradern im Winter nicht zu kalt und im Sommer nicht zu heiß würden, ordnete Altvater's Weisheit an, daß im Frühling ein Kältestein in die Quellen gelegt werde, der im Herbst herausgenommen und zum Winter mit einem Wärmesteine vertauscht wird: wodurch bewirkt wird, daß die Quellen niemals gefrieren können — wie sonst Bäche,

Flüsse und Seen sich mit Eis bedecken.

k. Die Tochter des Strandbewohners von Tolsburg[76].

Am Strande von Tool wohnte vor Zeiten ein unermeßlich reicher Fischer, der schon von vielen Geschlechtern Geld und Gut geerbt hatte, ungerechnet das, was er selbst zusammengescharrt oder was der Hausgeist[77] ihm zugeführt hatte. Er besaß eine einzige Tochter, die von außen wohl einem hübschen Blümchen glich, inwendig aber voll Tücke war. Der Reichthum ihres Vaters reckte die Nase des Dirnleins so sehr in die Höhe, daß es ihrer Meinung nach im ganzen Lande keinen Burschen geben konnte, den sie hätte heirathen können. Daran wäre nun auch weiter nichts gelegen gewesen, hätte sie nicht selbst die jungen Leute zu sich herangelockt und sie dann hinterdrein mit Spott und Schande heimgeschickt und vor aller Welt gelästert. In dem Maße freilich, wie mit der Zeit die Geschichte der verschmähten Freier überall bekannt wurde, hörten endlich auch die Brautfahrten auf, weil die jungen Leute dachten: mag die Uebermüthige hinter ihren Geldkasten zur alten Jungfer verwelken, an deren Fleisch dann auch nicht einmal ein Wolf mehr anbeißt.

So verstrichen ein paar Jahre ruhig, während welcher kein Freier mehr erschien. Eines Morgens aber kam ein fremder vornehmer Freier auf einem schwarzen Pferde, er selbst von Gold und Silber schimmernd, so daß man ihn durchaus für nichts Geringeres als einen Königssohn halten konnte. Einen solchen Freier durften nun freilich weder die Eltern noch die Tochter verschmähen, vielmehr wurde er mit großen Ehren- und Freudenbezeugungen empfangen. Als jedoch der Freier zu Tische gebeten wurde, nahm er weder Speise noch Trank in den Mund, sondern bat die Braut sich schleunigst anzukleiden und mit ihm in seine Wohnung zu kommen, welche nicht weit entfernt sei und wo Hochzeitsschmaus und Gäste schon des neuen Paares harreten. Als die Maid sich geschmückt hatte, hob der Bräutigam sie auf den Rücken seines Pferdes, schwang sich selbst in den Sattel und ritt wie der Wind davon, so daß man von ihm nichts weiter gewahr wurde als die Funken, welche des Pferdes Hufe aus den Steinen schlugen. Sie erreichten ein freies Feld, wo ein prächtiges steinernes Schloß vor ihnen stand, aus welchem ihnen der Festlärm der Hochzeitsgäste dumpf entgegentönte. Der Bräutigam sprang vom Pferde, half der Braut absteigen, nahm ihren Arm und trat mit ihr in den Festsaal. Ein häßliches Hohngelächter, welches dem Mädchen durch Mark und Bein drang, empfing die Beiden. Dann erhob sich ein lautes Krachen, als ob ein Donnerschlag die Erde zum Bersten gebracht hätte! In demselben Augenblicke war das schöne Schloß mit allen Hochzeitsgästen wie weggefegt und von Allem keine Spur mehr vorhanden.

Als die umwohnenden Leute auf das Getöse herzueilten, zu sehen was es gebe, konnte man nichts weiter entdecken, als einen steinernen Pfosten von Menschenhöhe, an dessen oberer Hälfte viele Streifen hinliefen, wie Perlenschnüre um einen Hals. So steht der steinerne Pfosten bis zum heutigen Tage bei Karlshof vor dem Dorfe Raudlep zum Schreckbild für übermüthige Mädchen.

1. Die Steindenkmale der Hungersnoth[78].

»Die Männer seien hochgeehrt,
Die Volksgedächtniß hält so werth.«

Wer je nach Palms[79] gekommen ist, der hat wohl auch jene Steinhaufen gesehen, welche an vielen Orten auf den Gutsfeldern stehen. Wie die alten Leute zu erzählen wissen, sind jene Steinhaufen alle zur Zeit einer schweren Hungersnoth zusammengetragen worden, was so zuging: Die Herren von Pahlen hatten seit unvordenklichen Zeiten die Gewohnheit, einen reichen Getreidevorrath in den Gutskleten anzusammeln, auf daß, wenn einmal die Leute durch Mißwachs Mangel litten, die Gutsklete sie bis zur neuen Ernte ernähren könnte. Da geschah es, daß eines Jahres eine so bittere Hungersnoth in Estland herrschte, daß die Leute aller Orten hinstarben wie die Fliegen. Wer aber zu seinem Glücke noch soviel Kraft hatte, sich nach Palms aufzumachen, der war gerettet. Daher kamen hier nach und nach Hunderte von Menschen zusammen, welche der Herr von Pahlen aus seiner Klete versorgte und es war ein so reicher Gottessegen vorhanden, daß die Kornkasten nicht leer wurden. Obgleich nun der Herr dafür keine Arbeit von den Leuten verlangte und sie zu keinerlei Leistung anhielt, sondern ihnen aus Erbarmen das Brot gab, so hielten es doch die Leute ihrerseits für Pflicht, für den Herrn irgend eine Arbeit zum Dank für seine Wohlthat auszuführen. Weil nun die Pahlenschen Felder sehr steinig waren, so faßten die Leute einmüthig den Beschluß, alle Steine von den Feldern aufzusammeln und in Haufen aufzuthürmen. Diese Steinhaufen führen deshalb den Namen: »Steindenkmale der Hungersnoth.« Man sagt ferner, daß seit der Zeit bis auf unsere Tage herab die Pahlenschen Felder reich gesegnet sind, und wenn auch ringsum Mißwachs eintritt, so bleiben diese Felder doch bewahrt, weil die Thränen der Hungrigen sie bethaut haben und die Dankgebete der Gesättigten zu Gottes Ohr gedrungen sind.

m. Der Herren von Pahlen Schutzgeist.

Schon von Alters her war es den Leuten wohl bekannt, daß die Herren von Pahlen einen Schutzgeist hatten, der sie in jeglicher Noth vor Schaden hütete. Alle Männer aus dem

244

Geschlechte der Pahlen waren von hohem Wuchse und starkem Körperbau, so daß sie immer mindestens um eines Kopfes Länge Andere überragten und ihre Schutzgeister waren wieder noch um einen Kopf höher als sie selbst. So erzählt man von einem dieser Herren, daß seine Höhe derjenigen der gekappten Fichten gleich kam, die wie eine Gasse den Gemüsegarten durchschnitten. Wenn er nun unter diesen Bäumen lustwandelte, ging der Schutzgeist ihm zur Seite, an Gesichtsbildung und Gestalt dem Herrn gleich und auch wie er gekleidet, der Kopf aber ragte über die Fichten hinaus. Zuweilen hörte man beide auch mit einander reden, aber in einer fremden Sprache, welche kein Anderer verstand. Hatte der Herr sich zur Tafel niedergelassen oder sonst auf einem Sitze Platz genommen, so kauerte der Geist neben ihm am Boden, ohne sich je zu setzen, Nachts aber schlief er mit dem Herrn in einem Bette. Doch konnte es immer für einen Ausnahmefall gelten, wenn der Geist von anderen Leuten erblickt wurde, meist blieb er fremden Augen unsichtbar. Es geschah einmal während einer schweren Pest, daß die Seuche die Menschen zu Hunderten hinraffte und die Kranken allerwärts darnieder lagen, ohne daß Jemand ihnen zu Hülfe kam. Da ging der Herr von Pahlen täglich in den Dörfern umher nach den Kranken zu sehen, brachte ihnen Getränk und andere Stärkungen und tröstete sie auf jegliche Weise, so daß er den Bedrängten wie ein rettender Engel erschien. Auf solchen Gängen wurde sein Schutzgeist immer neben ihm erblickt, ein schwarzes Säckchen in der Hand, aus welchem er unablässig Nebel ausstreute, so daß sein Herr wie im dichten Nebel dahinschritt. Dies geschah, damit die Seuche ihn nicht anstecken könne.

Als derselbige Herr in seiner Jugend Kriegsmann gewesen war, hatte ihm weder eine Degenschneide noch eine Flintenkugel etwas anhaben können, sondern Beide waren immer von ihm abgeprallt. Wenn er gefragt wurde, ob ihm denn die Kugeln nicht weh thäten, so antwortete er lachend: »Ich habe nur das Gefühl, als ob mich Jemand mit Wachholderbeeren würfe.« Als der Lebensabend des alten Herrn herangekommen war und derselbe aus dieser Welt abberufen wurde, war der Schutzgeist von ihm geschieden. In der Nacht vor seinem Tode vernahm das ganze Gutsgesinde einen gewaltigen Lärm im Waffensaale und es kam ihnen vor, als würden die Waffen von einer Wand an die andere geworfen, so daß Wände und Estrich erbebten. Niemand hatte Muth genug hinzugehen um das grause Spiel mit anzusehen, das bis über Mitternacht dauerte; aber wunderbar war es, daß der kranke Herr in seinem Bette nichts von dem Getöse hörte. Als die Diener am nächsten Tage im Waffensaal nachsahen, wo nach ihrer Meinung Alles wirr durcheinander am Boden liegen mußte, da fanden sie zu ihrem Erstaunen, daß jedes Stück an seinem alten Fleck am Nagel hing und auch nicht ein einziges Spinngewebe auf den Waffen zerstört war. Das vernommene nächtliche Gelärme hatte nichts Anderes zu bedeuten gehabt, als daß es den Leuten die Todesstunde des alten Herrn verkünden sollte.

n. Der aus den Klauen eines Adlers gerettete Königssohn.

Von einem andern Herrn von Pahlen, der in seiner Jugend im Russenheere gedient hatte, wird ebenso wie von dem vorher erwähnten erzählt, daß er gegen Hieb und Schuß gefeit gewesen sei. Noch in späteren Lebensjahren, wo er von seines Tagewerkes Last und Hitze in Palms ausruhte, sollte er durch Zufall der Lebensretter eines Königssohnes werden. Er war eines Tages auf der Jagd von seinen Begleitern abgekommen und an das Ufer eines kleinen Flusses gerathen, da hörte er plötzlich ein seltsames Sausen und Brausen in der Luft wie von einer

246

heranfahrenden Hagelwolke. Dennoch war, soweit das Auge reichte, der Himmel überall klar, von einer Wolke nirgends eine Spur; als aber der Herr schärfer hinsah, bemerkte er am südlichen Horizont ein schwarzes Klümpchen, welches rasch näher kam und immer mehr aufschwoll — es war die Ursache des vernommenen Geräusches. Zu seinem Erstaunen wurde der Herr gewahr, daß die schwarze Masse nichts Anderes war als ein ungeheuer großer Adler; in seinen Fängen hing ein Kind, ob todt oder lebendig? wer konnte es wissen. Der alte Herr schloß alsbald aus der Beschaffenheit des Adlers, daß es hier nicht mit rechten Dingen zugehe, riß einen silbernen Knopf von seinem Wamms, stieß ihn in die schon mit Pulver geladene Flinte, zielte und schoß auf des Adlers Leib. Der schlimme Vogel ließ das Kind fahren und suchte mit furchtbarem Flügelschlage das Weite. Das Kind fiel in den Fluß, aber ein auf den Knall der Büchse herzugeeilter Diener sprang dem Kinde nach und rettete es glücklich aus der neuen Gefahr. Am Halse des Kindes hing an goldener Kette ein kleines goldenes Täfelchen auf welchem eingegraben stand, daß das Kind ein Königssohn aus fernen Landen sei. Der alte Herr sandte nun das Kind durch zwei zuverlässige Männer den Eltern zurück, welche um den Verlust desselben in schwerer Sorge waren. Der König bot nun dem Retter seines Kindes reiche Dankesgaben, die jedoch der Herr von Pahlen nicht annahm, indem er sagte: für ein gerettetes Menschenleben bedarf es keines zeitlichen Lohnes, denn ich habe damit nur meine Pflicht gethan. Später ließ er an der Stelle, wo das Kind in's Wasser gefallen war, eine Mühle bauen, welche noch gegenwärtig die Adlermühle genannt wird, doch besorge ich, daß heut zu Tage unter den Besuchern der Mühle nicht Viele sind, welche zu sagen wissen, wovon die Mühle ihren Namen erhalten hat.

o. Die Meermaid und der Herr von Pahlen.

Vor Zeiten erging sich einmal ein Herr von Pahlen am Strande des Meeres, da sah er auf einem Steine eine Jungfrau sitzen, die bitterlich weinte. Der Herr trat alsbald näher und fragte sie, was ihr fehle, daß sie so bitterlich weine. Die Jungfrau sah ihn eine Weile mit thränenden Augen an, seufzte tief auf, antwortete aber nicht. Da streichelte ihr der Herr sanft Kopf und Wangen und fragte abermals mit liebreicher Rede: »Sage mir deines Herzens Kummer, denn ich frage nicht zum bloßen Zeitvertreib, sondern will, wenn irgend möglich, dir helfen und deine Thränen trocknen.« Die Jungfrau erwiderte weinend: »Du bist ein sterblicher Mensch, darum kannst du mir keine Hülfe bringen, da ich unter einem höheren Gesetze stehe, aber da du freundlich gegen mich warst, so will ich dir meine Noth klagen. Sieh, ich bin des Meervaters[80] einzige Tochter und muß seine Befehle unweigerlich ausführen, wenn mir auch das Herz zu springen droht und die Thränen mir aus den Augen stürzen. Heute morgen erhielt ich den Befehl, vor Abende die Wellen hoch aufschäumen zu machen und sie die Nacht durch im Toben zu erhalten. Denke ich daran, wie viele Schiffe und Menschen da zu Grunde gehen werden, so kann ich mein kummervolles Herz nicht beschwichtigen[81].« Der Herr forschte nun weiter, weßhalb der Meeresvater ein so grauenvolles Spiel liebe, welches Niemandem Nutzen bringe, worauf das Mädchen erwidertet: »Ich glaube, er wirkt die Verzauberung der Wellen lediglich der Windesmutter zum Ergötzen, mit welcher er heimlich Freundschaft geschlossen hat und nach deren Pfeife er jetzt tanzen muß. Wenn Jemand den Machtring mir vom Finger ablösen könnte, so daß es mir unmöglich würde die Wellen zu erregen, dann hätte der Vater von mir gar keine Unterstützung, sondern müßte die häusliche Arbeit allein vollbringen.« Der Herr bat, den Ring besehen zu dürfen, und fand daß derselbe ganz in's Fleisch hinein gewachsen war, und daß keine Gewalt ihn abzuziehen vermochte.

Nachdem nun der Herr den Machtring eine Zeit lang betrachtet hatte, bat er die Jungfrau, sie möchte ihm erlauben zu versuchen, ob es nicht möglich sei den Ring durchzubeißen. »O, wenn dir das möglich wäre!« rief sie freudig — »dann würde ich dir ewig dankbar sein und dir reichen Lohn für deine Mühe zahlen!« Darauf packte der Herr den Ring kräftiglich mit den Zähnen, die Jungfrau schrie vor Schmerz auf — ein Ruck! und der Ring war mitten durchgebrochen. Jetzt fiel die Jungfrau dem Herrn um den Hals, dankte und reichte ihm den durchgebissenen Ring mit den Worten: »Nimm ihn zum Andenken und verliere ihn ja nicht, er wird dir Glück bringen. Morgen sollst du den Lohn für deine Mühe empfangen.« Dann ging sie singend und hüpfend dem Meere zu, setzte sich auf den Kamm einer Welle und schwamm wie eine Wildgans bald so weit, daß der Herr sie aus den Augen verlor.

Als der Herr am andern Morgen erwachte und die Augen weit aufthat, standen zwei mit starken Eisenreifen beschlagene Tonnen vor seinem Bette. Niemand konnte Auskunft darüber geben, wie die Tonnen dahin gekommen waren, denn soviel das Gutsgesinde wußte, war keine fremde Seele, weder am Abend noch am Morgen da gewesen, und in der Nacht waren alle Thüren verschlossen geblieben. Die Tonnen wurden so schwer gefunden, daß drei starke Männer sie nicht vom Flecke schieben, geschweige denn aufheben konnten. Als man die Deckel aufbrach, fand sich daß beide Tonnen bis zum Rande mit Silber gefüllt waren. »Gott sei gedankt!« rief der Herr aus — »jetzt kann ich meines Herzens Sehnsucht stillen und den Armen Gutes thun!« Noch selbigen Tages ließ er die Leute des Gebiets zusammenrufen und theilte jedem Gesinde eine Handvoll Geld aus — damit erschöpfte er die eine Tonne. Von der andern Tonne schenkte er die Hälfte zu Kirchenbauten, die andere Hälfte der Stadt Reval, damit ihre Ringmauern verstärkt würden. Daher also stammt der alte Reichthum des Pahlenschen Gebiets, der sich bis auf den heutigen Tag erhalten hat.

p. Der Kapellenbau.

Weil die Kathrinenkirche sehr weit war und zur Zeit der schlechten Wege der Kirchenbesuch den Leuten sehr schwer fiel, ließ ein Herr von Pahlen seinen Gebietsinsassen auf seine Kosten eine Kapelle aufbauen. Als das neue Gotteshäuschen fertig war, machte es dem Herrn großen Kummer, daß die Kapelle keine Glocke hatte und Glockengießer gab es damals bei uns zu Lande nicht. Der Herr betete oftmals zu Gott, er wolle nach seiner eigenen Fügung helfen, das halb gebliebene Werk durchzuführen. Da erhob sich eines Tages ein heftiger Sturm auf dem Meere und brachte ein mit reicher Fracht beladenes Schiff in große Gefahr. Der Schiffer gelobte in der höchsten Noth, er wolle, wenn Gott ihnen helfe, lebendig das Ufer zu erreichen, der nächsten Kirche zwei Glocken schenken. Nach einigen Stunden legte sich der Sturm und das beschädigte Schiff erreichte glücklich den Strand von Palms, wo es ausgebessert wurde; die Kapelle aber erhielt auf diese Weise zwei schöne Glocken.

q. Ein Herr von Pahlen rettet Reval aus Feindeshand[82].

Reval, welches darum das jungfräuliche heißt, weil kein Feind es jemals bezwungen hat, war einst einen ganzen Sommer hindurch von einem feindlichen Heere umzingelt. Obgleich nun die rings um die Stadt laufenden Mauern und Schanzen stark genug waren, den Feind abzuwehren, so kam es doch mit der Zeit dahin, daß der Hunger die Bewohner quälte und daß bei der von Tage zu Tage wachsenden Noth die Schwächeren schon verzweifeln wollten. In dieser Bedrängniß wurde wieder ein **Pahlen** ihr Retter. Listiger Weise ließ er, als wollte er den hungernden Bewohnern der Stadt Proviant zuführen, eine Frachtfuhre vom Laaksberge her in die Nähe des feindlichen Lagers abgehen, wo denn die mit Lebensmitteln und Bier beladenen Wagen sofort festgehalten wurden. Im Lager aber herrschte nicht viel weniger Mangel als in der Stadt, weswegen die Kriegsleute sich wie hungrige Wölfe auf den Proviant stürzten, so daß Niemand Zeit hatte auf die Stadt viel Acht zu geben. Diesen kurzen Zwischenraum suchte nun der Herr von Pahlen zur Rettung der Stadt zu benutzen. Er ließ zur See einen gemästeten Ochsen nebst einigen Scheffeln Malz heimlich in die Stadt bringen. Die Einwohner brauten nun alsbald frisches Bier, brachten zur Nachtzeit große Kufen auf die Stadtwälle, kehrten sie um und gossen das gährende Bier darauf, so daß der Schaum über die Ränder floß. Dann wurde der Stier auf den Wall gelassen, der brüllend umher lief und mit den Hörnern die Erde aufwarf. Als nun die Feinde die schäumenden Bierfässer und den gemästeten Ochsen gewahr wurden, da sank ihnen plötzlich der Muth: »Hol' euch der und jener!« riefen die Kriegsleute — »wer noch soviel Bier brauen und Mastochsen auf den Wällen umherlaufen lassen kann, den können wir nicht durch Hunger aus der Stadt treiben, vielmehr werden wir noch früher dem Hunger verfallen als jene.« Am andern Morgen sah man wie der Feind das Lager räumte und den Rückmarsch antrat; Reval aber war wiederum gerettet.

r. Der Frauen von Pahlen Todesboten.

Alte Leute erzählen, daß Gott den Frauen von Pahlen das besondere Glück verlieh, daß er ihnen jedesmal, wenn das Scheiden aus dieser Welt bevorstand, ihre Todesstunde voraus verkünden ließ. Dies geschah so, daß sie einige Tage vor ihrem Tode sich selber erblicken mußten, sei es nun, daß ihre eigene Gestalt ihnen irgendwo entgegentrat, oder auf demselben Stuhle saß, wo sie täglich selbst zu sitzen pflegten oder vor ihren Augen schlafend im Bette lag. Hatte eine Frau von Pahlen ihr eigenes Bild auf diese Weise erblickt, so wußte sie, daß nach einigen Tagen ihr Ende bevorstehe, denn es war mit ihren Müttern und Großmüttern ganz ebenso gewesen. — Einer dieser Frauen war ihr Ebenbild auf der Schwelle erschienen und hatte sie mit betrübtem Blicke angesehen. Eine andere wollte sich eben zu Tische setzen, als sie sich selbst schon auf ihrem Stuhle sitzend gewahrte.

s. Der Heimgänger-Schütze[83].

Mein seliger Großvater erinnerte sich aus seinen Kinderjahren, wie noch mancher von dem alten Herrn von Kersel zu erzählen wußte, der als berühmter Heimgänger-Schütz keine nächtliche Wanderung anders unternahm als mit einer Flinte bewaffnet, die mit silbernen Kugeln geladen war. Rings um Kersel waren endlich alle diese Nachtgespenster fortgeschafft, so daß sich keins derselben mehr getraute, sich vor den Menschen sehen zu lassen, aber an andern Orten wurden sie noch häufig gefunden. So hat einst der Prediger von Halljal[84] die Hülfe des seligen alten Herrn angerufen, weil er, in der Nähe des Kirchhofes wohnend, Nachts keine Ruhe hatte. Als der alte Herr hinkam, hatte er die ersten Nächte sehr viel zu thun, ehe er dem Kirchhofe Ruhe schaffen konnte. Vier und fünf Flintenschüsse wurden fast in jeder mondhellen Nacht vernommen, bis endlich dem Schützen diese Vögel nicht mehr zu Gesicht kamen. Nur spottete seiner doch noch eine Weile eine lange weibliche Gestalt, welche jeden Abend beim ersten Hahnenschrei mitten auf dem Kirchhofe über einem Grabe aufstieg, auf den Schuß des Herrn wie ein Nebel verschwand, aber nach einigen Augenblicken wieder auf dem alten Flecke war. Ein paar Dutzend silberner Kugeln hatte der Herr schon an sie verschwendet, ohne dem Feinde beizukommen. Da erschien eines Tages ein altes Väterchen vom Strande von Tolsburg[85] und schlug dem Herrn vor, das die silbernen Kugeln nicht fürchtende Weibsbild den Wölfen[86] entgegen zu jagen, wobei es gewiß sein Ende finden werde. »Ich habe« — sagte der Strandbewohner — »einen mit Zauberkräutern beräucherten[87] Hund, der sie von hier vertreiben und in die Flucht jagen wird, nur müssen wir warten bis zum Monat Februar, wo die Wölfe ihre Brunstzeit haben und ihrer viele beisammen sind.« — Da der Herr keinen besseren Anschlag gegen den Feind wußte, nahm er den Beistand des Strandbewohners mit Dank an, und versprach bis zur angegebenen Zeit zu warten und dann mit ihm und dem beräucherten Hunde auf die Jagd gegen die Heimgängerin zu ziehen.

In einer mondhellen Februarnacht machte man sich auf, das Werk zu vollführen. Einige Werst weit von der Kirche stand eine mit Heu gefüllte Scheune. In diese stellte der Strandbewohner einen ihm bekannten beherzten Mann mit einer tüchtigen dreizackigen eisernen Gabel zum Wächter, damit er die vor den Wölfen die Flucht Nehmende zurückscheuche, falls sie einen Zufluchtsort in der Scheune suchen würde. Eine gute Stunde vor Mitternacht ging der Herr mit dem Strandbewohner auf den Kirchhof, wo die bekannte Gestalt schon vor ihnen auf einem der Gräber stand. Der Herr wollte nun zuerst noch ein Mal sein Heil mit der Flinte versuchen, weswegen er diese stark lud und drei silberne Kugeln hineinthat; dann zielte er gut und schoß los! — die Gestalt verschwand, stand aber im nächsten Augenblicke wieder vor ihnen. Jetzt wurde der Hund darauf gehetzt, der die weiße Gestalt alsbald vom Kirchhof verscheuchte und gerade nach dem Sumpfe zu trieb. Die Gestalt schwebte voraus, der Hund war ihr bellend auf den Fersen. Nicht gar weit vom Sumpfe kam eine

Wolfsherde daher, es mochten ihrer mindestens zehn Stück sein; der Hund kehrte um und die Wölfe waren gleich der Heimgängerin auf den Fersen. Aber die weiße Gestalt schien wie Flügel unter den Sohlen zu haben, so daß die Wölfe ihr durchaus nicht nachkommen konnten. Drei oder vier Schritt vor der Scheune sprang sie wie ein Eichhörnchen mit einem Satze durch die obere Thüröffnung in die Scheune, setzte sich auf die Schwelle nieder und streckte die Füße hinauf, so daß sie über die Thür hinausragten. Nach einiger Zeit langten auch die Wölfe hier an und blickten mit glühenden Augen hinauf nach dem Sitze der Heimgängerin, konnten aber an der Thür-Wand nicht hinan. Da höhnte sie die Heimgängerin! Sie streckte abwechselnd den rechten und den linken Fuß den Wölfen hin und rief dabei jedesmal: »Da! nehmt diesen Fuß! da! nehmt den andern Fuß! keinen kriegt ihr: beides sind meine Füße[88]!« — Der hinter ihr aufgestellte Wächter sah das Spiel eine Zeit lang mit an, packte dann mit beiden Händen die Gabel am Stiel und stieß mit einem kräftigen Schlag das Gespenst kopfüber hinunter vor die Wölfe. Augenblicklich zerrissen die Wölfe sie, so daß kein Fetzen von ihr nachblieb.

Den andern Morgen ging der Herr mit dem Strandbewohner, die Stelle zu besehen, wo in der Nacht die Wölfe der Heimgängerin das Garaus gemacht hatten, allein sie fanden da keine andere Spur als ein handbreites Stück eines feinen leinenen Gewandes und einen goldenen Ring. Als der Herr die Inschrift auf der Innenseite des Ringes beobachtete, wurde sein Antlitz bleich wie Schnee, denn in dem Ringe stand der Name einer benachbarten Gutsfrau. Er fuhr sogleich hin und vernahm von dem Gesinde, daß in diesem Augenblicke Niemand von den Herrschaften zu Hause sei. — Nach einigen Tagen aber kehrte der Herr des Gutes in Trauerkleidung allein zurück und erzählte, die Frau sei plötzlich in Reval gestorben. Im Frühjahr verkaufte er das Gut und zog in die Fremde, aus der er nimmer wiederkehren mochte.

Nach dem Wegzug des Herrn lösten sich die Zungen der Leute; man erzählte erst im Stillen, dann öffentlich, daß es mit der Frau nicht habe mit rechten Dingen zugehen können, denn das ganze Gutsgesinde wußte gar wohl, daß sie nicht eine Nacht zu Hause geschlafen hatte, sondern, wenn der Herr eingeschlafen war, räucherte sie ihm, wer weiß mit was für Kräutern, unter die Nase, und ging dann im weißen Nachtgewande ihrer Wege, von denen sie erst gegen Morgen zurückkam. Andere wieder erzählten, daß die verstorbene Frau niemals Speise und Trank zu sich genommen, sondern, wie von der Luft gelebt habe, wenn sie nicht etwa auf ihren nächtlichen Wanderungen irgendwo an einem fremden Orte sich gesättigt habe.

Fußnoten:

[1] Die Bucht an der Ostsee westlich vom Lauf der Narowa. L.

[2] Identisch mit dem in dem ersten Bande häufig vorkommenden »alten Burschen« (dem Bösen). L.

[3] Vgl. Bd. 1, S. 67. Anm. L.

[4] Sterblichen im Elfen- oder Feenlande verfließt die Zeit, ihnen unbewußt, mit reißender Geschwindigkeit. S. Köhler's Anm. zu Bd. 1, S. 364. L.

[5] Vgl. Bd. 1, S. 89 Anm. und S. 104 Anm., sowie S. 30. An letzterer Stelle heißen die im Mondschein badenden Jungfrauen der Waldelfen und der »Rasenmutter Töchter«. Wenn in unserem Märchen der König des Nebelberges der Gemahl der Rasenmutter heißt, so möchte eine ursprüngliche Identität desselben mit den »Waldelfen« angenommen werden können. L.

[6] S. Bd. 1, S. 83 Anm. 2. L.

[7] Ehstn. liba hunt, eigentlich läufische Wölfin, soll nach dem Aberglauben das neunte Junge eines Wolfes sein, besonders gefräßig und gefährlich, mit spitzer Schnauze, welches die Thiere von hinten anfällt und ihnen das Eingeweide herausreißt (Wiedemann, Ehstnisch-Deutsches Wörterb. S. V). Hier ist es offenbar Wärwolf, d. h. Mannwolf. Vgl. über diesen Aberglauben Rußwurm Eibofolke S. 360. L.

[8] Wörtlich: Daß man nicht vor seinen Füßen sehen konnte. L.

[9] Wörtlich: Durch sieben Feuerstellen gehen. L.

[10] Ein Stof ist gleich einer halben Kanne; (3/4 Stof = 1 Bouteille). L.

[11] Keris, Hitzherd. Der Ofen ist doppelt; die untere Abtheilung enthält das Feuer und ist halb in der Erde; oben hat er ein durchbrochenes Gewölbe und eine Lage feuerbeständiger Geröllsteine (kerise kiwid), die von der Flamme umspielt werden und Wärme absorbieren und bewahren. Diese Steine werden als Rost zum Braten benutzt,

so wie zum Dampfbade, indem man Wasser darauf gießt. Vgl. Bertram, Wagien, Dorp. 1868, S. 20 und Blumberg, Quellen und Realien des Kalewipoeg 1869. In den Verhandlungen der gel. estn. Gesellsch. zu Dorpat Bd. 5, Heft 4. L.

[12] Sprichwörtliche Redensart, die überall angewandt wird, wo man der Bemerkung, daß ein Gefäß größer sei als der dafür bestimmte Inhalt, entgegnen will. Nach Kreutzwald's gef. Mittheilung. L.

[13] Estnisch: »beim Schwanz oder Horne.« L.

[14] Die Vorstellung vom Waldgotte ist in der finnischen Mythologie reich ausgebildet, wo er am häufigsten unter dem Namen Tapio vorkommt und an der Spitze einer großen Hofhaltung (Tapiola) stehend gedacht wird. Er erscheint als ein alter Mann mit dunkelbraunem Barte, mit einem hohen Hut aus Föhrennadeln und einem Pelz aus Baummoos. Die hohe Verehrung, die ihm geweiht wird, theilt er mit seiner Gemahlin Miellikki. Wenn die Jagd ungünstig ausfällt, zürnt Tapio, der oft auch Waldgreis, Tapiola's (Tapioheim's) Alter heißt und zuweilen als Erdenwirth, Waldkönig, Gabenspender ja als erster Gott und großer Schöpfer oder Spender bezeichnet wird, so daß man an den späteren griechischen Pan erinnert wird. Spuren der Verehrung dieses Gottes sind wohl in dem Feste metsa- oder metsiku-pidu, das noch bis zum Ende des vorigen Jahrhunderts in Estland gebräuchlich war, erhalten. Es wurde nämlich eine (am Tage Mariä Verkündigung angefertigte) große Strohpuppe auf eine lange Stange gesteckt, im Dorfe unter Gesang herumgetragen und dann in den Wald gebracht und auf einen Baum gestellt. Ein wildes ausgelassenes Fest schloß sich an. Vgl. Castrén, Vorles. über finn. Mythol. S. 92 ff. Boecler-Kreutzwald: Der Esten Gebräuche, S. 12-13, 81-82 L.

[15] Wörtlich: »verlobt«. L.

[16] Vgl. d. Anm. zur ersten Hälfte S. 84. L.

[17] Kiwi-alused, wörtlich: die unter dem Steine Befindlichen. L.

[18] Vgl. Bd. 1, S. 26. L.

[19] Vgl. Bd. 1, S. 128. L.

[20] Nach Kreutzwald's gef. briefl. Mittheilung gilt bei den Esten Mäusedreck mit Honig als Hausmittel gegen die Bräune, sowie eine frisch abgezogene Mausehaut gegen nässende Flechte. L.

[21] Wörtlich: das ungelegene Brotwiesel. L.

[22] Wörtlich: als ob Feuer in deiner Tasche brenne. L.

[23] S. Bd. 1, S. 102, Anm. 2. L.

[24] Cypripedium Calceolus. L.

[25] Vgl. Boecler u. Kreutzwald S. 112. Der fremde Mann, der Krumme, ist nach der Aussage desjenigen der Kreutzwald die Sage mittheilte, der Baumelf. Vgl. auch Bd. 1, S. 60, Anm. L.

[26] Man vgl. das Lessingsche Fragment des »Faust«. Die Schnelligkeit des menschlichen Gedankens nimmt hier die fünfte Stufe ein — die siebente und höchste Stufe ist — der Uebergang vom Guten zum Bösen. (Faust spricht mit den sieben schnellen Geistern der Hölle.) Lessings sämmtl. Schriften, Berl. 1827, Bd. 28, S. 174. L.

[27] Vgl. das in manchen Zügen verwandte Märchen 15 im ersten Bande: »Rõugutaja's Tochter« und m. Anm. daselbst. L.

[28] Vgl. Anm. zu Bd. 1, S. 203. L.

[29] Wörtlich: ihr Hals kann die Haube noch nicht tragen.

[30] Dresch- oder Darrscheune. L.

[31] Vgl. Boecler-Kreutzwald, S. 30. Der letztere sagt hier: »Der Brautzug macht etwa eine Werst vor dem festlichen Hochzeitshause halt, damit die Frauen ihre Toilette ordnen können, während einer von den Bräutigams-Buben vorausreiten und den Zug anmelden muß. Bald sprengt der eilende Bote zurück, mit einer hohen Bierkanne beladen, aus der zuerst das Brautpaar, dann sämmtliche Gäste getränkt werden. Den Rest trinkt der Ueberbringer selbst mit Wohlbehagen, damit er einen Sohn erzeuge, wenn er einst in den Ehestand treten wird. »Wer den Bodensatz trinkt, bekommt einen Sohn« ist Sprichwort.« L.

[32] Vgl. Bd. 1, S. 13. L.

[33] Kaetise rohu, wörtlich: Kraut gegen den bösen Blick. L.

[34] Vgl. Bd. 1, S. 25. Anm. L.

[35] Wörtlich: Brotvater. L.

[36] Wörtlich: wie Hagel. L.

[37] Wörtlich: Ueber einen Zwischenraum zwischen zwei Mahlzeiten. Der Este (der Arbeiter) rechnet solcher Mahlzeiten drei: vom Aufstehen bis acht Uhr, von da bis zwei Uhr, und von da bis zum Abend. S. Wiedemann, Wörterb. s. o. L.

[38] Neben dem analogen deutschen Märchen in der Grimmschen Sammlung vgl. man die höchst charakteristische Behandlung desselben Stoffes in dem »Märchen vom Fischer und der Fischerin« von Puschkin. Aus dem Russ. in der Bibl. ausl. Classiker, von E. Löwe. Bändchen 107. Hildburgh. 1870. L.

[39] Vgl. Bd. 1, S. 98 u. 359. L.

[40] Wörtlich: »Nasenmann«. L.

[41] Mere-karu ist nach Kreutzwald's gef. briefl. Mittheilung eine scherzhafte Benennung des Seehundes; Geld- und Tabacksbeutel aus Seehundsfell seien sonst bei den Esten sehr gebräuchlich gewesen und mere-karu nahast kotid oder pungad genannt worden. Auch die aus schwarzgefärbten Fellen junger Seehunde gemachten Pelze, bei Arrendatoren und Disponenten sehr beliebt, hießen mere-karu nahast kasukad. L.

[42] Wörtlich: als Heim- oder Wiedergänger. S. über diese Anm. zu der letzten der unten folgenden Localsagen von dem Wiedergänger-Schützen. L.

[43] So hielten die Heruler, von den Langobarden besiegt, auf der Flucht ein blühendes Leinfeld für einen See, stürzten sich hinein, als ob sie schwimmen wollten und wurden so von den nacheilenden Siegern ereilt und niedergemacht. Paulus Diaconus I, 20. Auch Goethe bei seinem Aufenthalt in Palermo sagt: Man glaubt in den Gründen kleine Teiche zu sehen, so schön blaugrün liegen die Leinfelder unten. Vgl. Hehn, Kulturpflanzen und Hausthiere S. 113. L.

[44] Wörtlich: eine Bremse. L.

[45] Vgl. zwei von Rußwurm mitgetheilte abweichende Fassungen dieses Märchens, die eine schwedisch, die andere estnisch. Rußwurm, Sagen aus Hapsal &c. 1861. S. 187, 188. Vgl. auch die erste Hälfte dieser Märchen S. 60 u. d. Anm. L.

[46] Von Insecten. L.

[47] Vgl. eben Märchen 5. Seite 27 Anm. L.

[48] S. Seite 27. Anm. L.

[49] Wörtlich: sackfinster. L.

[50] Die Esten unterscheiden zwischen wanad jõulud alte Weihnacht und uued jõulud neue Weihnacht. Die letzteren sind identisch mit Neujahr, so daß in vorchristlicher Zeit das estnische Jahr um Weihnacht begonnen haben muß, wie in Skandinavien und Deutschland. Die Benennung jõulud kommt dem nord. Julfest zu nahe, als daß man den Zusammenhang beider Namen bezweifeln könnte. (Vgl. Boecler-Kreutzwald der Ehsten abergl. Gebr. S. 92 u. 93. Rußwurm Eibofolke § 340). Uebrigens ist in diesem Märchen, wie in manchen andern der Sammlung eine gewisse Sympathie für die heidnischen Erinnerungen noch nicht erloschen — ein Bestreben, die heidnischen Anschauungen gegenüber dem Christenthum noch nicht ganz fallen zu lassen. Der estnische Landmesser J. Lagus in Walk, dem wir die Aufnahme alt-estnischer Gebets- und Zauberformeln verdanken, erhielt (1849) über den »Versöhnungsglauben oder Taaradienst« folgende Auskunft: Der Versöhnungsglauben oder Taaradienst war vor dem Mönchsglauben, und zu des Mönchsglauben Zeit ward in den Kirchen in lateinischer Sprache gelesen und die Mönche fürchteten des Versöhnungsglaubens Zauberer (Weise) sehr, welche die alten Gebete und Opferworte verstanden. Vgl. Kreutzwald und Neus, myth. und mag. Lieder der Ehsten S. 11 u. 12. L.

[51] Am Jõulofeste, das zugleich ein Todtenfest, mußte die größte Ruhe und Stille beobachtet werden, während im Gegensatze dazu am Sommerfest um Johannis Alles seine Freude laut äußerte. S. Kreutzwald-Boecler S. 86 u. 87. Vgl. Kreutzwald und Neus myth. und mag. Lieder der Ehsten S. 61. L.

[52] S. Anm. zu Bd. 1, S. 178.

[53] Vgl. Boecler-Kreutzwald der Ehsten abergl. Gebr., S. 128. L.

[54] Man sieht, daß hier selbst der Böse — Moral predigt! L.

[55] S. Anm. zu Bd. 1, S. 67. L.

[56] »Der altestnische Bauerschuh (pastal oder passel) besteht aus einem einzigen länglichen viereckigen Stück Pferde- oder Rindsleder von hellgelber Farbe. Vorn wird er spitz zusammengenäht. Der ganze Rand ist mit geschnittenen Löchern versehen, durch welche eine lange Schnur läuft, die den ganzen Schuh wie einen Beutel zusammenzieht. So bleibt nur das Fußblatt unbedeckt. Die Schnur kreuzt sich auf dem Schienbein und wird zwischen Wade und Knie befestigt, indem sie so zugleich als Strumpfband dient.« Bertram, Wagien. S. 74. Der russische Bauerschuh ist aus dem Bast der jungen Birke geflochten. L.

[57] Linnu-pete Vogelbetrug, ein Frühstück, das man aus Aberglauben im Frühling vor dem Ausgehen genießt, um nicht nüchtern den Kuckuck hören zu müssen, weil man sonst taub wird oder in dem Jahre stirbt. Wiedemann estnisch-deutsches Wörterb. u. d. u. Boecler-Kreutzwald S. 85 vgl. mit S. 140 und mit der Anm. zu Kalewipoeg XI, 14. deutsche Ausg. Dorpat, 1861. L.

[58] Vgl. die Anm. Bd. 1, S. 84. L.

[59] Vgl. die Goldruthe in dem Märchen 16 vom mildherzigen Holzhacker S. 123. L.

[60] Vgl. das Märchen 10, Klugmann in der Tasche. L.

[61] Vgl. oben Märchen 19 S. 142 L.

[62] Es ist auffällig, daß hier der »alte Bursche« nicht blos überlistet und gezüchtigt wird, sondern geradezu umkommt. In den Mythologien der meisten Völker und auch in Kalewipoeg kann das böse Princip, weil ewig dem Guten widerstrebend, nicht sterben — mindestens nicht vor einer gewaltigen an's Ende der Tage verlegten Katastrophe, nach welcher eine neue Weltschöpfung und Weltordnung anhebt. L.

[63] Die Entstehung dieser Sage erklärt sich durch den Umstand, daß der obere See wirklich, bei ungenügender Ableitung oder heftigem Sturme die Niederungen Revals

261

überschwemmt. L.

[64] Der ostwärts von Reval von Norden nach Süden sich in's Land erstreckende Felsrücken. L.

[65] In Wierland, dem nordöstlichen Striche Estlands. L.

[66] Bei Wesenberg. L.

[67] In Livland. L.

[68] Russ. Pskow, am östlichen Süd-Ende des Peipus-See. L.

[69] Orja-wits, weißer Honigklee (Melilotus vulgaris W.). L.

[70] In Livland. L.

[71] Vgl. Bd. 1, S. 102, Anm. 1 und Neus Estnische Volkslieder, 428 ff; Kreutzwald und Neus, Mythische u. magische Lieder der Esten, 30; Verhandlungen der gelehrten Estnischen Gesellschaft zu Dorpat, IV, a, 48. 164.

[72] Welchen nach estnischer Sitte der den Freier begleitende Brautwerber anbietet.

[73] Die Esten haben die Vorstellung von den »Mondleuten«. Das ist ein unglückliches Ehepaar, welches zur Strafe dafür, daß es am Sonntage in die Badstube ging, um zu baden, sammt dem Wasserzuber in den Mond versetzt ward, wie im Vollmonde zu sehen. Vgl. Boecler-Kreutzwald S. 103, wo auch in der Anm. auf die vorliegende schon im »Inland« Jahrg. 1, N^O 2, Sp. 26 behandelte Volkssage hingewiesen wird. L.

[74] Wörtlich: Kupferfußbrücke. L.

[75] Vgl. über diese offenbar mit geogonischen Anschauungen zusammenhängende Sage Kreutzwald zu Boecler S. 8 und Rußwurm Sagen aus Hapsal u. s. w., S. 101. Der Wirtsjärw liegt im Felliner Kreise. L.

[76] Tolsburg: ein alter ganz herabgekommener Hafenort in der Nähe von Port Kunda. L.

[77] Tont war sonst bei den Esten ein Geist, der dem Hause Schätze zubrachte und deshalb auch schlechtweg meddaja d. h. Zuführer heißt. Jetzt bedeutet tont ein (gefürchtetes) Gespenst. Die Tonttu kamen auch in der finnischen

Mythologie in der Bedeutung schützender und helfender Hausgeister vor. Das Wort hängt nach alten Autoritäten mit dem schwedischen tomtkubbe, tomtkarl, tomtrå-»lar« zusammen. Vgl. noch über den, in mancher Beziehung verwandten kratt (schwed. skratt) eine Reihe von Sagen bei Rußwurm, Sagen aus Hapsal &c., Reval 1861, S. 107-111. Desselben Eibofolke Th. 2, S. 241-248. Bd. 1 dieser Märchen, S. 32, Anm. 1. L.

[78] Der Herausgeber, Dr. Kreutzwald, macht zu diesem und den folgenden Sagen nachstehende Bemerkung (in estnischer Sprache): »Die folgenden alten Erzählungen haben sich als unvergängliche Ehrendenkmale für die Erbherren von Palms im Gedächtniß des Volkes erhalten. Meines Wissens giebt es hier zu Lande kein anderes Adelsgeschlecht, welchem die alten Sagen einen solchen Ehrenkranz geflochten haben, als das Geschlecht der Barone Pahlen. Wo Hörige ein derartiges Gedächtniß für ihre Herren bewahren, da darf man wohl den Schluß ziehen, daß jene Männer Freunde des Volkes waren und daß das Band, welches sie mit dem Volke verknüpfte, ein solches war, wie es zwischen Eltern und Kindern besteht.« L.

[79] So heißt das Gut derer von Pahlen. L.

[80] Offenbar identisch mit dem Bd. 1, S. 12 Anm. besprochenen Ahti. Sehr bezeichnend ist die weiterhin vorkommende heimliche Freundschaft des Meervaters mit der Windesmutter. L.

[81] M. vgl. die ähnliche Empfindung der Tochter Prospero's in Shakespeares »Sturm«. L.

[82] Rußwurm, Sagen aus Hapsal &c. S. 28., theilt eine ähnliche Geschichte mit, welche die Befreiung des von Polen belagerten Hapsals behandelt. L.

[83] Es wurden und werden vielleicht noch an vielen Orten Estlands die Todten mit allerlei Dingen ausgestattet, die man als die für das Jenseits unentbehrlichsten betrachtet, z. B. Nadel, Zwirn, Kopfbürste, Seife und Brot, Branntwein, eine kleine Münze: Kindern legt man wohl auch Spielzeug in den Sarg. Solche Verstorbene nun, welche in dieser Beziehung vernachlässigt wurden, gehen als nächtliche Heimgänger um und werfen den Angehörigen ihre Versäumniß vor. Boecler-Kreutzwald, S. 68, 69, 111. Die Inselschweden an den

estnischen Küsten wissen von bösen Menschen, die aus ihren Gräbern zurückkommen, in den Stuben lärmen, sich in allerlei Gestalten verwandeln, Menschen und Thiere erschrecken u. s. w. Wenn der Hahn kräht, fliegen sie fort. Diese Wiedergänger heißen schwedisch ådelaupas. S. Rußwurm Eibofolke Th. 2, S. 262 ff, wo eine Menge Sagen und Züge von diesen gespenstischen Wesen gesammelt sind: Nach Ernst Willkomm kennt der Inselfriese ebenfalls Wiedergänger oder »Gonger«, Menschen, die in den Wellen ihren Tod gefunden haben und in Gestalt und Haltung Ertrunkener früheren Bekannten am Lande wieder erscheinen. S. dessen: Im Wald und am Gestade. Skizzen u. Bilder Thl. 1, S. 173. Vgl. noch Rußwurm, Sagen aus Hapsal, S. 122. Hurt, Beiträge zur Kenntniß estn. Sagen und Ueberlieferungen, Dorp. 1863, S. 21 ff. L.

[84] In Wierland. L.

[85] S. oben Anm. zu S. 167. L.

[86] Diese sollen nach Wiedergängern sehr lecker sein; ein schwed. Sprichwort sagt: Ohne die Wölfe wäre die Welt voller Trollen. S. Rußwurm Eibofolke, 2, 264. Rußwurm bemerkte auch daselbst, daß der Wolf eine dunkle Erinnerung an den Fenriswolf sei, den Bruder der Hel (des Todes), der die Seelen verschlingt. L.

[87] Das Räuchern mit verschiedenen Kräutern wird von den Esten in Fällen angewendet, wo man Einwirkungen böser Mächte voraussetzt, z. B. wenn eine Kuh nicht ordentlich melkt, vgl. Kreutzwald-Boecler, S. 86 u. oben Märchen 10, S. 68. Hier ist der Hund gegen solche im Voraus gefeit. L.

[88] Aehnlich neckt der Geist die Wölfe in der von Rußwurm Eibofolke § 388, 6 (Th. 2, S. 264) beigebrachten Erzählung aus Worms. L.

www.ingramcontent.com/pod-product-compliance
Lightning Source LLC
Chambersburg PA
CBHW030641030726
47497CB00006B/1897